Gerhard Köpf

Das Dorf der 13 Dörfer

Roman

Gerhard Köpf

Das Dorf der 13 Dörfer

Roman

braumüller

Bibliografische Information der Deutschen Nationalbibliothek
Die Deutsche Nationalbibliothek verzeichnet diese Publikation in der Deutschen Nationalbibliografie; detaillierte bibliografische Daten sind im Internet über http://dnb.d-nb.de abrufbar.

1. Auflage 2017

Servitengasse 5, A-1090 Wien
www.braumueller.at

Lektorat: Mario Wurmitzer
Coverfoto: © iStock | tajborg
Druck: FINIDR, s.r.o., Lípová 1965, 737 01 Český Těšín
ISBN 978-3-99200-185-9

Es war einmal eine Zeit,
von der manch einer glaubt,
sie währe noch immer.

Cees Nooteboom
In den niederländischen Bergen

Zuletzt war es fast so,
als sei überhaupt nichts geschehen inzwischen.
Das Wasser der Zeit stand klar, Schicht über Schicht,
ja, Jahrzehnt über Jahrzehnt,
und beinahe hätte man vermeinen können,
dass man bis auf den Grund hinunter zu sehen vermöge.

Heimito von Doderer
Der Grenzwald

Weißt du noch? Da war dieser alte Mann mit der Taube. War das in Lissabon oder habe ich es irgendwo gelesen?, frage ich meine Frau. Erinnerst du dich, wie wir uns überlegt haben, ob er sie verscheuchen will oder ihr nachfliegen? Mitten in diesen Gedanken platzte der Anruf: Fahren Sie ins Dorf der 13 Dörfer. So lautete der Auftrag meines Senders. Dabei bin ich seit mehr als 30 Jahren für das *Kalenderblatt* zuständig. Es besteht aus Nachrufen und kurzen Feuilletonartikeln. Nichts Großes mithin, eher schnelle Kleinware. Kaum gesendet, schon vergessen. Verschwunden im Äther, wie man früher sagte. Ein *Kalenderblatt* dauert eine Viertelstunde. Das sind knapp fünf Seiten à 30 Zeilen mit je 60 Anschlägen. Mehr Wort, behauptet die Redaktion, ist den Hörern nicht mehr zuzumuten.

Stirbt ein berühmter Schriftsteller, erzähle ich im Radio, wer und was er war. Manchmal tue ich dabei so, als hätte ich ihn persönlich gekannt, obwohl das fast nie stimmt. Ich komponiere nur seinen Nekrolog. Meine Arbeit sorgt dafür, dass der Verstorbene bei den Hörern im Gedächtnis bleibt. Das ist die Hoffnung. Gelegentlich schreibe ich schon mal auf Vorrat, denn eine Kulturredaktion sollte vorbereitet sein. Ein guter Nachruf formuliert sich nicht im Handumdrehen. Das ist nicht mit ein paar Jahreszahlen und Buchtiteln abgetan. Es muss der Mensch dahinter sichtbar werden. Wenigstens in Umrissen. Dass es das *Kalenderblatt* überhaupt noch gibt, verdankt sich einem Selbstbetrug. Angeblich erfüllt es einen „Bildungsauftrag“. Die Redaktion liebt solche Floskeln, die sie in ihren Pressemitteilungen strapaziert. Man pflegt eine Fata Morgana, an die nicht einmal mehr der Intendant dieser *Anstalt des öffentlichen Rechts* glaubt. Wir alle leben von den Illusionen, die wir von uns selbst haben.

Nekrologist. Das klingt interessant. Jedenfalls gebildet. Grabredner ist fast wie Totengräber. Ein krisensicherer Job, möchte man meinen, denn gestorben wird immer. Seit es das Internet gibt, hat sich meine Auftragslage allerdings deutlich verschlechtert. Mittlerweile kann jeder legasthenische Sportredakteur die Fakten googeln und im Handumdrehen mithilfe einiger wohlfeiler Textbausteine einen Nachruf zusammenschustern. Im Grunde genommen braucht man mich also gar nicht mehr.

Deshalb bin ich gezwungen, Nebentätigkeiten anzunehmen. Eine Zeit lang hatte ich einen schlecht bezahlten Lehrauftrag an der Universität und hielt Proseminare in Literaturgeschichte. Bald verlor ich die Begeisterung daran, denn die wenigsten Studenten haben heute noch Vergnügen am Lesen, und Fontane ist für sie ein Zeitgenosse von Walther von der Vogelweide. Außerdem halte ich nichts davon, die Literatur zu zerhacken und sich nur noch mit Textkastraten als Übungsleichen zu befassen.

Schließlich vertraute man mir im Funk neben dem *Kalenderblatt* noch *Das Zwölfuhrläuten* an. Diese

Sendung gab es schon in den Fünfzigern. Damals hieß sie *Das Sonntagsglöckchen*. Ein „Format“ (wie man heute sagt) des Regionalprogramms – Redaktion: *Land und Leute* – das jeden Sonntag Schlag 12 Uhr mittags läuft. Dauer: exakt 10 Minuten. Am Anfang hört man eine O-Ton-Aufnahme vom Geläut irgendeiner Dorfkirche. Darüber lege ich dann mit sanfter Stimme meinen Text und beginne mit der geografischen Lage. Zum Beispiel: „Hoch über dem Donautal erhebt sich …“ Es folgen die wechselvolle Geschichte der Kirche, meist seit dem Dreißigjährigen Krieg, und, sofern vorhanden, Anmerkungen zu den kunsthistorischen Besonderheiten. Irgendeinen spätbarocken Michael, eine halb italienische Madonna oder einen einheimischen Josef findet man fast überall.

Allerdings gab es bei dieser Aufgabe etwas, das mich hemmte. Es war die Erinnerung an eine Abbildung im Lesebuch zu Goethes Ballade *Die wandelnde Glocke:*

Es war ein Kind, das wollte nie
Zur Kirche sich bequemen,
Und sonntags fand es stets ein Wie,
Den Weg ins Feld zu nehmen.
Die Mutter sprach: »Die Glocke tönt,
Und so ist dir's befohlen,
Und hast du dich nicht hingewöhnt,
Sie kommt und wird dich holen.

Das machte mir Angst. Im *Zwölfuhrläuten*, zu dem man oft auch *Mittagsläuten* oder *Angelusläuten* sagt, vereinigt sich bekanntlich Sakrales mit Weltlichem. Der Klang der

Glocken soll die Menschen aus ihrem Alltagstrott holen und ihnen bewusst machen, dass ihr irdisches Streben einer höheren, göttlichen Macht unterliegt. Außerdem wurde früher damit den Bauern und Handwerkern die ersehnte Mittagspause angekündigt.

Der Brauch geht zurück auf die Zeiten, da die türkischen Heere das christliche Abendland bedrohten. Papst Kalixt III. ordnete 1456 an, mit dem Angelusläuten die Gläubigen zum Gebet für einen Sieg über die Türken aufzufordern. Viele Päpste nach ihm haben den Beschluss übernommen. Während des Läutens mussten mit entblößtem Haupt drei Vaterunser und drei Ave-Maria gebetet werden. Als schließlich das gefürchtete Heer des Sultans bei Belgrad entscheidend geschlagen wurde, diente das Glockenläuten dem Ausdruck der Freude über die besiegten Türken, weswegen das Mittagsläuten mancherorts unter den alten Leuten bis auf den heutigen Tag als *Türkenläuten* bekannt ist. Hier und dort finden sich sogar noch Kirchen, in denen „Türkenglocken" hängen, die angeblich aus eroberten türkischen Kanonen gegossen wurden. Als ich diese Geschichten einmal in einem Sendemanuskript unterbringen wollte, wurde es mir prompt gestrichen. Grund: *Political Correctness!* Bekanntlich ist sie der Heiligenschein der Scheinheiligen. Es hieß, der Begriff *Türkenläuten* sei *kontaminiert*, man wolle sich keinen Ärger mit dem Rundfunkrat sowie mit unseren muslimischen Mitbürgern einhandeln. Am Ende werde gar noch der deutsche Botschafter in Ankara einbestellt. Nein, *Türkenläuten* sei ein *absolutes No-Go.* Dies wörtlich. Auch *Angelusläuten* solle ich tunlichst mit Rücksicht auf etwaige Empfindlichkeiten vermeiden. Das sei wie mit dem Kruzifix im Schulzimmer. Es gelte, sensibel vorzugehen, um keine Ressentiments zu wecken. *Zwölfuhr-* oder *Mittagsläuten* dagegen sei neutral, das könne ich verwenden. Was sollte ich machen? *Roma locuta, causa finita …*

Was mir zuerst einfiel, als ich damals die Chefetage verließ, war ein über 200 Jahre altes Gedicht von Ludwig Uhland, das ich als Kind auswendig gelernt hatte, weil es ein Glanzlicht in meinem Lesebuch war: *Schwäbische Kunde (1814).* Es handelt von Friedrich Barbarossa, der auf dem Dritten Kreuzzug 1190 seinen Tod durch Ertrinken im Fluss Saleph fand: *Als Kaiser Rotbart lobesam zum heil'gen Land gezogen kam, da musst' er mit dem frommen Heer durch ein Gebirge wüst und leer.*

Wie haben sich die Zeiten geändert! Zum einen würde heutzutage kein seriöser Historiker Friedrich Barbarossa noch *lobesam* nennen, sondern scharf ideologiekritisch betrachten, zum anderen würde er es nicht wagen, die Kreuzritter als *frommes Heer* zu bezeichnen: *Daselbst erhob sich große Not. Viel Steine gab's und wenig Brot. Und mancher deutsche Reitersmann hat dort den Trunk sich abgetan.*

An dieser Stelle würde die Gleichstellungsbeauftragte die nationalistische Komponente bemängeln und darauf hinweisen, dass nicht nur Männer reiten können. Gerade der Pferdesport sei fest in Mädchen- und Frauenhand: *Den Pferden ward so schwach im Magen, fast mußt' der Reiter die Mähre tragen. Nun war ein Herr aus Schwabenland, von hohem Wuchs und starker Hand. Des*

Rößlein war so krank und schwach, er zog es nur am Zaume nach. Er hätt' es nimmer aufgegeben, und kostet's ihn das eig'ne Leben. So blieb er bald ein gutes Stück hinter dem Heereszug zurück. Da sprengten plötzlich in die Quer fünfzig türkische Reiter daher! Die huben an, auf ihn zu schießen, nach ihm zu werfen mit den Spießen. Der wackre Schwabe forcht' sich nit, ging seines Weges Schritt vor Schritt, ließ sich den Schild mit Pfeilen spicken und tät nur spöttlich um sich blicken, bis einer, dem die Zeit zu lang, auf ihn den krummen Säbel schwang.

Der „wackere Schwabe" war offenbar ein Tierfreund, der sein Pferd schonte, und er scheint überdies Stoiker gewesen zu sein, da er sich wenig um die Angriffe der Türken scherte. Dass er für sie nur spöttische Blicke übrig hat, macht ihn allerdings verdächtig, denn laut Political Correctness ist es nicht erlaubt, Türken solche Blicke zuzuwerfen. Aber es kommt noch schlimmer, und der böse Verdacht erhärtet sich durch eine Gewalttat: *Da wallt dem Deutschen auch sein Blut. Er trifft des Türken Pferd so gut, er haut ihm ab mit einem Streich die beiden Vorderfüß zugleich. Als er das Tier zu Fall gebracht, da fasst er erst sein Schwert mit Macht, er schwingt es auf des Reiters Kopf, haut durch bis auf den Sattelknopf, haut auch den Sattel noch zu Stücken und tief noch in des Pferdes Rücken. Zur Rechten sah man wie zur Linken einen halben Türken heruntersinken.*

Damit ist der ausländerfeindliche, rechtsradikalfaschistische Schwabe als bestialischer Mörder identifiziert. Auch seine Tierliebe war offenkundig nichts als Heuchelei, denn ehe er den Türken ermordet, massakriert er dessen Pferd. Seine beispiellos blutrünstige Tat, die er angeblich im Affekt begangen haben will, würde heute zum Abbruch der diplomatischen Beziehungen mit der Türkei führen und die NATO alarmieren. Überdies würde heute keine Schulbuchbehörde ein derart islamophobes Schmähgedicht noch für ein Lesebuch genehmigen. Höchst bedenklich dürfte auch die Tatsache sein, dass der Verfasser dieses zutiefst rassistischen Gedichtes Sekretär des württembergischen Justizministers, Sprecher der Landstände, Professor und Landtagsabgeordneter, später sogar Abgeordneter im deutschen Nationalparlament war.

Für mich bedeutet das *Türkenläuten* in erster Linie ein ständiges Herumreisen, langwierige und umständliche Gespräche mit geschwätzigen oder verstockten Pfarrern und deren mürrischen Haushälterinnen, das obligate Bestechen der Mesner, damit sie für mich auch zu ungewöhnlicher Zeit das Läutwerk in Gang setzen. Anfangs dachte ich ja: viel Abwechslung. Aber mittlerweile hängt mir das *Türkenläuten* zum Hals heraus. Früher hätte ich meine Probleme mit meiner Frau besprochen und ihren Rat eingeholt. Irgendwann habe ich aufgehört, mit ihrem gerahmten Bild auf der Anrichte zu sprechen, das ich in den Jahren des Glücks in Lissabon aufgenommen habe: auf der Praça do Comércio unter der Reiterstatue von José I. In jenen jungen Tagen, da der Sommerwind über unser Leben ging, schienen alle Straßen verheißungsvoll in die Zukunft zu führen. Jetzt bin ich zu der Einsicht gelangt, es sei sinnlos, an ein Foto hin zu reden und

Worte zu formulieren. Meine Frau kennt meine Gedanken ohnehin. Tote können das. Sie hat sie schon immer gekannt. Ich war ein offenes Buch für sie.

Sie wusste zum Beispiel, dass ich mir früher, wenn ich einen schweren Tag gehabt habe oder mir etwas Unangenehmes widerfahren ist, zur Beruhigung manchmal Bilder aus meiner Kindheit ins Gedächtnis gerufen habe. Neuerdings ertappe ich mich dabei immer öfter. Es ist eine unumstößliche Tatsache, dass der Mensch, wenn er mehr Jahre hinter sich hat als vor sich, das eigenartige Bedürfnis verspürt, in die Kindheit zurückzukehren.

Ich packte also meinen Rucksack, legte das Foto meiner Frau obenauf und machte mich auf den Weg. Von der Tatsache, nach vielen Jahren wieder ins Dorf der 13 Dörfer zurückzukehren, war ich seltsam berührt, als ich im Polster des Eisenbahncoupés versank und mich meinen Erinnerungen hingab. So fuhr ich ins Blaue Land und glaubte, während der Zug durch das hügelige Voralpenland glitt, von fern ein Mühlenrad zu hören in einem kühlen Grunde. Seine Melodie wollte mir nicht aus dem Kopf. Diesem verlorenen Zauber konnte ich mich nicht verweigern, sind doch die besten Jahre immer die vergangenen. Ich schaute aus dem Fenster, in dem sich mein Gesicht spiegelte, und staunte, wie weiß mein Haar geworden war, und ich dachte an die alten Fragen: Wer wird, wenn der Wind des Vergessens über uns hinweggegangen sein wird, davon erzählen, wie es war, als wir jung waren? Wer wird das Land von damals beschreiben, seine Menschen, Städte und Dörfer? Wer die Winterfarben und den Duft von frisch gemähtem Gras, wer das Rauschen der Bäume vor einem Gewitter? Wer wird den Herzschlag zählen, als wir liebten und lachten, hoffnungsvoll und ahnungslos?

Bald war ich dort, wo im Herbst vergangenen Jahres Bergsteiger in steilem und unwegsamem Gelände, hoch oben im schwer zugänglichen Bereich des schneebedeckten Gottesackerplateaus auf das Wrack eines ausgebrannten Kleinwagens stießen. Unweit des Autos fand man in einer Klarsichthülle einen Zettel mit einer Notiz: *Ich nehme eine Handvoll Sand und bitte unbedacht um so viele Jahre, wie Körnchen im Sande seien, vergesse aber zu wünschen, es sollten immerfort Jugendjahre sein.*

Ein pensionierter Lateinlehrer identifizierte als Verfasser dieser Zeilen Publius Ovidius Naso. Niemand konnte sich erklären, wie das Auto und diese Botschaft dorthin gelangt waren. Von einem Fahrer fehlte weit und breit jede Spur. Zwar stellte die Polizei vielfältige Ermittlungen an, das Gelände wurde sogar mit Hubschraubern und Wärmebildkameras abgesucht, doch es ergaben sich keinerlei Anhaltspunkte für den Verbleib eines Menschen, der sich vielleicht im Hochgebirge verirrt hatte oder einem Unfall zum Opfer gefallen war. Der rätselhafte Fund bewegte die Leute. Die Zeitung zog eine weit hergeholte Parallele zu Hemingways Erzählung *Schnee auf dem Kilimandscharo,* wo von einem gefrorenen Gerippe eines Leoparden die Rede ist, das dicht unter dem Gipfel liegt: *Niemand weiß, was der Leopard in jener Höhe gesucht hat.* Wochenlang befragte die Redaktion die Leser, ob sie eine einleuchtende Erklärung für das ausgebrannte Wrack hätten, und was uns das Zitat von Ovid sagen wolle. Da müsse doch irgendein Sinn dahinter sein. Die Folge war eine Flut von Zuschriften, und ein Leser schrieb: *Vielleicht liegt des Rätsels Lösung zwischen dem, was der Unbekannte tat, und dem, was er sich dabei dachte, zwischen dem, was er sah, und dem, wovon er träumte, zwischen dem, wovon er träumte, und dem, was er für sich behielt.*

Im Tal war man sich indes sicher, es müsse sich bei dem Fahrer des Kleinwagens um einen irgendwie Gestörten handeln: garantiert einer aus dem Dorf der 13 Dörfer, aus dem auch ich stamme.

Dreizehn Dörfer! Hinter dieser belasteten Primzahl sollte man keine großen Verschwörungen oder tiefen Geheimnisse vermuten. Die Theorie vom Teufelsdutzend ist blanker Unsinn. Auch die 13. Frau aus Dornröschen, die nicht zur Geburtstagsfeier eingeladen ist und deshalb einen Fluch auf die Prinzessin ausspricht, stammt nicht aus diesem Dorf, in dem sich einige alte Männer etwas auf ihre bunten Spekulationen zugutehalten. Alles Mumpitz! Das Dorf hat 13 Ortsteile. Das ist alles.

Hier wurde ich geboren, hier hat mich der Herbstwind vom Baum geweht, und hier gibt es viele Plätze, um seltsame Legenden zu verbergen. Sie sind es, die diese Landschaft erschaffen. Oberflächlich betrachtet ist diese Bärenmarkenidylle eine beliebte Urlaubsgegend für die Behäbigen. Man lernt neue Käsesorten kennen oder genießt eine Heu-Kur. Alles ist auf *Reha* geeicht. Man spricht von sanftem Tourismus. Die Hügel und Tobel sind lieblich, die Seilbahnen gemütlich, die Mutterwege asphaltiert. Für die Extremen sind die Berge zu wenig spektakulär, und für die Exklusiven sind die Orte zu wenig tauglich für eine *gefragte Location*. Allerdings wird leicht vergessen, dass sich der verrückte Bayernkönig ausgerechnet diese Region zur Verwirklichung seiner architektonischen Träume ausgesucht hat. Es muss also doch etwas dran sein an diesem Landstrich, in dem die Spezialitäten der regionalen Küche eigenartige Namen haben: von Nonnenfürzle über versoffene Jungfern bis hin zu Katzengschrei. Vielleicht lautete deshalb die Anweisung der Redaktion: Machen Sie ein *Mittagsläuten* zum Dorf der 13 Dörfer!

Routine, wie es schien, doch mein Wiegenland hat seine eigenen Regeln und viele versteckte Fallen. Bisweilen geht es darin zu wie in einem Bienenstock, weswegen die Alteingesessenen auch öfter vom blauen Bienenstock als vom Blauen Land sprechen. *Blau* heißt das Land, weil Flachs einst Leinewebern Brot und Arbeit gab. Illyrer aus dem Balkan siedelten zuvor, und ihnen folgten Vindeliker, Estionen und Likatier, bis Drusus und Tiberius das Recht mit ihren Schwertern schrieben. Schon der Griechengeograf Strabon kennt die Garnisonstadt Cambodunum, ehe Alemannen und Sueben den Limes stürmten und der Stadt dermaßen zusetzten, dass Odoakar seine letzten Römer abzog, um Platz zu machen für das Siedlungswerk der Alemannen, die sich, geschickt dem Zeitgeist angepasst, der Christianisierung durch angloirische Mönche nicht verschlossen. Die *Albigaue*, von der Sankt Galler Klosterbrüder schrieben, unterwarfen sich als *Albigoi* den Staufern und den Welfen und später fürstbischöflich augsburgischer Gewalt. So weit reicht auch mein Dorf zurück.

Es liegt am Fuße hoher Berge auf knapp tausend Meter Meereshöhe. Wer glaubt, es auf der Landkarte finden zu können, der sucht vergeblich. Das Dorf, von dem hier die Rede sein soll, hat es außerhalb meiner Vorstellung nie gegeben. Jeder Versuch, es mit einer historischen oder geografischen Wirklichkeit in Verbindung zu bringen, ist von vorneherein zum Scheitern verurteilt, denn ich habe mir das alles nur ausgedacht und aus jenen mehrfach gewendeten Scherben zusammengesetzt, die sich in meiner Erinnerung erhalten und jene langen Jahre überdauert haben, in denen ich mein Leben jenseits solcher Vorstellungswelten gelebt habe.

Mit zunehmendem Alter ist mir bewusst geworden, wie sehr ich stets das vermisst habe, was ich damals im Dorf der 13 Dörfer erlebt und erfahren habe. Es waren die Jahre meiner Kindheit und meines Heranwachsens in einer Welt, die heute kaum noch vorstellbar ist und deshalb jedem bisweilen märchenhaft, fantastisch oder gänzlich irreal erscheinen muss. Die Welt, der wir einmal angehört haben, gibt es nicht mehr. Was hier erzählt werden soll, ist aus einer anderen Zeit.

Es ist die Zeit, in der wir jung gewesen sind.

Aber für einen mit Empfindungs- und Vorstellungskraft begabten Menschen, wie dies ein Verfasser von Nachrufen nun einmal sein muss, der beständig in seinen Empfindungen und Vorstellungen mit Blick auf die Vergangenheit lebt, muss die Welt gewissermaßen doppelt vorhanden sein. *Mit den Augen*, sagt mein Hausheiliger Giacomo Leopardi in seinem *Gedankenbuch*, sieht er *einen Turm, eine Landschaft; mit den Ohren hört er den Klang einer Glocke; und gleichzeitig sieht er in seiner Vorstellung einen anderen Turm, eine andere Landschaft und hört einen anderen Klang. In dieser zweiten Ordnung der Dinge liegt all ihre Schönheit und Annehmlichkeit.*

Kaum angekommen hatte ich das *Türkenläuten* so gut wie vergessen. Mit geschlossenen Augen erinnere ich mich an das Sommergeräusch meiner Kindheit, das ich vermisse: das Dengeln der Sensen, abends, reihum auf den über den Hügeln verstreut liegenden Bauernhöfen, das Schärfen der Sense mit einem Hammer, der gleichmäßig und präzise auf das Sensenblatt trifft. Dazu der Duft von frisch geschnittenem Gras, die Trauer abgemähter Blumen, das unvergleichliche Zischen, wenn die scharfe Sense durch die Halme fährt. Mancher Bauer hat beim Dengeln eine lange Virginia im Mund. Der Rauch steigt in den Abendhimmel, und die Schwalben fliegen hoch.

Jetzt ist mein Himmel ohne Schwalben. Sie sind nicht zurückgekehrt. Am Vorabend des Alters führt der Weg in die knapper werdende Zukunft über die Stationen der Kindheit. Dann kommt ein braunstichiges Bild zum Vorschein, gezahnt wie eine alte Fotografie, und steht mir immerdar vor Augen. Es ist meine Erinnerung an einen kleinen, verlassenen Bahnhof irgendwo auf dem Lande, der inmitten einer an ein graues Meer gemahnenden Landschaft entlang einer eingleisigen Strecke wartet wie ein leer stehendes Hotel, das große Zeiten gesehen hat und dem heute deshalb jeder Gast zu gering ist. Auf der Türschwelle und im geborstenen Mauerwerk dorren magere Grasbüschel, einige Fensterläden, von denen schuppenartig die Farbe blättert, hängen schief. Das Gebäude jenseits jeder Behaglichkeit hat das verwitterte Gesicht eines alten Mannes. Weit und breit ist kein Mensch zu sehen.

Von hier also bin ich einmal mit der in Überzeugung verwandelten Illusion ausgezogen, die ganze Welt erobern zu können. Heute ist davon kaum noch etwas übrig. Nichts ist so geworden, wie es ursprünglich einmal gedacht gewesen ist. Ohne dass sich viel verändert hätte, ist das meiste anders geworden. Aber was verschüttet ist, kann wieder ausgegraben werden.

Jeder Bahnhof hat einen Wartesaal, sonst ist er nichts weiter als eine Haltestelle. Der Wartesaal ist ein Ort, der einem die unbeantwortbare Frage nach dem Ziel des Lebens aufdrängt. Diese Frage setzt sich gegenüber all den anderen Stimmen durch, die im Inneren nach und nach stiller werden, bis sie zu einem kaum noch wahrnehmbaren Summen zusammenschrumpfen: hartnäckig wie ein Tinnitus.

Nach unbekümmertem Umherstreifen und der Durchquerung dichter Wälder bin ich an diesem Ort gelandet. Ich höre den Wind, der über das Dach der Station streicht und irgendwo etwas blechern scheppern lässt. Es ist Spätherbst, der Winter steht vor der Tür. Er wird die baumlose Ödnis eindunkeln mit jenem halbweißen Schnee, der vorerst noch in dicken, schweren

Wolken niedrig an einem Himmel hängt, an dem bisweilen vom Wind blank gefegte blaue Löcher aufscheinen.

Da stehe ich auf dem Bahnsteig und spüre den Geschmack alter Wörter aus meiner Kindheit auf der Zunge, indes Fetzen eines Liedes in meinen Ohren nach einem Zusammenhang suchen. Mit hochgestelltem Mantelkragen spähe ich mal nach links, mal nach rechts, und ich bin mir nicht sicher, ob ein Zug kommen und in welche Richtung er fahren wird. Mein kleines Gepäck, ein verwitterter Rucksack, steht neben mir. Er enthält Wäsche zum Wechseln, einen Pullover, einige Bücher, zerschlissen, aber eigenartig vertraut, außerdem Papier und Schreibzeug. Ein Schwarm von Raben kreist in der Nähe und schreit die ersten Schneeflocken herbei, die noch verloren im Wind tanzen. Mir dämmert, dass ich ein Wanderer bin, der in der leicht verzerrten Gangart eines Traumes wie ein Kartograf seine Erinnerungsräume durchmessen muss, von der Kindheit bis zum Alter. Noch stehe ich ganz am Anfang. Von fern höre ich das Echo meines späteren Lebens, als werde irgendwo eine Schranke heruntergelassen, begleitet von einem trockenen Bimmeln, das entsteht, wenn ein Eisenhammer gegen einen Hut aus Metall schlägt. Mein Gemüt kommt mir dabei so tief vor, wie die naive Freude auf bevorstehende Abenteuer hoch ist, als sei sie ein Fels inmitten eines tintenschwarzen Flusses, von dem herab sich übermütige Taucher stürzen, um die Wasseroberfläche in Licht und Bewegung zu verwandeln. Surrte da nicht soeben ein streunendes Flugzeug am Himmel? Einen Augenblick lang war mir so, doch jetzt ist alles wieder still, bis auf den Wind, der nicht nachlässt. Ich beobachte das zitternde Gras zwischen den Schwellen. Mein Blick schweift über das Schieferschuppendach des Bahnhofes, der sich gegen die Zeit zu stemmen scheint.

Jeder Bahnhof, sagt Stefan Zweig, reiße eine andere Ferne in sich hinein. Er sei ein Versprechen. Eine gedämpfte Leere gehe von ihm aus, als erinnere er sich an leuchtende, geraniengeschmückte Fenster, an unbeschwertes Kinderlachen und flatternde Wäsche auf einer Leine hinter dem Haus.

Ein Fuchs betritt vom Waldrand her die Bühne und nimmt vorsichtig Witterung auf. Ein zaghafter Einzelgänger. Er könnte mein Wappentier sein. Was mir an Füchsen gefällt, ist ihre Weigerung, sich wie Hunde domestizieren zu lassen. Füchse unterwerfen sich nicht. Zugleich vermeiden sie jenen Hang zum Melodramatischen, wie er Wölfen eignet, die überdies in Rudeln leben. Füchse bewohnen ihren Bau, streifen einsam umher, bleiben aufmerksam und misstrauisch. Sie sind den Menschen gefolgt, haben ihnen jedoch nie vertraut, sondern sind Skeptiker geblieben. Und sie stehen im Ruf, nicht gerade dumm zu sein. Meine späten Tage gleichen der Einsamkeit der Füchse, die sich ihre Hoffnung dort holen, wo sie glauben, noch etwas von ihr finden zu können, ehe der Winter kommt.

In solches Nachdenken versunken holen mich die heiseren Rufe der Krähen zurück in die Gegenwart, in der die Dämmerung herabsteigt. Um diese Stunde denke ich an die leeren Strände von einstmals berühmten Seebädern in der Nachsaison, die außer dem nie verstummenden Geschrei der Möwen nur noch wenige, fröstelnd aneinander gekauerte Greise auf der Promenade dulden. Die Tage sind kurz geworden, schon werden sie angereichert vom Schein einer Lampe, der anzeigt, dass sich das Leben ins warme Innere zurückgezogen hat.

All dies, so will mir scheinen, hat sich vor einer langen Reihe von Jahren zugetragen. Es geht um Menschen in einem verschlissenen Ballsaal mit stumpf gewordenem Parkett, um Alte und Junge, Dicke und Dünne, Schöne und Hässliche. Die einen sind kostümiert, die anderen alltäglich gekleidet. Im Saal der verlorenen Schritte drehen sich die Tanzenden langsam zu verklingender Musik und schwingen sacht aus dem Raum hinaus, als wollten sie fortgehen. Die Kerzen sind heruntergebrannt, das Wachs auf den Boden getropft, die Gläser geleert, das große Fest ist vorbei und die Musiker sind schon im Aufbruch. Es sind nicht nur Paare, die sich bewegen, auch viele Einzelne wiegen sich in einem geheimnisvoll schleppenden Takt, leicht verzögert, der ihrem Herzschlag gleicht und von der Gewissheit getragen scheint, alles gehe nunmehr piano zu Ende ... *The Farewell Waltz*, wenn die Mitglieder des Orchesters nacheinander die Lichter löschen und abgehen, bis nur noch ein einzelner Geiger übrig bleibt. Und über dem Saal der verlorenen Schritte wölbt sich ein hoher Himmel, festlich, wie für Schwalben erdacht.

Jetzt öffnen sich die Türen in die zufriedenen kleinen Welten von früher, und die Nächte darin gleichen einer Fahrt übers Meer. Das Boot gleitet immer weiter hinaus, ich sehe ihm nach, wie es am Horizont verschwindet, und stelle mir jemanden vor, der auf der anderen Seite freudig ruft: Da kommt es! Wohin, du stolzes Schiff, mit so viel weißen Segeln?

Statt des Geläuts der Kirche über dem Tal der 13 Dörfer geht mir die ganze Zeit eine Melodie durch den Kopf, die ich vor mich hin summe. Sie stammt aus dem Film *The Way We Were* mit Barbra Streisand und Robert Redford. Nach und nach fällt mir auch der Text wieder ein: *Can it be that it was all so simple then? Or has time rewritten every line? If we had the chance to do it all again, tell me, would we? Could we?* Und schon kommen die Bilder. Eine meiner frühesten Erinnerungen nimmt mich an die Hand und führt mich wie einen heimlichen Gast in den Kindergarten. Ich sehe all die Kinder, die mich nicht sehen können, weil ich alt bin und mich in eine Ecke drücke, wo ich sie nicht störe, aber gut beobachten kann. Schon stellt sich ein Gefühl des Widerwillens bei mir ein, denn der Kindergarten war mir von Anfang an suspekt. Ich wollte nie hingehen und bin auch nicht lange geblieben. Vielleicht lag es an den Nonnen, die ihn führten, und an ihrer seltsam einschüchternden Tracht. Sie lockten fröhlich mit Schaukelpferd und Holzlokomotive und einem Hollerbusch, um den man tanzen konnte. Also machte ich mich auf den Weg mit einem Leinenbeutel, in dem ein Stück Brot und ein paar Apfelschnitze waren. Zuerst musste ich lernen, dass der Sandkasten Platz hatte für mehrere Kinder. Dann erfuhr ich, dass Schwester Seraphina das Kommando führte. Zu meinem großen Glück mochte sie mich und drückte mich manchmal an ihre keusche Brust. Mir wurde dabei ganz zweierlei zumute, so warm und weich und anschmiegsam war sie. Doch schon wenig später war es vorbei mit dem Trockenstillen, denn alle Kinder bekamen ausnahmslos eine große Aufgabe zugeteilt.

Schwester Seraphina führte uns in den Saal, setzte uns an einen langen Tisch, auf dem viele Bücher lagen, große und kleine, dicke und dünne, hochformatige und querformatige, eingebunden oder in Zeitung gewickelt. Dann erklärte uns Schwester Seraphina, was zu tun war. Vor jedem Kind stand ein Töpflein mit Leim und einem Pinselchen darin. Auch ein kleiner Stapel mit rechteckigen Papierchen, etwa halb so groß wie eine Schachtel *Zuban* oder *Mokri,* lag vor jedem. Schwester Sera, wie wir sie nannten, nahm eines der Zettelchen, drehte es um, bepinselte es mit Leim, nahm ein Buch, schlug es auf Seite drei auf und klebte das Zettelchen genau auf die Stelle, an der ein Stempel war. Sera überklebte den Stempel, der danach so gut wie nicht mehr sichtbar war. Nur manchmal schimmerte er noch ein wenig durch, aber das verlor sich bestimmt mit der Zeit, wenn der Leim erst fest genug sein würde. Jedenfalls war das Schwester Seras frommer Wunsch!

Der Stempel war blau und größer als ein Fünfmarkstück. Rundherum zog sich eine Schrift, die verwischt war vom vielen Stempeln. In der Mitte prangte ein stolzer Greifvogel, vermutlich ein Adler, der seine Schwingen ausbreitete. Seine Krallen hielten einen Kranz, der so ähnlich aussah wie der Kranz am Denkmal für die Gefallenen. In dem Kranz war etwas Merkwürdiges. Es glich einem Kreuz, aber es war kein richtiges Kreuz, sondern eines mit umgeknickten Ecken. Es sah aus, als wolle dieses seltsame Kreuz mit den umgeknickten Ecken aus dem Kranz ein Rad mit Speichen machen. Was hatte dieser Stempel zu bedeuten, was dieses komische Kreuz, und warum klebte die liebe Schwester Seraphina ein blütenweißes Papierchen darüber, sodass Stempel und Adler und Kreuz nicht mehr zu sehen waren?

Die Kinder waren angehalten, in jedem Buch auf Seite drei und in der Mitte den Stempel zu suchen, und wo immer sie diesen Stempel mit dem Kreuz und dem Adler fanden, ein Papierchen mit Leim zu bestreichen, an den Ecken besonders sorgfältig, und darüberzukleben. Schwester Seraphina hat uns Kindern nie verraten, warum wir das machen mussten. Sie meinte nur, der Stempel sei aus früheren Zeiten und jetzt nicht mehr gültig, und das umgeknickte Kreuz sei ein heidnisches Zeichen, eigentlich uralt, es habe die Bedeutung eines Sonnenrades und man kenne es sogar in Indien. Da aber etwas Heidnisches in einem katholischen Kindergarten verboten sei, müssten die Kinder den Stempel mit dem umgeknickten Kreuz zukleben.

Damit sich die Kinder beim Überkleben der Stempel in den Lese- und Rechenbüchern, den Erdkunde- und Naturkundebüchern nicht langweilten, erzählte Schwester Seraphina Geschichten. Einmal aber fand ich in einem Buch eine ganzseitige Fotografie von einem Mann, der seltsam stechende Augen hatte und einen Blick, dass man sich fürchten konnte. Er trug eine Uniform, streckte einen Arm gerade von sich, als wolle er prüfen, ob es regnete, und er trug wie ein Blinder eine Binde am anderen Arm, auf der wieder das heidnische Sonnenrad abgebildet war. Deshalb fragte ich Schwester Seraphina, ob ich das komische Kreuz auf dem Foto auch überkleben sollte. Sie aber sagte kein Wort, nahm mir das Buch aus der Hand und riss die ganze Seite einfach ratzfatz heraus.

Tagelang waren wir Kinder mit nichts anderem beschäftigt, als die Papierchen über die Stempel mit dem verbotenen Kreuz zu kleben. Dazwischen führte uns Schwester Seraphina mit wogender Kutte in König Laurins Rosengarten. Wir saßen mit Dietrich zu Bern und ruhten im Kreise der wackeren Gesellen. Manch keckes Abenteuer galt es zu bestehen, und jeder von uns wollte einmal ein kühner Recke werden. Wir hörten von einem Zwerg, Laurin mit Namen, der einen Rosengarten besaß, so herrlich und schön wie sonst keiner in südlichen Landen. Doch neidisch sei dieser Laurin gewesen, wie alles Zwergenvolk, und keinem habe er gönnen wollen, das Wunder zu sehen, und wehe dem Frechen, der eine Rose pflücken wolle. Nicht einmal die Königstochter Künhilde, die er sich geraubt hatte, durfte den Garten betreten. Tief im Berg verborgen halte er die junge Frau gefangen, vergeblich harre sie ihres Befreiers. Eine Rüstung habe Zwerg Laurin, von Salamanderblut gehärtet, die kein Schwert durchdringe. Dazu trage er einen Gürtel, der ihm die Stärke von 12 Männern verleihe, und werde ihm ein Kampf zu gefährlich, so stülpe er sich rasch eine Tarnkappe über, die ihn unsichtbar mache. Hand und Fuß nehme er als Buße von jedem, der es wage, auch nur in die Nähe des Rosengartens zu kommen. Doch der tapfere Dietrich von Bern, den Schwester Seraphina manchmal auch Sepp Dietrich nannte, was ich nicht begriff, habe es mit Laurin aufgenommen, ihm die Tarnkappe vom Kopf gerissen, ihn am Gürtel gepackt und gegen einen Felsen geschleudert, bis der Gürtel zerbrach. Schließlich führte uns Schwester Seraphina in Laurins Höhle. Wir kamen in einen großen Saal. Hier gaben Karfunkel einen hellen Schein, dort gleißte es von Gold und edlem Gestein, da war eine Pracht und eine Herrlichkeit, wie kein Menschenauge sie je gesehen. Sanftes Saitenspiel erhob sich, es hallte gar lieblich durch die Wölbung, Zwergjungfrauen kamen geschritten und hinter ihnen Künhilde, die geraubte Königstochter, eine Krone von lauterem Golde auf dem Haupte, und bot den Helden den Willkomm. Die grünlichen Augen Laurins glänzten, als er vergifteten Wein kredenzte. Wie lange wir schliefen, das wussten wir nicht. In Dietrich aber erwachte der Zorn über die Tücke und Falschheit des Zwerges, und schrecklich ist der Recke, wenn er zürnt. Feueratem ging ihm aus dem Munde, sodass die lodernde Glut die hänfenen Stricke verbrannte, die unsere Hände gefesselt hielten. Wir überwältigten den bösen Zwerg, banden ihn und warfen ihn in die tiefste Felsenschlucht seines Rosengartens, um mit Künhilde die Heimreise anzutreten, die uns über ein zu Eis erstarrtes Meer führen sollte. Als wir schließlich zu Hause anlangten, waren alle bösen Adler und verbotenen Kreuze überklebt. Nur manchmal schimmerte es noch durch – bis zu dem Tag viele Jahre später, an dem ich begriff, dass meine Entnazifizierung im Kindergarten stattgefunden hatte.

Und in den Baumkronen hockten die Krähen, die dem Treiben schwarz und stumm zusahen.

Wie von fern höre ich ein dünnes Geläut, das aus einer anderen Zeit herüberzuwehen scheint. Auf einer weiten Fläche türmen sich Berge von Schutt und Geröll. Vor dem Heute war hier mein Lieblingsspielplatz, den ich mit meiner Kindheitsfreundin Heidrun teilte. Wenn ich mich an sie erinnere, ist alles dunkel: ihr Haar, ihre Augen, ihre Haut. Nicht schwarz, nein: dunkel. Manche mochten seinerzeit von Schokolade gesprochen haben, doch das traf es nicht. Das Wort „Besatzungskind" lernte ich erst später.

Es gibt ein Foto von Heidrun und mir. Darauf sind wir ungefähr fünf Jahre alt. Aufgenommen wurde es beim Kinderfasching bald nach dem Krieg, als es noch fast nichts gab, mit dem man sich hätte verkleiden können. Deshalb trug ich einen zerschlissenen Schlapphut, den meine Mutter vermutlich auf dem Dachboden gefunden hatte, eine viel zu weite Trachtenjoppe, an der einige Hirschhornknöpfe an ihrem letzten Faden hingen, sowie zerrissene Hosen, deren Ursprung einmal ein Rupfensack gewesen war. Mit Kohle hat mir meine Mutter einen kühnen Schnurrbart über meine kleine Oberlippe gemalt, dazu passend Koteletten, die mir einen verwegenen Ausdruck geben sollten, denn angeblich habe ich als Kind ängstlich und verschreckt in die Welt geschaut und schon bei meiner Geburt ein großes „Nein" in den Augen gehabt. Heidrun aber ging als Prinzessin aus dem Morgenland. Wegen ihrer dunklen Haut benötigte sie keine Schminke. Ihr fein gerolltes Haar verbarg sie unter einem Tuch, das wie Seide aussehen sollte, eher aber einem ausgewrungenen Spüllappen glich. Es wurde über der Stirn von einem breiten roten Band zusammengehalten, mit dem vielleicht jener Rupfensack einst zugebunden war, der später dann zu meiner Hose geworden war.

Unser gemeinsamer Spielplatz war ein verwilderter Garten am Ufer des Flusses, der zu einem Häuschen gehörte, in dem ein sonderbarer Mann lebte. Er war neben der dunklen Heidrun das zweite Wunder meiner Kindheit. Schwalben nisteten unter dem Dach – *Wo die Schwalbe nistet, da kein Unglück fristet* –, und der Weg zu seinem Häuschen gleich hinter dem Park, in dem sonntags die Standkonzerte stattfanden, war holprig wie ein Saumpfad in Tirol. Dieses Häuschen verweigerte die Pflicht zur bürgerlichen Gediegenheit, die sonst allenthalben im Dorf triumphierte, es zeigte uns Kindern vielmehr, wo der Weg ins Märchenland beginnt. Darin hauste der Honigmann. Mit beinahe trotzig zu nennender Beharrlichkeit strebte er an dem vorbei, wofür andere ihr Lebtag schufteten. Dafür nahm er seine Träume ernst, machte sich klein, duckte sich weg und hielt sein Leben in überschaubarem Rahmen. Mit seiner braven Frau lebte er in seinem winzigen Häuschen inmitten eines verwilderten Gartens, der an den Fluss grenzte.

Im Sommer wuchsen die Blumen kniehoch, Heidrun und ich dufteten den ganzen Tag danach, und diese Wildnis mit den roten und schwarzen Johannisbeer- und

Stachelbeersträuchern sowie den Himbeerschlägen war voller Bienen, denn der Mann mit dem breitkrempigen, grün verschossenen Filzhut, an dem eine Respekt gebietende Adlerfeder steckte, war nicht etwa ein Indianerhäuptling, sondern Imker. All diese Beeren wurden sorgfältig gepflückt, die Guten ins Kröpfchen, die Schlechten ins Töpfchen, lachte der Mann, sie wurden von seiner Frau zu Marmelade verkocht und eingeweckt in dicken Weckgläsern mit Weckgummi, die im Keller auf langen Brettern standen wie eine stumme Vorratsarmee. Dann roch es weit und breit nach Marmeladeeinkochen.

Seine Ruhe bezog der Honigmann aus dem stundenlangen stillen Beobachten seiner Bienen, und sein bescheidenes Einkommen verdiente er mit der Herstellung von Etuis für Zirkel und Messgeräte, die er in Heimarbeit fertigte und sorgfältig mit Samt auslegte. In seiner Werkstatt, die der verborgenen Filiale des Labors eines großen Alchimisten und Erfinders glich, führte ein komplizierter, vielfach verstellter schmaler Pfad zu einem krummen Holzhocker, und es stank ein wenig nach dem Schleifen und Polieren der Instrumente. Die Buntheit der Gegenstände, ihre chaotische Ordnung, die blauen, violetten, schwarzen und roten Ballen von Velours für das Etuifutter bewiesen, dass hier nicht arme Einfalt, sondern reiche, ja noble Vielfalt herrschte. Aber nur für das, was dem Honigmann nicht gehörte. Überhaupt vermittelte die Werkstatt den Eindruck, hier würden nicht Etuis gefertigt, sondern Gaben für die Heiligen Drei Könige. Aus dem Radio direkt über der Werkbank tönte den lieben langen Tag das Wunschkonzert des

Senders Radio Beromünster. Bisweilen erzählte Felix Graf Luckner aus seinem schillernden Leben, wie er zu den Cookinseln segelte und weiter nach Fidschi. Er berichtete wortreich von seinen Abenteuern, von Seeteufels Weltfahrt und wie er aus dem Gefängnis in Neuseeland ausbrach und nur mithilfe einiger herausgerissener Seiten aus einem Schulatlas und eines Sextanten auf einem gekaperten Lastkahn bis zu unbekannten Inseln im Pazifik gesegelt war. Neben dem Radioapparat standen einige Bücher, ausgesuchte und zerlesene Exemplare: *Der Graf von Monte Christo, Das Erbe von Björndal* und Axel Munthes *Buch von San Michele* – wie von einem durchrauschenden Kulturwind irgendwann einmal vor vielen Jahren hergeweht. Machte das Lesen den Honigmann heiter? Oder war es vielleicht die Musik, die ihn so grundfroh stimmte? Schlechte Laune kannte er nicht, er hatte stets ein Späßchen auf den Lippen, selbst dann, wenn seine zwischen den gelben Zähnen hängende Pfeife kalt blieb, weil es wieder einmal nicht für den Tabak gereicht hatte. Der Mann ist kaum je aus seinem Garten herausgekommen, und vermutlich hat er den Ort nur in seinen frühen Mannesjahren einmal verlassen, denn einmal zieht es bekanntlich jeden hinaus.

Und einmal in seinem Leben muss er eine Oper gesehen haben: den *fliegenden Holländer*. Warum sonst sollte seine einzige Tochter auf den seltenen Namen Senta hören? Sie war ein scheues „Fräulein vom Amt", wie man damals die Telefonistinnen nannte. Oder hat Radio Beromünster die Oper übertragen? Der Honigmann selbst trug den Namen des Prinzregenten, in dessen Zeit er geboren worden war: Luitpold. Er ging ein wenig bucklig, kein Lasttier, aber ein Lastmensch. Gebeugt zwar der Rücken, nicht aber der Stolz. Seine Hände waren groß und zugleich feingliedrig, und aus seinen Ohrmuscheln wuchs derselbe Flaum, der seine Adlerfeder zierte. Obgleich sein Hut ein majestätisches Exemplar war, wurde er vor keinem gezogen, vor dem Apotheker nicht und erst recht nicht vor dem Pfarrer. Dennoch war Luitpold beliebt bei jedermann, und ich habe nie ein schlechtes Wort über ihn gehört. Das galt auch umgekehrt, denn Luitpold beteiligte sich nicht am Klatsch und Tratsch, sondern lebte in seinem Häuschen sein Leben in seinem eigenen Takt.

Der Wunder größtes aber waren für meine Freundin Heidrun und mich seine Westentaschen. Sie enthielten alles, was für Kinder eine Kostbarkeit darstellt: ein Taschenmesser und ein Stück Schnur, einen Angelhaken, rostige Nägel, einen Tiroler Schilling, links die Taschenuhr, die Luitpold immer wieder aufziehen musste, einige ungültige Münzen, Steinchen, das abgerissene Kreuz eines Rosenkranzes, eine Nagelfeile, mit der er gelegentlich seine vom Polieren schwarz gewordenen Fingernägel reinigte, jede Menge Streichhölzer, Tabakkrümel, Pfeifenreiniger … Luitpolds Weste war wie sein Hut: Er wurde nie ohne sie gesehen.

Wen immer er mit zu seinen Bienen nahm, der konnte sich glücklich schätzen, denn dies war ein Vertrauensbeweis der Sonderklasse. Während Heidrun von den anderen Bewohnern des Dorfes verspottet und verlacht wurde, weil sie dunkel war und gerolltes Haar hatte, empfing sie der Honigmann immer mit offenen Armen, herzte sie und nahm sie zu seinen Bienen mit, vor denen meine Freundin sogleich jedwede Angst verlor. Bei den Bienen hantierte der Imker noch langsamer und umsichtiger als in seiner Werkstatt, wenn er ein besonders kostbares Etui mit rotem oder blauem Samt ausschlug. Jeder Handgriff verriet uns Kindern die hohe Könnerschaft des Mannes, und das muss sich irgendwie auf die Bienen übertragen haben, denn sie blieben ruhig und unaufgeregt, flogen friedlich und summten wie gewohnt, sofern sich auch der Besucher ihres Königinnenreiches ruhig und unaufgeregt verhielt. Gleichmäßig paffte der Imker die Imkerpfeife, blies den Rauch aus wie eine Lokomotive. Nur selten hatte er ein Netz über seinen Hut geworfen, weil er verhindern wollte, dass dabei die Adlerfeder Schaden nahm. Luitpold liebte seine Bienen, gab den Völkern seltsame Namen, und wenn die Zeit reif dafür war, verkauften er und seine Frau kleine Blechkübelchen mit feinstem Honig. Weil er Heidrun besonders gerne hatte, hielt seine Frau eigens ein Eimerchen für sie bereit, umwickelt mit einer alten Zeitung, und der Mann, der die Kinder liebte und so viel Zeit hatte und deshalb, wie er sagte, auch so viel dachte, verriet bei der Übergabe auch gleich noch ein paar medizinische Geheimnisse seines Honigs: innerlich und äußerlich anzuwenden. Daran erinnere ich mich wortwörtlich.

Im Sommer versank das Häuschen in einem einzigen Duft- und Blütenmeer, überall summte und brummte es, und nachts goss der Mond milde gelbe Streifen über diesen bescheidenen Zauber. Für uns Kinder gab es kaum etwas Schöneres, als von Luitpold zu den Bienen mitgenommen zu werden, nachdem man ihm zuerst in seiner Werkstatt beim Etuimachen hatte zuschauen und bewundern dürfen, wenn der alte Mann den über Ecken und sogar an der Zimmerdecke entlanglaufenden Transmissionsriemen auf die Poliermaschine gewuchtet hatte. Angetrieben wurde die gesamte Anlage von einem Mühlrad an Luitpolds Häuschen, das wiederum von einem Bach gespeist wurde, den man dem Fluss abgeluchst hatte.

Dieser Held meiner Kindheit schenkte seinen beiden Besuchern aus einer einfachen Karaffe ein Glas klares Quellwasser ein, so fein und so würdevoll, als kredenze er Champagner, und er bediente seine Gäste nicht mit der servilen Höflichkeit eines Oberkellners aus dem Grand Hotel, sondern mit der Vornehmheit eines fürstlichen Mundschenks. Dazu Luitpolds breites Lachen, das seine schlechten braunen Pfeifenraucherzähne entblößte. Es gehörte zu den besonderen Privilegien, wenn Heidrun und ich neben dem Etuimacher sitzen und ihn bei seiner Arbeit beobachten, seine Fingerfertigkeit und die Geschicklichkeit seiner Hände und Knie auf dem winzigen Schemel bewundern durften. Uns gefiel, wie der alte Mann nebenbei mitsummte, wenn Radio Beromünster in seinem immerwährenden Wunschkonzert gerade einen bekannten Schlager sendete. Dann konnte es sogar vorkommen, dass Heidrun und ich einstimmten, mit dem Honigmann im Terzett sangen und mit weit ausladenden opernhaften Gesten den Liedtext unterstrichen: *Papa wie ein Pfeil sprang hinauf auf die Seil. Eh la hopp, eh la hopp, eh la hopp!*

Vielleicht hat sich Heidrun so ihren Vater vorgestellt, den sie nicht kannte und von dem ihre Mutter nur gesagt hatte, er sei Soldat gewesen und wieder heim nach Amerika gegangen. Das hat sie mir später einmal erzählt, als wir schon beinahe erwachsen und längst alle jungen Männer des Dorfes hinter diesem Mädchen her waren, das sie einst verlacht und verachtet hatten und das schließlich zu einer dunkelhäutigen Schönheit herangewachsen war, nach der sich jeder umdrehte. Nichts, so vertraute mir Heidrun an, habe sie sich sehnlicher gewünscht als einen Vater beim Zirkus: hoch auf dem Seil, in pompöser Uniform in der Manege, als Direktor mit Frack und Peitsche, im Käfig mit den Tigern oder auf dem Rücken eines Elefanten.

Niemand im Dorf kannte solche Träume. Nur der Honigmann wusste Bescheid. Aus nichts konnte er eine Geschichte machen. Ich kann mich an keinen sonst erinnern, der allein durch seine Art des Lebens und Arbeitens uns nachhaltiger zu unseren Träumen ermutigt hätte als er. Er hat damit die Leinwand gespannt, auf der ich auch später im Leben die Schattenspiele meiner Kindheit immer wieder spielen konnte.

Ich erinnere mich: Es waren die ersten Septemberabende. Wir saßen hinter Luitpolds Haus am Fluss, der langsam eindunkelte, bis seine Wellen silbern aufblitzten. Über uns erwachten die Sterne, zu denen wir hinaufschauten und in diesem Augenblick erkannten, dass wir sie nie erreichen würden. Wir tauchten unsere nackten Füße ins Wasser. Heidrun saß still neben mir, und wir hörten den Fluss, der unaufhaltsam vorüberfloss wie die Zeit. Damals waren wir unzertrennlich und hielten uns an der Hand. Das Leben hatte noch überhaupt kein Gewicht, und es war so leicht, glücklich zu sein.

Mein Auftrag für das *Türkenläuten* sieht ein Gespräch mit dem Pfarrer vor. Wie mag er sein? Asketisch und wortkarg oder barock beredt? Man weiß nie. In meinem Gedächtnis schneit es. Im Winter brachte jeder Schüler ein Stück Holz oder ein Brikett mit in die Schule. Damit heizte der Lehrer den großen Kachelofen. Die erste Stunde begann Schlag 8 Uhr. Zuerst wurde im Stehen gebetet. Dann durften wir uns setzen. Der Expositus ging zum Pult, schälte sich aus seinem Klepper-Mantel und setzte sich ebenfalls. Er stemmte seinen Rucksack auf die Schreibfläche und löste den Knoten der Kordel, die ihn zusammenhielt. Wir saßen mucksmäuschenstill, weil wir nicht wussten, was jetzt kommen würde. Es gab zwei Möglichkeiten: entweder Katechismus oder biblische Geschichte. Katechismus hatten wir nicht so gerne. Man musste viel auswendig lernen und aufsagen. Biblische Geschichte war schöner.

Vor uns lag die illustrierte Schulbibel, die sogenannte Buchbinder-Bibel, benannt nach dem Regensburger Bischof Buchbinder, der sie herausgegeben hatte. Mit Genehmigung der Militärregierung, wie es auf der ersten Seite ausdrücklich hieß. Jeder Schüler hatte eine Schulbibel. Sie gehörte ihm das ganze Schuljahr über, am letzten Tag aber musste er sie wieder abgeben. Die Illustrationen waren schwarz-weiß, und wir durften sie manchmal ausmalen. Jesus hatte Dauerwellen und geföhnte lange

Haare. Er war immer sofort zu erkennen, während die Frauen meistens alle gleich aussahen. Bis auf Maria. Sie hatte statt der Dauerwellen einen Schleier und wie Jesus einen Heiligenschein aus feinen gestrichelten Linien, als sei eine Fliege mit Tintenbeinchen über das Papier gekrabbelt. Nur die Landkarten auf den letzten Seiten der Schulbibel waren in Farbe: Kanaan, die Halbinsel Sinai, Jerusalem, Palästina zur Zeit Jesu, Reisen des Apostels Paulus. Der Expositus war kein junger Mann mehr. Er war Ungarnflüchtling. 1956. Angeblich kam er aus Hódmezővásárhelykutasipuszta und sprach ein seltsames Deutsch. Die Leute verstanden ihn dennoch. Es klang wie bei Marika Rökk. In der Pfarrkirche las er nur selten eine Messe, denn er war zuständig für einen abseits gelegenen Ortsteil des Dorfes der 13 Dörfer. Alte Frauen mochten ihn, weil er ein geduldiger Beichtvater war und sich alles anhörte, was ihm erzählt wurde. Die Ministranten mochten ihn, weil er ein Leichtmotorrad fuhr, eine Fichtel & Sachs mit Schaltung am Tank. Sobald der Expositus im Beichtstuhl saß, knatterten die Messdiener damit um die Kirche.

Biblische Geschichte, rief der Expositus mit Stentorstimme, und wir atmeten auf. Mit dem Finger zeigte Expositus Pikosch auf einen Mitschüler: Du da, lies. Der brennende Dornbusch und die Berufung des Mose. Und anfänglich stotternd, schließlich immer flüssiger werdend las der Schüler aus der biblischen Geschichte: *Mose hütete die Schafe seines Schwiegervaters und trieb sie in die Wüste und kam an den Berg Gottes, der hieß Horeb. Da erschien ihm der Engel des Herrn in einer feurigen Flamme aus einem Busch.* An dieser Stelle holte der Expositus eine Flasche Bier aus seinem Rucksack und stellte sie mit einiger Lautstärke auf das Pult. Der Schüler las: *Und er sah, dass der Busch brannte und ward doch nicht verzehrt. Da sprach er: Ich will hingehen und schauen, warum der Busch nicht verbrennt.* Jetzt packte der Expositus eine lange Salami aus knisterndem Butterbrotpapier, legte sie ebenfalls auf das Pult und kramte aus der Seitentasche seiner Soutane ein Taschenmesser hervor, das er aufklappte. Und der Schüler las: *Aber Gott rief ihm aus dem Busche zu und sprach: Mose, Mose! Tritt nicht herzu, zieh deine Schuhe aus, denn der Ort, darauf du stehst, ist heiliges Land. Ich bin der Gott deiner Väter, der Gott Abrahams, Isaaks und Jakobs.* Der Expositus säbelte zwei Daumen breit den Wurstzipfel herunter und zog mit der Klinge die Pelle ab. Dann wischte er sich die Hände an seiner Soutane ab und zauberte einen Laib Brot aus dem Rucksack, von dem er ebenfalls mit dem Taschenmesser einen Keil abschnitt. Weiter!, befahl die Stentorstimme. *Da verhüllte Moses sein Angesicht, denn er fürchtete sich, Gott anzuschauen. Der Herr aber sprach zu ihm: Ich habe gesehen das Elend meines Volkes in Ägypten und bin herniedergefahren, dass ich sie herausführe aus Ägypten in ein Land, darinnen Milch und Honig fließt.* Der Schnappverschluss der Bierflasche sprang auf, und der Expositus nahm einen tiefen Schluck. Anschließend belegte er den Keil Brot mit dünnen Salamischeiben, die er hingebungsvoll von der Wurst heruntersägte. Die Augen des Geistlichen drehten sich auf zum Himmel, und er vernahm die Worte des Schülers: *So gehe nun hin, ich will dich zum Pharao senden, dass du mein Volk aus Ägypten führest. Moses sprach zu Gott: Wer bin ich, dass ich zum Pharao gehe und führe die Kinder Israel aus Ägypten? Gott sprach: Ich will mit dir sein.* Die Schüler hörten, dass es dem Expositus schmeckte. Brav, sagte der Geistliche und unterdrückte mit Mühe einen Rülpser, strich sich mit der Hand über den Mund, wischte sie an der Soutane ab und befahl mit vollem Mund einem anderen Schüler, mit der Lesung fortzufahren: *Moses sprach zu Gott: Siehe, wenn ich zu den Kindern Israel komme und spreche zu ihnen: Der Gott eurer Väter hat mich zu euch gesandt, so werden sie mich fragen: Wie heißt sein Name? Was soll ich ihnen sagen?* Da hob der Expositus die Hand zum Zeichen, dass der Schüler schweigen sollte. Erneut erhob sich die Stentorstimme und sprach mit ungarischem Akzent wie Gustav Knuth als Bahnhofsvorstand István Rácz in dem Film *Ich denke oft an Piroschka* die Worte aus der biblischen Geschichte, die er auswendig kannte: *Also sollst du sagen, Jehova, der da bleibet, wie er ist von Ewigkeit zu Ewigkeit, der hat mich zu euch gesandt.* Dabei sprach der Expositus das Wort „Ewigkeit“ wie „Ääwickhait“ aus, und wir Schüler warteten, dass er noch „bitter scheen“ hinzufügte, wie er das immer machte, wenn er mehr als drei Sätze hintereinander gesagt hatte. Und während uns der Expositus Pikosch erklärte, was es mit der Ääwickhait auf sich hatte, und das Märchen vom Vogel erzählte, der alle tausend Jahre seinen Schnabel an einem Felsen wetzte, und erst wenn der Fels vom vielen Wetzen verschwunden sei, dann sei gerade einmal eine Sekunde der Ääwickhait vergangen, während also Pikosch diese uns allen sattsam bekannte Vogelgeschichte mit halb vollem Mund erzählte und zwischendurch immer wieder einmal zum Spülen einen Schluck aus der Bierflasche nahm, verteilte einer von uns kleine Einkaufsblöckchen, die unter der Bank von Hand zu Hand gingen. Er war der Sohn eines Handelsvertreters für Semmelbrösel der Firma *Leimer*, und auf den Einkaufsblöckchen stand: *Die Semmelbrösel von Leimer – bei diesen Bröseln da blei'm mer.*

So verging die Stunde in biblischer Geschichte. Der Expositus hatte sich gestärkt, und von der Salami war am Ende mehr als die Hälfte aufgegessen, der Laib Brot war sichtlich kleiner geworden, die Flasche Bier war leer. Alles wurde wieder im Rucksack verstaut. Die Hände wurden noch einmal an der Soutane abgewischt, als Hausaufgabe wurde die nochmalige Lektüre der Geschichte vom brennenden Dornbusch und der Berufung Mose aufgegeben, die Schüler klappten ihre Bücher zu, standen auf und riefen im Chor: Auf Wiedersehen, Herr Expositus! Der Geistliche verließ samt Rucksack das Klassenzimmer, und wenig später konnte man den typischen Zweitakter-Rhythmus der Fichtel & Sachs hören.

Noch kann ich das *Türkenläuten* in meinem Kopf nicht hören. Es bimmelt nur ein dünnes Sterbeglöckchen. Es kommt aus der großen Zwing. Die große Zwing ist eine enge Gebirgsklamm, an deren Ende ein Wasserfall aus gewaltiger Höhe von senkrecht überhängenden Wänden über Felsbänke und bizarre Gesteinsformationen in die Tiefe stürzt und in Gischt und Gebraus jeden noch so lauten Schrei verschluckt. Auf halber Höhe führt ein schmaler, in den Felsen gehauener Holzsteg durch die Schlucht und gibt den Wanderern Gelegenheit, dieses Naturschauspiel aus unmittelbarer Nähe zu bewundern. Wenn unter einem der Tiefenbach brodelt und von oben die Wassermassen durch die zu jeder Tageszeit nur spärlich helle Klamm brechen, so vermittelt das dem Besucher ein wohlig schauriges Gefühl, das ihm für einen Augenblick demonstriert, wie klein doch der Mensch ist im Angesicht der Naturgewalten.

Siggi hieß eigentlich Siegfried – für ihn ein Name wie Hohn, denn Siggi war alles andere als ein blonder germanischer Held und Nibelunge. Er war ein zaunlattendürres Büblein mit blassem Gesicht, das wie aus Knetmasse schien und aus dem ungewöhnlich brennende Augen leuchteten, die in merkwürdigem Kontrast zu einem fuchsroten Haarschopf standen, der in Wirbeln aus einem offensichtlich zu klein gebliebenen Schädel spross. Mit seinen Eltern wohnte er über der Freibank, wo es nach Schweineblut roch und nach frisch Geschlachtetem. Man hätte meinen können, Siggis Vater sei der bei der Gemeinde angestellte Metzger gewesen, dem eine Dienstwohnung unmittelbar über seinem Arbeitsplatz zustand, doch dieser Mann war aus dem Krieg mit nur einem Arm heimgekehrt und übte jetzt einen der am tiefsten verachteten Berufe aus. Er war Fremdenführer. Ein einarmiger Fremdenführer, der den Kurgästen im stets ein wenig feuchtfröhlich klingenden rheinländischen Singsang die erbärmlichen Sehenswürdigkeiten des Ortes zeigte, wozu eine Burgruine sowie eine zerfallende Hammerschmiede zählten. Nicht zu vergessen den kürzesten Weg zwischen den Gasthöfen. Fremdenführer: Das kam in Rang und Ansehen gleich hinter Zigeuner, Scherenschleifer, Schirm- und Kesselflicker, Abdecker. Und die Wohnung über der Freibank gehörte bei der Gemeindeverwaltung zur Abteilung Armenhaus.

Der schmächtige Siegfried, den die stolzen und kerngesunden Bauernsöhne des Ortes einen Magermilchkrüppel nannten, hieß mit Familiennamen Reitersmann. Ein Reitersmann aber konnte nur ein Bauer mit einem eigenen Gaul sein, und davon war der einarmige Fremdenführer unerreichbar weit entfernt. So wurde aus dem Siegfried Reitersmann eben bloß ein Siggi, dessen gleichfalls magere und stets kränkliche Mutter in den Wirtshäusern spülte und die Latrinen reinigte.

Es war damals nach dem Krieg üblich, alles, was nicht aus dem Dorf stammte, kleinzumachen. Wer etwas besaß, der stammte aus dem Ort, war einheimisch. Ohne Besitz blieb man namenlos, und statt des verhunzten Namens hätte es auch die Hausnummer getan, aber die Freibank hatte keine Hausnummer, denn sie war ja nichts weiter als eine gemeindeeigene Einrichtung zum Verkauf von minderwertigem, deshalb im Preis herabgesetztem Fleisch, das sich Notschlachtungen verdankte. Der Fleischbeschauer, in der Regel der Bezirksveterinär, hat es als „nur bedingt tauglich" eingestuft, und was nicht über die Ladentheke ging, wurde zu Hundefutter verarbeitet. Gekauft wurde das billige Freibankfleisch von den kleinen alten Leuten mit den schmalen Kriegsrenten, Armenhäuslern mithin, die dafür Schlange stehen mussten, damit auch jeder sie begaffen konnte.

Siggis Vater hat die Sommerfrischler freilich nie in die Gegend geführt, in der er gewohnt hat. Er schwärmte lieber von der Majestät der Alpen und hatte durchaus ein Auge für eine weibliche Frohnatur in seiner Kundschaft. Eine war garantiert immer dabei. Siggi war zugleich arglos und folgsam, seine Schrift war sorgfältig aus Angst, etwas falsch zu machen. Freilich tat er sich ein wenig schwer mit dem Rechnen, schrieb dafür aber mit geschmeidigen Worten fantasievolle Aufsätze und erzählte darin von Höhlen, in denen sich Truhen mit Golddukaten stapelten, er schwärmte mit ausgesuchten Adjektiven von fernen Juweleninseln, von Sklavenkarawanen, wilden Halbblutindianern, vom Trapper Geierschnabel, der Pyramide des Sonnengotts, von Satan und Ischariot und von allem, was er in seiner kindlichen Vorstellungskraft miteinander verknüpfen konnte. Siggi las nämlich viel, ja, er las fast pausenlos, und zwar mit Vorliebe das, was der Geistliche Rat im Religionsunterricht als Schundliteratur bezeichnet hatte. Doch Siggi blieb mit seinen zwölf Jahren davon seltsam unbeeindruckt und hielt sich an den dickleibigen, eng bedruckten Schmökern fest, die er unter der Bank versteckte oder im Schulranzen mit sich herumtrug, und deren Titel er schneller herschnurren konnte als das Confiteor in der Messe: *Confiteor Deo omnipotenti et vobis, fratres, quia peccavi nimis cogitatione, verbo, opere et omissione* … Was da auf den Buchdeckeln stand, klang allemal weitaus geheimnisvoller: *Durch die Wüste, Durchs wilde*

Kurdistan, Von Bagdad nach Stambul, In den Schluchten des Balkan, Durch das Land der Skipetaren …

Mit diesen magischen Worten schien Siggi imstande, die Erdachse zu verschieben. Aber woher kamen die Bücher? Es lag doch auf der Hand, dass sich eine Spülerin und ein einarmiger Fremdenführer derlei Luxus nicht leisten konnten, und seien es noch so windig gebundene Exemplare. Woher stammten sie also? Hatte Siggi sie geklaut? Aber wo? Wer in aller Welt hätte im Ort solche Schwarten besitzen sollen, die vom Tal des Todes erzählten, von Derwischen, dem Löwen der Blutrache, dem Sand des Verderbens oder vom Rio de la Plata? Was war das überhaupt: Rio de la Plata?

Siggi trug eine Brille, natürlich mit Kassengestell, und wurde deshalb gelegentlich auch „Brillenschlange" genannt. Wenn er las, schienen die dicken Gläser anzulaufen, und man hätte glauben können, das schmächtige Bürschlein entziffere die Buchstaben wie durch einen Nebel, aber das Beschlagen der Brille rührte vom Eifer der Lektüre, welcher die Knabenstirn über Gebühr erhitzte. Ansehen erwarb sich Siggi nicht mit seiner Leidenschaft – im Gegenteil. Wenn einer sportlich eine Flasche war und weder für die Elite, die Fußballmannschaft, gewählt noch aufgestellt werden konnte, dann taugte er nur noch dazu, gehänselt zu werden. Wozu wäre so ein Magermilchkrüppel auch sonst gut gewesen? Dürr, rothaarig, Brillenschlange – das genügte. Und dann auch noch diese Bücher. Also machten sich die Bauernsöhne einen Spaß daraus, Siggi nach der Schule tüchtig zu verprügeln. Die Lust, den Schwachen zu peinigen, entwickelte sich zur neuen Sportart. Nur die Champions, die auch den Fußball dominierten, blieben dieselben. Schon während der großen Pause hatten sie Siggi aus nichtigem Grund angerempelt und ihm befohlen, sein Butterbrot in den Dreck zu werfen. Weil er sich standhaft geweigert hatte, war einem von den Größeren einfach die Hand ausgerutscht und derart heftig klatschend in Siggis Gesicht gelandet, dass seine Stulle ganz ohne sein Zutun auf den Schulhof flog, indes ein dünner hellroter Streifen aus der Nase des Geschlagenen lief. Der Lehrer war dazugestoßen, hatte Siggi sogleich an den Ohren gezogen und ihm die Leviten gelesen: Er solle sich schämen, derart verächtlich mit Brot umzugehen. Kinder in Afrika würden dankbar sein … Siggi war gar nicht dazu gekommen, den wahren Hergang zu erklären, denn der Lehrer glaubte ihm ohnehin kein Wort. Wer blass und rothaarig war, von der Freibank kam, wer einen einarmigen Fremdenführer als Vater hatte und als Mutter eine, die Latrinen säuberte, wer sich überdies noch anmaßte, Bücher zu lesen, dem konnte man nicht glauben. Der log doch, sobald er sein Maul auftat.

So kam es, dass Siggi außer seinen Büchern keine Freunde hatte. Die Mitschüler verspotteten ihn, sie schalten ihn einen Prahlhans, wenn er von der Sklavenkarawane erzählte oder vom Sand des Verderbens, wenn er die Derwische tanzen ließ oder die Pyramide des Sonnengotts bestieg. Und wer lügt, dem war alles Schlechte zuzutrauen. Der Pfarrer hatte sie mit diesen Worten gewarnt: „Wer lügt, der stiehlt und kommt in d'Höll und wird des Teufels G'sell.“ Daraus folgte: Siggi musste seine Bücher gestohlen haben. Aber er schwieg zu den Vorwürfen, und es gelang keinem, ein Geständnis aus ihm herauszuprügeln.

Noch viele Butterbrote landeten im Dreck, und auch die Bücher nahmen Schaden, denn Siggi musste auf ihnen herumtrampeln, man riss Seiten heraus, ja einige urinierten sogar darauf. Zuerst hatte Siggi noch Rotz und Wasser geheult und um Gnade für seine Bücher gebettelt, doch da er nicht erhört worden war, versiegten eines Tages seine Tränen, und er sah stumm diesen Hinrichtungen zu. Sein einarmiger Vater sagte ihm, er sei selbst daran schuld. Warum könne er nicht sein wie die anderen? So schwer sei das doch nicht. Die Bücher hätten ihn verweichlicht und verdorben. Die Mutter schwieg zu alledem und zählte immer wieder ihr Haushaltsgeld. Am Abend, wenn sie ihren schwächlichen Sohn schlafend im Bett liegen sah und sie ihm die Taschenlampe und seinen Schmöker aus der Hand nahm, um sie auf dem Nachtkästchen abzulegen, schossen ihr Tränen in die Augen. So wehrlos lag ihr Siegfried da, und die einfache Frau verstand, warum er nicht glücklich werden würde im Leben. Die Dummen würden ihn, seine Träume und Sehnsüchte, seine Hoffnungen und seine Verzweiflungen, nie begreifen, und die Intelligenteren, die Glücklichen und Starken würden sich von seiner Wehrlosigkeit infrage gestellt sehen, und alle würden ihn weiterhin quälen und an seinem Lebensglück hindern. Was kann eine Mutter in so einem Fall tun, mag sie sich gefragt und dabei eingesehen haben, dass ihr nichts anderes übrig bleiben würde, als weiterhin die Fehler zu machen, die sie bisher gemacht hatte. Von ihrem Mann würde sie keinerlei Hilfe oder gar Verständnis erwarten können. Der fuchtelte lieber mit seinem kümmerlichen Armstummelchen in der Gegend herum, lockte die Kurgäste an wie der Rattenfänger von Hameln und konzentrierte sich bei jedem neuen Sonderzug, der am Bahnhof ankam, darauf, ob nicht vielleicht eine lustige Witwe dabei war, der er mit seinem gesunden Arm und seiner kräftigen Hand, mit der er Siggi die täglichen Ohrfeigen gab, das Alpenglühen näherbringen konnte.

Dann kam der Tag, an dem die Klasse einen Ausflug machte. Das Wort dafür hieß Wandertag. Vorher gab es den üblichen Streit um das Ziel. Die Mädchen wollten Schloss Neuschwanstein besuchen, andere zog es in den Hopferwald zu einem Lagerfeuer, die Mehrheit wollte am liebsten gleich auf den Fußballplatz. Aber jedes Mal befahl zuletzt doch der Lehrer, wohin es gehen sollte. Diesmal entschied er sich für *die Große Zwing.*

Die vom Lehrer zur Vorbereitung auf den Wandertag im Unterricht erzählte Legende besagte, kurz vor Weihnachten anno 1857 habe ein Jäger namens Schwarzkopf in der Nähe der Klamm einen kapitalen Hirschen geschossen, der dort, wo die Schlucht am unbegehbarsten war, in die Tiefe gestürzt sei. Es sei nahezu unmöglich gewesen, das tote Tier zu bergen, doch habe der Jäger mithilfe seines Jagdgehilfen, eines gewissen Seraphim, nichts unversucht gelassen und all seinen Ehrgeiz dareingesetzt, den prachtvollen Zwölfender der Klamm zu entreißen. Schließlich sei es dem tollkühnen Seraphim gelungen, sich an einer Stelle abzuseilen und sich seinen lebensgefährlichen Abstieg durch rutschigen Schnee und kaltes Eis zu bahnen, ein Seil um den Kadaver und sein Geweih zu wickeln, selbst wieder empor zum Licht zu klettern und gemeinsam mit dem Jäger unter Aufbieten ihrer gesamten Kräfte den Hirsch nach oben zu ziehen, obgleich dieser sich mit seinen Geweihschaufeln mehrfach in den armdicken Eiszapfen verfangen und beide Männer nicht nur der Erschöpfung, sondern auch der Verzweiflung nahe gebracht habe.

Das war eine Geschichte so ganz nach dem Geschmack von Siggi, weswegen er in der Nacht vor dem Wandertag von schweren Träumen geplagt wurde, immer nur an den Hirsch denken musste, sich als Jagdgehilfe Seraphim sah und seinen einarmigen Vater als den Jäger Schwarzkopf. Doch jedes Mal, wenn es darum gegangen war, den Hirsch ans Licht zu zerren, war sein Traum gerissen wie ein brüchiger alter Filmstreifen, und Siggi war schweißgebadet erwacht.

Die Große Zwing bot zweifellos ein einzigartiges Spektakel, und oft schon hatte der einarmige Fremdenführer seine Gäste dorthin geführt, sie dann aber den glitschig nassen Pfad allein durchwandern lassen und im Wirtshaus gewartet, wo er ihnen nach erfolgreicher Rückkehr wortreich und dramatisch die Entstehung der *Großen Zwing* geschildert, die Uhr um mehr als zehntausend Jahre zurückgestellt, von abschmelzenden Gletschern schwadroniert und mit einem gefährlichen Unterton in der Stimme erzählt hatte, wie der Tiefenbach den Schrattenkalk des Engenkopfes durchsägt habe.

Die Schulklasse brach frühmorgens auf, jeder hatte ein Rucksäcklein geschultert, in dem Pausenbrote mit Salami sowie eine lästig schwere, in den Rücken drückende Sprudelflasche verstaut waren. Man trug festes Schuhwerk und hatte einen Anorak oder eine Lodenkotze dabei, denn man war immer wieder darauf hingewiesen worden, wie nass der Weg sein und dass es überall vom Gestein herunter nässen würde, als gehe man stundenlang durch einen Landregen. Nur Siggi hatte ein Paar lumpige Halbschuhe an und kam daher wie ein ahnungsloser Flachländer, denn Siggis Eltern konnten sich keine Bergschuhe leisten bei einem Buben, der noch im Wachstum war und dessen Füße täglich größer wurden, sodass so ein Paar Bergschuhe zum einen nur in der Ecke gestanden hätten, weil Siggi niemals in die Berge ging, zum anderen wären sie ihm spätestens nach einem Vierteljahr zu eng geworden, selbst wenn man sie zwei Nummern größer gekauft hätte. Aber die Halbschuhe mit ihren dünnen Sohlen, die bereits nach fünf Minuten auf dem Klammsteig gänzlich durchnässt und wie Lumpen waren, passten zu Siggi und seinem erbärmlichen Erscheinungsbild, das er abgab: vor Kälte bibbernd, mit patschnassen Strümpfen, im Handumdrehen blau gefrorenen Knien und einem Fetzen von einem Anorak angetan, der bestimmt nicht aus dem Sportgeschäft stammte, sondern aus einem Haufen von Kleiderspenden für die Caritas.

Der einarmige Fremdenführer und die Frau, die in den Wirtshäusern die Latrinen säuberte, kannten das Salamander-Schuhgeschäft nur von außen, und Siggi hatte sich immer wieder nach den grünen Heftchen von Lurchi Salamander verzehrt und sie nur leihweise lesen können: *Lange schallt's im Walde noch, Salamander lebe hoch!* Aber er kannte die Helden aus *Lurchis Abenteuern*: Hops, den Frosch, und Igelmann, Pieps, die Maus, Unkerich und Zwerg Piping und wie sie alle hießen. Das letzte kostbare Lurchi-Heft, das er hatte gegen zwei Butterbrote eintauschen können, hatte von einem Schneesturm erzählt und davon, wie Lurchi und seine Freunde zu einer großen Hilfsexpedition für die Tiere im Wald gestartet waren: *Hoch im Baum in ihrem Haus kämpft Familie Haselmaus.* Dann geht es weiter zum Siebenschläfer, der nichts an die arme Verwandtschaft abgeben will, den Inhalt seiner Speisekammer in einen großen Sack packt, sich damit zu einer Hütte aufmacht, die schneebedeckt an einem Berghang liegt. Während Lurchi schon die in einer Schneewehe versteckten Haselmäuse entdeckt und ihnen aus seiner Thermosflasche großzügig einen heißen Trank anbietet, wie auch der Lehrer, den man an seinem genagelten Schritt erkennt, dem frierenden Siggi einen Schluck Tee aus seiner kriegserprobten, filzummantelten Feldflasche einschenkt, stürzt der Siebenschläfer mit seiner schweren Last auf dem Rücken in eine Gletscherspalte: *Entsetzt sieht das aus nächster Nähe Ferdinand, die Alpenkrähe.* Er bringt die Nachricht sogleich zu Lurchi, und schon wartet ein neues Abenteuer, schon gelingt dank der wetter- und bergfesten Salamanderschuhe eine aufregende Hilfsaktion.

Und während der Lehrer zur Vorsicht mahnte und die Klasse im Gänsemarsch über den nassen Steg durch die Klamm schlich, blieb Siggi in Gedanken an Lurchi ein wenig zurück. Mit seinen lappigen Halbschuhen und seinen nassen Strümpfen konnte er auch nicht so trittsicher gehen wie die anderen in ihrem festen Schuhwerk. Aber es fiel keinem auf, dass Siggi immer weiter zurückblieb, denn um Siggi musste man sich nicht kümmern, der zählte eigentlich gar nicht: weder bei der Auswahl der Fußballmannschaft noch beim Wandertag.

Der blasse Rotschopf mit den ungewöhnlich hell brennenden Augen indes blieb irgendwann einmal auf dem Weg einfach stehen, legte seinen Rucksack ab, ehe er sich auf die glitschigen Holzbohlen des engen Steges hockte und sein Lurchi-Salamander-Heftchen aus dem Rucksack zog und unvermittelt mit dem Lesen begann. Und was las er da? *Man kämpft sich durch den Schneesturm fort und ist auch bald am Unglücksort. Sie schauen hinab und sehen schon den Siebenschläfer, der halb ohnmächtig in der Spalte liegt. Es scheint, er hat was abgekriegt. Wie aber sollen sie den bleichen Siebenschläfer dort erreichen? Sogleich ruft unser Salamander: ‚Mäuschen! Fasst euch aneinander!' Und diese bilden voll Geschick mit ihren Schwänzen einen Strick. Zuunterst hängt sich Lurchi dran, dass er den Vetter packen kann. Dann ruft der Lurchi: ‚Aufgepasst! Zieht an!' Hoch schwebt die Last. Unkerich hat mit Bedacht eine Angel mitgebracht. Und so kann er ohne Mühen die Säcke auch nach oben ziehen. Mit Siebenschläfer auf dem Schlitten wird jetzt ins Tal hinab geritten. Und Siebenschläfers Abschürfwunden hat der Lurchi schnell verbunden.*

Als aber der Lehrer am Ausgang der Schlucht seine Schüler wieder um sich scharte, fehlte einer. Niemand konnte sagen, wo Siggi geblieben war. Man rief seinen

Namen, einmal, zweimal, dann brüllten alle zusammen und bekamen Angst, doch *die Große Zwing* verschluckte jeden Ruf.

Man fand nur Siggis Brille mit dem Kassengestell und seinen leeren, triefnassen Rucksack aus billigem Rupfen. Siggi aber kam nie mehr zurück, und niemand weiß bis heute, wo er geblieben und was aus ihm geworden ist. Denn da war kein Lurchi Salamander, der ihm hätte zu Hilfe eilen können, und da war auch kein Seraphim, der tollkühn bereit gewesen wäre, sich abzuseilen.

Aber selbst wenn man Siggi nach Jahr und Tag doch noch in der tiefen Klamm gefunden hätte zwischen den gurgelnden Strudeln, die sich gewaltsam durch das Gestein brechen und um die Felsvorsprünge winden wie endlos lange Wasserschlangen, dann würden die Politiker aus dem Blauen Land den mageren Leichnam des Bübleins am liebsten einfach schnell zubetoniert haben wie einen unliebsamen Mafioso – und damit gleich die ganze *Zwing* dazu, weil sie in die Enge ein Wasserkraftwerk hineinzaubern wollten, das den Wildbach weit hinauf zurückstauen und sein Wasser durch eine Rohrleitung über hundert Höhenmeter hinab zu einem Turbinenhaus stürzen lassen sollte. Der Landrat der Schwarzen sprach vollmundig von zehn Millionen Kilowattstunden Strom im Jahr. Allerdings haben gleich ein paar Quertreiber herausgefunden, dass das Kraftwerk bis zu 170 Tage im Jahr stillstehen müsste, da der Wildbach gerade im Winter zu wenig Wasser führe. Das sei irgendwie peinlich, denn ausgerechnet im Winter sei der Stromverbrauch wegen der Skilifte und der Schneekanonen besonders hoch.

Letztlich hätte aber auch das Kraftwerk nichts geändert, weil Siggi trotz Satan und Ischariot und aller tanzender Derwische längst an der Seite von Kara Ben Nemsi Effendi und Trapper Geierschnabel den Rio de la Plata durchschwommen, das Tal des Todes und den Sand des Verderbens hinter sich gelassen und nach Durchquerung der Wüste von Bagdad Richtung Stambul durch die Schluchten des Balkan im Land der Skipetaren die Pyramide des Sonnengotts bestiegen hatte. Und in den Baumkronen hockten die Krähen, die dem Treiben schwarz und stumm zusahen.

Auf dem Weg zum Pfarrhof muss ich an der Stelle vorbei, an der einmal die Villa der Baronin stand. Als die Baronin Emily von Forch begraben wurde, war das ganze Dorf der 13 Dörfer auf den Beinen und die Schüler hatten schulfrei. Während die Männer an den Stammtischen die Lebensgeschichte der Dahingegangenen vorwärts und rückwärts besprachen und den Gastwirten einen gesteigerten Umsatz bescherten, zerrissen sich die Frauen an den Verkaufsständen und in den Geschäften die Mäuler. Alle aber zog es endlich zur Villa, einem nach und nach bis zum gänzlichen Verfall heruntergekommenen Anwesen, das nur noch aus Respekt vor der Baronin den Namen „Villa“ trug und nunmehr kurz vor dem kompletten Abriss stand. Eine Renovierung wäre weitaus kostspieliger gewesen, als es kurzerhand einzuebnen, zumal die Wände feucht, das Dach löchrig und das Interieur restlos heruntergewirtschaftet waren.

Schon zu ihren Lebzeiten war die Baronin eine Legende, und viele Geschichten rankten sich um ihre Person. Die ganz alten Männer, die noch imstande waren, ihrem Leichenzug zu folgen, erinnerten sich an eine durchaus resolute, stolz und gut im Strumpf stehende junge Frau, die gerne tanzte und, wenn es darauf ankam, imstande war, auf ihrem Schimmel dem Teufel ein Ohr abzureiten. Sie war von ihrem Vater so erzogen worden, denn er hatte sich einen Sohn gewünscht. Die Mutter der Baronin war im Kindsbett geblieben, und der Vater, der sich im Krieg 1870/71 Meriten erworben hatte, war trotz seiner zahlreichen Orden und Ehrenzeichen mehr oder weniger verarmt gestorben. All sein Vermögen hatte er in die Ausbildung seiner Tochter gesteckt, und da er in seinen besten Jahren dem Dorf der 13 Dörfer eine Hammerschmiede mit Wasserwerk gestiftet hatte, war er seinerzeit auf Beschluss des Prinzregenten Luitpold, seines obersten Dienst- und Jagdherrn, von den Steuern befreit worden. Die Baronin war noch keine zwanzig, als sie aus einem vornehmen Institut für höhere Töchter am Genfer See ins Blaue Land zurückkehrte und die damals noch prächtig ausgestaltete Villa bezog, die sie bald mit einem allmählich in die Jahre kommenden Kammerdiener namens Abel bewohnte.

Nach dem Ersten Weltkrieg, als es keinen Kaiser mehr gab und dafür eine Republik, sah der neue Bürgermeister, ein Anhänger Eberts, die Zeit gekommen, das Privileg des Prinzregenten aufzuheben und die Baronin darauf hinzuweisen, dass auch sie Steuern bezahlen müsse. Er verfasste deshalb einen devoten Brief und ließ diesen durch den Gemeindediener zustellen. Als nach zwei Monaten noch immer keine Antwort vorlag, schrieb der Bürgermeister erneut und verzichtete diesmal auf seine untertänigste Rhetorik. Doch auch das zweite Schreiben blieb unbeantwortet, und auch ein dritter Mahnbrief, der sich sprachlich nunmehr ausschließlich auf das schmucklose Faktum der Steuerschuld beschränkte, blieb eine Zeit lang ohne Resultat.

Eines Tages jedoch traf überraschenderweise ein in verschnörkelter Handschrift verfasster Brief der Baronin ein, in dem sie in reichlich selbstbewusstem Stil darauf beharrte, seit ihres seligen Vaters Zeiten durch einen Erlass des Prinzregenten Luitpold von jedweder Steuer befreit zu sein.

Die Angelegenheit kam vor den Gemeinderat und verursachte eine kontrovers geführte Diskussion, die bis tief in die Nacht ging. Während die Konservativen sich auf die Seite der Baronin schlugen und hinter der Steuerforderung des Bürgermeisters nichts weiter als eine sozialdemokratische Schikane sahen, plädierten die Sozis lautstark für *härtere Bandagen*, wie sich der Bürgermeister auszudrücken beliebte. Schließlich erging der Beschluss, in den kommenden Tagen eine Abordnung zu der Baronin zu schicken und sie höflich, aber bestimmt auf die veränderte Verfassungslage und somit ihre Steuerschuld aufmerksam zu machen.

Der Kammerdiener Abel empfing die schwarz gekleideten Herren an der Haustür und bat sie unter mehrfachen Verbeugungen, einstweilen im kleinen Salon im Erdgeschoss Platz zu nehmen. Er werde die Baronin sogleich rufen. Die Abordnung betrat den muffigen, im Halbdunkel vor sich hin modernden Raum, bemerkte die dünne Staubschicht auf dem Mobiliar, wagte nicht, die schweren Vorhänge zur Seite zu ziehen, und betrachtete ratlos das ovale Porträt des finster dreinblickenden alten Barons in der schmucken Uniform eines Generalmajors über dem Kamin. An den Wänden hingen einige Geweihe von Böcken und einem Zwölfender, zwischen denen Spinnen ein feines Netz gesponnen hatten.

Die Herren sprangen aus den Sesseln mit brüchigem Leder, als die Baronin in ihrem langen, schwarzen Kleid unter der Tür stand und streng blickte. Sie schien um Jahre gealtert, hatte deutlich um die Hüften zugelegt, hielt sich ein Lorgnon vor die Augen und nestelte an einer langen Kette um den Hals, an deren Ende eine Uhr tickte, die allerdings in einer breiten Bauchbinde verborgen war. Das hochgesteckte Haar der Baronin war eisengrau geworden, ihre Haut wirkte blass und ein wenig aufgedunsen. Was vom kurzen Hals zu sehen war, schien faltig.

Stramm und reglos wie ein Wachsoldat hörte sich die Dame des Hauses an, was die Herren mehr oder minder stotternd vorzubringen hatten, wartete, bis der Bürgermeister in verlegenen Windungen geendet hatte, und verkündete mit trocken kalter Sprachkraft, aufgrund eines Erlasses Seiner Königlichen Hoheit, des Prinzregenten Luitpold, nicht steuerpflichtig zu sein. Man möge dies gefälligst in den Akten überprüfen oder notfalls mit ihrem Vater, dem Generalmajor, sprechen. Sie verspüre partout keinerlei Bedürfnis, einem etwaigen gegenteiligen Ansinnen Resonanz zu geben. Mehr habe sie nicht zu sagen. Mit einem im herrischen Kommandoton vorgebrachten „Abel, die Herren möchten gehen, begleiten Sie die Herren hinaus“, drehte sie sich auf dem Absatz um und verschwand, indes der Kammerdiener mit einer müden Geste zur Tür wies und die Herren, denen noch immer die Mäuler offen standen, ins Freie eskortierte. Einer von ihnen wollte noch anmerken, der alte Herr Baron sei doch längst tot, doch der Bürgermeister winkte resigniert ab.

Dann geschah eine geraume Zeit gar nichts. Die Sache wurde mit keiner Silbe mehr erwähnt und kam auch nicht mehr auf die Tagesordnung der Sitzungen des Gemeinderates, sondern sie schien im Sande zu verlaufen. Der Bürgermeister hatte andere Sorgen, denn eine neue Partei war auf dem Vormarsch: die NSDAP. Im Jahre 1930 hatte sie in der Gemeinde noch 16,3 % der Stimmen auf sich vereinigen können, im Juli 1932 waren es schon über 27 % und 1933 bereits über 40 %. Längst tagte nicht mehr der alte Gemeinderat, sondern neue Herren in braunen Hemden hatten das Sagen. Niemand hatte mitbekommen, dass die Baronin längst Parteimitglied geworden war. Im Garten der Villa trafen sich der Ortsgruppenleiter und seine Freunde, die Hitlerjugend mähte der Dame das Gras und besserte die feuchten Stellen im Gemäuer aus, an den Feiertagen wehte eine Hakenkreuzfahne aus dem Erkerfenster, und bisweilen sah man die Baronin in engen Reithosen gestiefelt und gespornt im Garten auf und ab marschieren und mit der Reitpeitsche gegen das Schaftleder klatschen. Keiner ihrer lauten braunen Gäste dachte da an einen Steuerbescheid, zumal BDM, NS-Frauenschaft und Deutsches Frauenwerk sich in der Villa die Klinke in die Hand gaben. Die Baronin blühte auf, indes Abel immer hinfälliger wurde. Außerdem war er längst stocktaub, aber die Baronin hielt zu ihm wie er zu ihr: in Treue fest. Den lieben langen Tag lief der Volksempfänger in voller Lautstärke, doch niemand von den Nachbarn wagte es, sich über den Lärm zu beschweren. Die Baronin trällerte indes mit Inbrunst *Die Fahne hoch …*

So ging das fort, bis sich eines Tages herumsprach, Abel habe die Baronin verlassen und sei zurück in seine Heimat irgendwo im Osten gereist, um dort seinen Lebensabend zu verbringen. So lautete jedenfalls die offizielle Version, die von der Baronin höchstselbst in Umlauf gebracht worden war. Fest stand, dass Abel über Nacht weg war, verschwunden blieb und auch nie mehr gesehen wurde. Unschöne Gerüchte kamen erst auf, als die Villa einen eigenartigen Geruch zu verströmen begann. Doch als die Baronin dem Geraune durch ihren Antrag an die Partei entgegentrat, rund um das Gebäude Kalk streuen zu lassen, verstummten die bösartigen Mutmaßungen, Abel sei womöglich die Kellertreppe hinuntergestürzt, habe sich das Genick gebrochen und vermodere nun. Nach einer Weile schien der Geruch zu verfliegen, auch wenn man sich lange wunderte, dass die Kellertür mit einem Eisenriegel verschlossen blieb. Den Stimmen, die Abel neben den Männern auf dem Rücksitz eines dunklen Autos erkannt haben wollen, wurde nie geglaubt.

Mittlerweile befand man sich im Krieg, und je länger sich dieser hinzog, desto größer wurden die Sorgen der Bevölkerung, von denen auch die Baronin nicht verschont blieb. Hatte man vor ein paar Jahren noch über sie getuschelt und Spekulationen angestellt, so galt sie den Leuten im Dorf der 13 Dörfer jetzt als ältere, ja bald alte Dame, die der nachbarschaftlichen Hilfe bedurfte und allmählich auch jeden Groschen umdrehen musste, denn wo nicht gesät wurde, konnte auch nicht geerntet werden. Das Dorf der 13 Dörfer fing an, die Baronin zu bedauern und als eine Person wahrzunehmen, welche aus anderen, nämlich den sogenannten *guten alten Zeiten* kam und offenkundig der zunehmenden Knappheit und der alltäglichen Versorgung langsam nicht mehr gewachsen war. Emily von Forch wurde so zum Inbegriff von Stillstand: mit anderen Worten zur Garantie für Dauer. Man organsierte Hilfsdienste, die vom Schneeschaufeln im Winter bis zum täglichen Liter Milch reichten, den man ihr vor die Haustür stellte.

Die Baronin galt als übrig gebliebenes Mitglied des gänzlich verarmten Adels, der zwar abgeschafft war, dennoch aber in einem Musterexemplar den Zeitläuften zu trotzen schien. Da mochte das Gewand noch so schäbig und zerschlissen sein, allein wie sie es trug, verriet die Noblesse. Einmal pro Woche kam eine aus dem Rheinland evakuierte Frau zum Putzen. Eine alte Schneiderin, Flüchtling aus Ostpreußen, flickte, was noch des Flickens wert war, schließlich errichtete der Volkssturm, bestehend aus bartlosen Jünglingen und krummen alten Männern mit kaputten Hüften und Knien, auf ausdrücklichen Wunsch der Baronin eine Art Barrikade vor ihrem Gartentürchen. Sie hatte eine „Panzersperre" angeordnet und gut gelaunt von ihrem „persönlichen Westwall" gesprochen.

Das Dorf war zur „Lazarettstadt" erklärt worden, und Mitte April 1945, kurz nach Anbruch der Dunkelheit, zog ein KZ-Treck, fast ausschließlich Polen und Russen, um Lebensmittel bettelnd durch den Ort, indes sich die SS-Wachmannschaften Richtung Tirol abgesetzt hatten. Die meisten Türen blieben verschlossen, nicht so aber die der Baronin. In Reitstiefeln erschien sie unter der Tür und gab, energisch wie in ihren besten Tagen, was sie noch geben konnte, während sie hinter der Villa im Garten ein Lagerfeuer entzündete und ihre Hakenkreuzfahnen verbrannte. Schließlich brachen einige beherzte Dorfbewohner die Turnhalle des Ortes auf und verteilten, wiederum angeführt von der Baronin, die Vorräte, die für den Endsieg bestimmt gewesen waren.

Am 28. April 1945 marschierten die Amerikaner im Dorf der 13 Dörfer ein. Vor der Villa der Baronin hielt ein Jeep, ein junger Offizier beschlagnahmte das Haus und erklärte es zu seinem vorübergehenden Hauptquartier. Die Baronin kokettierte sogleich mit dem Mann, unterhielt sich in fließendem Englisch, aus dem Volksempfänger tönten die Nachrichten von AFN, und die alte, durch den von ihr so genannten „Zusammenbruch" noch einmal munter gewordene Dame trällerte vergnügt *It's a long Way to Tipperary.* Noch spät in der Nacht zeigte sie dem interessierten Offizier im Kerzenschein das Porträt ihres Vaters, des Generalmajors, und erklärte, sie stehe unter dem persönlichen Schutz des Königs. Und aufgrund eines Erlasses seiner Royal Highness, des Prinzregenten, müsse sie keine Steuern zahlen.

Emily von Forch blieb noch eine Zeit lang rüstig, zeigte sich geistig aber zunehmend verwirrt. Sie starb in hohem Alter an den Folgen einer Lungenentzündung, die sie sich im strengen Winter 1954 beim vergeblichen Versuch zugezogen hatte, mitten in der Nacht die eiserne Kellertür zu öffnen. Die Baronin war nur mit einem dünnen Nachthemd bekleidet. Man fand sie gänzlich durchgefroren, und sie gab an, nach ihrem Kammerdiener Abel gesucht zu haben. Als die Baronin, die ihr Lebtag keinen Pfennig Steuern bezahlt hatte, begraben wurde, war das ganze Dorf der 13 Dörfer auf den Beinen, und die Schüler hatten schulfrei.

Wenn man auf der alten Römerstraße von Norden kommend in mein Heimattal einfuhr, lag rechts neben der Pfarrkirche auf einer ansteigenden Höhe ein bescheidenes Häuschen, das einer Witwe namens Rosa Dopfer gehörte. Da der Hang irgendwann einmal ins Rutschen geraten war, hat er wohl das Häuschen mit sich gerissen und unter sich begraben. Jedenfalls ist nichts davon übrig als Reste eines widerständig aus dem Schnee ragenden hölzernen Balkongeländers, von dem einst eine rot blühende Geranienpracht in den Sommer gelacht hatte.

Sobald ich mir dieses Bild vor Augen rufe, höre ich auch schon Stimmen. Nicht Glockenklang, sondern Vogelsang! Die Stimmen gehören den Damen Vogelsang!

Es gab einmal gewisse Sommergäste, denen der Arzt den Winter verbietet und denen die Brieftasche den ewigen Sommer erlaubt. Genau dies traf auch auf die Damen Vogelsang zu. Dieses Trio in einer Schilderung des Blauen Landes, aus dem ich komme, zu übergehen, wäre ein schlimmes Versäumnis, denn die Damen Vogelsang gehören zweifellos zu den unvergesslichen Kuriositäten dieses Landstriches, wobei sie als Sommerfrischlerinnen der beginnenden, damals noch weit vom Unheil entfernten Epoche des Fremdenverkehrs kurz nach dem Zweiten Weltkrieg Maßstäbe setzten und ihren charakteristischen Stempel aufdrückten.

Die Absonderlichkeiten begannen mit den Namen: Niemand tauft sein Kind heute noch auf den Namen Theobald oder Gerda. Es ist nur verständlich, wenn auch die Wahl der Vornamen unserer Kinder der Mode und dem Zeitgeist unterliegt. Dabei ist es noch gar nicht so lange her, dass beispielsweise Agatha so gewöhnlich war wie heute Lailani-Sophia, Vicky oder Cindy. Bei Agatha muss ich freilich nicht an die englische Kriminalschriftstellerin denken, sondern immer an die Damen Vogelsang. Korrekt und eigentlich: von Vogelsang. Drei Baronessen, die niemals einzeln auftraten, sondern stets nur im Verbund zu haben waren. Sie hätten alle Agatha heißen können, aber nur die Älteste hörte auf diesen Namen, genau genommen auf den Doppelnamen Agatha-Littegarde. Ihre Eltern mussten wohl Kleist gelesen haben. Sie führte das Kommando, war gewissermaßen der Feldwebel der Eskadron. Sie war lang und dürr. Außerdem hatte sie ein abstoßendes Pferdegebiss, als sei sie die Zwillingsschwester des Darstellers von Don Camillo. Für sie galt, was einst Siegfried von Vegesack, der Übersetzer von Gogol und Turgenjew, über seine Tante Locka gesagt hatte: *In Wahrheit war sie ein Mann, dem der liebe Gott aus Zerstreutheit Röcke wachsen ließ.* Auguste-Bertha, so hieß die Mittlere, die wir Gusti nannten, trug Tag und Nacht eine Brille mit tiefschwarzen Gläsern, erfuchtelte sich mit in der Luft rudernden Händen ihren Weg und war offensichtlich fast blind, während Edith-Georgine – kurz: Gini – am Stock ging und so hinfällig daherkam, als sei sie mit Abstand die Älteste des Trios. Ihr klappriges Skelett wurde scheinbar nur noch von gefährlich gelockerten, überdies rostigen Schräubchen zusammengehalten, die sich jeden Augenblick lösen konnten, was unweigerlich zum kompletten Zusammenbruch dieses Gespenstes führen würde. Etwas Geheimnisvolles umgab sie, denn im Gegensatz zu ihren Schwestern hörte man sie kaum schnattern. Ein stummer Blick aus wässrig verträumten Augen genügte, um ihren Willen kundzutun. Mitunter seufzte sie über die große Anzahl von Bewerbern, die sie in ihrer Jugend abgewiesen habe, und dies nur, um bei ihren Schwestern bleiben zu können. Sie hatte es mit dem Poetischen und sprach konsequent vom Lenz, nie aber vom Frühling, den Jasmin nannte sie vornehm „Schasmin" und zu Orchester sagte sie „Orschester". Wenn sie lächelte, was selten geschah, verschob sich ihr Gebiss, und trat man näher an sie heran, so meinte man, ein wenig *Uralt Lavendel von Lohse (1910)* riechen zu können, mit dem sie sich bevorzugt betupfte.

Die Damen Vogelsang, wie man sie allgemein nannte und geflissentlich das „von“ übersah, womöglich weil sich „von Vogelsang“ für die einfachen Menschen aus dem Blauen Land nicht so bequem aussprechen ließ, die Damen Vogelsang also kamen jedes Jahr zur Sommerfrische und requirierten das obere Stockwerk des winzigen Häuschens der Witwe Rosa Dopfer, die eine fromme Frau war, jeden Tag zur Kommunion ging und arg darunter litt, dass ihr zweiter Dauermieter, der unverheiratete, von einem Menjoubärtchen verzierte Hauptlehrer Oskar Niemeyer, Besitzer eines VW-Cabrios und angeblich der beste Tänzer weit und breit, häufig auch über Nacht Besuch von seiner filterlose französische Zigaretten rauchenden Freundin Vera Baumeister bekam, von der man munkelte, sie sei früher in amerikanischen Nachtclubs aufgetreten.

Rosa Dopfer, deren enges Treppenhaus himmelblau gestrichen war und, einem Kreuzweg gleich, Heiligenbildchen an Heiligenbildchen aufwies, betete einen Rosenkranz extra, aber sie brauchte das Geld.

Vogelsang! Der Name sprach für den Rest, und der war laut, lebhaft, ständig quasselnd, immer das Besondere, nie das Normale, immer in Bewegung, nie still sitzend, immer voller Erwartung, voller Ungeduld, grell geschminkt, immer das Schrille und ja nichts ohne Superlativ, stets die Nase hoch und ebenso den Kopf, auch wenn der Kragen mal schmutzig war. Sie trugen große Hüte, bestückt mit den Blumen des Feldes, um Lebensgier und Irrsinn zugleich zu überwölben. Festgezurrt waren diese Baldachine mit seidenen Schals, die, leicht seitwärts verschoben, in einer opulenten Schleife ausliefen. Die Damen Vogelsang waren eine groteske Mischung aus Anna Karenina und Adele Sandrock (in her later years). Und immer wenn ich auf meinem alten Fahrrad an ihnen vorbeiflitzte und sie hurtig, aber ergebenst grüßte, riefen sie mir zu: „Erst mal Mütze runter, Junge. Und tu nich' so wüst!"

Drei Schwestern – wie geträumt.

Sie stammten aus jener fernen Zeit, da die Welt noch voll wunderlicher Tanten war, stillen und geräuschvollen, und sie kamen schon seit vielen Jahren, und es gab niemanden im Blauen Land, der hätte sagen können, seit wann genau nun die Baronessen meinem Heimatdorf ihre Aufwartung machten. Jedenfalls kamen sie, seit ich denken konnte. In dem Jahr aber, von dem ich erzählen will, reisten sie besonders früh an. Mitte März gehörte das Dorf eigentlich noch den Wintergästen, die sich in der Frühjahrssonne ihre Bräune für die Büros in den Großstädten holten, und Mitte März war im Grunde genommen kein geeigneter Zeitpunkt für den Beginn einer Sommerfrische. Eines schönen Tages aber, es war an Josephi, trudelten die Damen wie üblich mit dem Zug ein: mit Sack und Pack, Schrankkoffern und einer halben Armee von sperrigen Regen- und Sonnenschirmen. Die Damen beabsichtigten – wie jedes Jahr – bis zum ersten Schneefall Ende Oktober zu bleiben. Agathas Stimme übertönte den Pfiff der Lokomotive und erfüllte nicht nur das Bahnhofsgelände, sondern nahezu den ganzen Ort. Die Landärztin pflegte, sobald sie diese durchdringende Stimme nur von Ferne rufen hörte, Ovid (oder war es Xenarchos?) zu zitieren und zu seufzen: *Selig sind die Zikaden, denn ihre Weiber sind stumm.*

Jedermann wunderte sich über das frühe Eintreffen der treuen Sommerfrischlerinnen, und in Windeseile verbreitete sich die Nachricht von Haus zu Haus. So schrullig die Damen Vogelsang auch wirkten und sosehr sich die Einheimischen hinter ihrem Rücken über sie lustig machten, so sehr waren sie doch andererseits wegen ihres großstädtisch vornehmen Auftretens und ihrer großzügigen Trinkgelder bei den Gastwirten, den Gemüsefrauen und Schneiderinnen im Ort geschätzt und sogar beliebt. Sie waren die Garanten für die feinere Welt des Adels und der Noblesse, denn sie unterschieden sich grundsätzlich von den üblichen Kurgästen: zum einen wegen ihres exaltierten Auftretens, zum anderen wegen ihrer Kleidung. Die Damen Vogelsang liebten es, mehrere Schichten Röcke, Pullover, Überwürfe oder Jacken übereinander zu tragen und diese, sobald sie in der Sonne saßen, Schicht um Schicht abzulegen. Es schien ihnen gänzlich gleichgültig, im seltsam rosafarbenen Unterrock und mit heruntergerollten Wollstrümpfen beim enthemmenden Sonnenbad erwischt zu werden.

Manchmal verabredeten wir Knaben uns, um bei Sonnenaufgang die drei Sommerfrischlerinnen barfuß im Ringelreihen, mit grotesken Bewegungen, in flatternden Nachthemden und gelöstem Haar über die Wiesen tanzen zu sehen. Die Hässlichkeit der zaunlattendürren Frauenkörper wurde nur noch von den bizarren Bewegungen übertroffen. Natürlich konnten die Damen nicht tanzen, sondern sie zappelten, hüpften und jauchzten, um ihrer schöpferischen Fantasie freien Lauf zu lassen. Die schrillen Misstöne bewiesen, über welch reichhaltiges Repertoire an schräg angestauten Energien diese drei Vogelscheuchen verfügten, die allmorgendlich bei ihrer seltsamen Gymnastik im Begriff waren, die Gesetze von Harmonie und Ästhetik vollständig neu und nach ihrem Willen und ihrer ureigenen Vorstellung zu definieren. Damit verkörperten sie alles, was den Bewohnern des Blauen Landes hexenhaft fremd und geradezu furchteinflößend war, doch beabsichtigten sie damit keinesfalls, die Leute vor den Kopf zu stoßen, weswegen man sie auch – gelegentlich kopfschüttelnd – gewähren ließ. Schließlich wurden auch die morgendlichen Tänze zur Gewohnheit, und zuletzt kümmerte sich keine Seele mehr darum. Die Allgemeinheit erfuhr, dass die Damen Vogelsang ihren exzentrischen Tanzpantomimen Namen gaben, die schwer zu deuten waren: „Vom Auto überfahrener Mann", „Wasserleiche" oder „Frühlingsopfer". Der bisweilen scheinbar gänzlich unmotivierte ruckartige Wechsel zwischen Verrenkung und Innehalten, Bewegungslosigkeit und wildem Zucken etwa mit dem Titel „Tote Grille" oder wildem Geflatter und Wehen mit den Nachthemden unter dem Motto „Die Schwalben erwachen" ließ uns halbwüchsigen Knaben, die wir hinter Büschen lauerten, angesichts der ekstatischen und leicht bekleideten Turnerinnen die Mäuler offen stehen.

Unternahmen die Damen Vogelsang eine Wanderung, so schleppten sie nicht nur gewaltige Rucksäcke und Unmengen von Haferflocken und Zwieback mit sich, als gelte es, wochenlang im Gebirge zu überwintern, sondern jede der drei Schwestern stützte sich auch auf einen mächtigen Haselnuss-Stock, der ihnen als „Gebirgsstange“ geläufig war. Das genagelte Schuhwerk hätte zweifellos auch eine Durchquerung der Wüste Gobi überstanden.

Die Damen Vogelsang reisten von weit her. Sie kamen von irgendwo aus dem hohen Norden, wobei sie allergrößten Wert darauf legten, nicht aus jener Stadt zu stammen, in der sie augenblicklich „zu leben gezwungen“ seien, wie sie opernhaft anmerkten. In Wirklichkeit, so betonten sie gebetsmühlenartig, stammten sie aus dem Baltikum. Darunter konnte sich zwar in meinem Heimatdorf niemand etwas vorstellen, doch man war sich einig darin, dass dieses Baltikum sehr weit weg sein müsse, wofür allein schon die seltsame Aussprache bürge, die man dort der deutschen Sprache angedeihen lasse. Jemand will vom Apotheker gehört haben, das Baltikum grenze an Russland, ja es sei gewissermaßen ein Teil Russlands, und zwar des Zarenreiches, das es heute gar nicht mehr gebe. Das andere Stichwort, das als ungefähre geografische Koordinate herhalten musste, lautete „Kurische Nehrung“. Diese hätte für jemanden aus dem Blauen Land auch auf dem Mond liegen können.

Das Auftreten der Damen Vogelsang war jedes Mal bühnenreif. Sie verbreiteten eine operettenhafte Feierlichkeit, als handle es sich um eine exquisite Gesellschaft schnatternder Ladys aus dem diplomatischen Corps, die mit nichts anderem beschäftigt schienen als dem neuesten Klatsch vom Wiener Kongress.

Dieser Hang zum Repräsentativen verwandelte jeden, der auch nur in die Nähe dieser Sommerfrischlerinnen trat. Selbst ich bewegte mich, als bekleidete ich das Amt eines Pagen an einem kaiserlichen Hof. Es hat nicht viel gefehlt, und ich hätte meine Tante Mirtel, die Landärztin, mit Exzellenz angesprochen. Sie jedoch war vollauf damit beschäftigt, hinter ihrer wohlerzogenen Form der Höflichkeit ihren sanften Spott zu verbergen. Nur gelegentlich konnte man mit feinem Ohr einen unterirdisch rollenden und grollenden Zorn aus ihren Komplimenten heraushören. Aber die Damen Vogelsang, denen man ansehen konnte, dass Misserfolg die Menschen einsam macht, brachten es doch mit ihren theatralisch verwirbelten Auftritten jedes Jahr fertig, das Dorf im Blauen Land in ein Seebad mit dem Flair von Ostende oder Deauville zu verwandeln.

Als die Damen Vogelsang im Spätherbst mit dem üblichen Getöse, den mehrfach vom Karren polternden Schrankkoffern, dem hektischen Suchen nach Regenschirmen und Fahrkarten und unter Anteilnahme der Blaskapelle sowie einer Ehrenabordnung der Freiwilligen Feuerwehr wieder abreisten, schwiegen auf einmal die sonst den ganzen Sommer über zirpenden Grillen, und die Schwalben, die so hoch geflogen waren, kehrten im nächsten Frühjahr ebenso wenig zurück wie die Damen aus dem Baltikum. Kein Zweifel: Die drei Ladys haben sie mit sich genommen, und mit den Grillen und den Schwalben zugleich den Zauber meiner Kindheitssommer.

Was ich damals nur dunkel ahnen konnte, kann ich heute mit Gewissheit beschwören: Diese mir unvergesslichen Damen Vogelsang haben sich in das Schicksalswissen, einer untergehenden Spezies anzugehören, hineingewickelt wie in ihre wehenden Reformgewänder. Und sie trugen dieses Wissen mit der ihnen eigenen Würde. In ihrem Stolz wussten sie, dass bald die ganze Welt über sie hinwegtrampeln würde, denn mit diesen drei liebenswerten Vogelscheuchen irgendwo aus dem Baltikum, von denen niemand weiß, was aus ihnen geworden ist, starb eine ganz bestimmte Gattung der Sommerfrischler.

Nach ihnen kamen jene, die immer mehr Ansprüche stellten und denen es zuletzt zuzuschreiben ist, dass sich Skilifte in die Bergwiesen krallten, dass Wälder abgeholzt, Wildbäche begradigt, Frühlingswiesen künstlich beschneit und im Tal Häuser gebaut wurden, die für die Toskana taugen mochten, nicht aber für ein Bergdorf, in dem das Vieh zum Gaudium der Gäste in den Diskotheken hinter Panzerglas gehalten wird. Die wenigen noch auf Weiden getriebenen Kühe gingen an Magenkrämpfen zugrunde, weil sie ausschließlich aus der Apotheke ernährt wurden, und in den Baumkronen hockten die Krähen, die dem Treiben schwarz und stumm zusahen.

Meine Kindheit duftet nach Heu. Wie vermittle ich das den Radiohörern meiner sonntäglichen Sendung? Ich muss nicht einmal die Augen schließen, um diesen Duft in mir zu wecken. Zum Heu gesellt sich der strenge Geruch der Pferde. Ineinander verwoben ergeben sie einen Teppich, auf dem ich fliegen konnte. Er gehörte einem Mann namens Fedor, der vermutlich Fjodor hieß, aber Fedor gerufen wurde. Dieser fliegende Teppich war in Wirklichkeit eine Satteldecke, wie man sie Pferden auflegt.

Einer meint die Reiter, ein anderer Fußvolk, mancher Schiffe seien der dunklen Erde schönstes Gut. So sang einst die Dichterin Sappho. Meine Kindheit im Blauen Land hat mich früh zu einem Pferdenarren gemacht, und fast alles, was ich über Rösser weiß, habe ich in dieser Zeit gelernt. Auch, dass Pferde die Überlebenden der Helden sind.

Der Bauer Hansmart, der Milch- und Leichenkutscher des Dorfes, der seinen Hof neben dem Pfarrhaus hatte, besaß kurz nach dem Krieg außer seinen beiden Rössern noch einen besonderen Schatz, und niemand wusste so recht, wie er zu diesem gekommen war. Wie die Jungfrau zum Kind, sagte man und ließ die Sache auf sich beruhen.

Während die einen ihre im Heu versteckten Traktoren und Volkswagen wieder hervorkramten, präsentierte Hansmart eines Tages einen großen stattlichen Kerl namens Fedor und behauptete, es handle sich um einen gefangenen Russen, den er gegen seinen Sohn Martin eingetauscht habe, jenen Martin, der nach dem Willen des Führers in den ukrainischen Weizenfeldern habe bleiben müssen. Sohn gegen Sohn: So sei es gerecht. Fedor war annähernd im Alter von Martin und von kräftigem Wuchs, von der Statur und dem blonden Stroh auf dem Schädel her gesehen wäre er glatt als Martins Bruder durchgegangen. Fedor, der gefangene Russe, wie Hansmart ihn anfangs vorgestellt hatte, verstand etwas von der Landwirtschaft, sprach aber nur gebrochen

Deutsch. Das aber nicht einmal schlecht. Er stammte irgendwo aus der Tiefe der Steppe am Unterlauf des Dnjepr und kannte die Regeln von Ackerbau und Viehzucht. Von den Rössern aber wusste er alles. Fedor war Kosak und hatte immerhin im Rang eines Fähnrichs die Wehrmachtsuniform getragen. Er hatte unter General von Pannwitz gedient und war den Engländern nach der Kapitulation in Lienz ebenso von der Pfanne gesprungen wie der Roten Armee und damit dem sicheren Tod, denn die Rotarmisten hätten Fedor als Offiziersanwärter bei den Kosaken auf der Stelle am nächsten Ast aufgehängt. Deshalb hatte sich Fedor von Osttirol ins Blaue Land durchgeschlagen, bis er bei Hansmart das gefunden hatte, worüber die beiden nie gesprochen haben.

Fedor, der stets seine Lammfellmütze trug und mit dieser offenbar sogar schlief, einen kaukasischen Gürtel und hohe, gut eingelaufene Stiefel, wurde der Liebling der Kinder. Er nahm ihnen die Angst vor Pferden, ließ sie unter den mächtigen Tieren hindurchkriechen, sie ins Maul fassen, Mähne und Schwanz kämmen und Zöpfchen flechten. Er zeigte ihnen, was sonst nur ein Hufschmied konnte, erklärte Trense, Halfter und Kandare, die er als Rasierklinge in der Hand eines Affen verteufelte, ließ sie an- und ausspannen, demonstrierte ihnen, warum die Kosaken die Kandare gar nicht benötigen, und natürlich half er den Kindern auf Hansmarts Ackergaul, auf dem sie sich erhaben fühlten wie Prinzen und Prinzessinnen, selbst wenn diese Mähre frühmorgens den Milchkarren und mittags den Leichenwagen zog.

Fedor, der anscheinend außerdem Sänger und Tänzer von Beruf war, weil dies das Kosakenblut angeblich so mit sich brachte, spielte glänzend auf der Ziehharmonika und wurde für die Kinder zum großen Zauberer, denn er konnte so vieles, was niemand sonst konnte im Blauen Land, ja, er konnte seitlich vom Pferd kippen und doch weiterreiten. Er galoppierte wie ein Indianer ohne Sattel oder hing nur in einem Steigbügel, ritt mit dem Rücken voran und drehte sich im gestreckten Galopp im Sattel um, er jonglierte galoppierend mit Bällen und Stöcken, sprang über Zäune, trieb den Gaul durch den Fluss. Er konnte sogar im Trab auf blankem Pferderücken stehen, und hätte Hansmart noch einen Gaul gehabt, dann hätte Fedor allen gezeigt, was das ist: die Ungarische Post. Kleider mögen Leute machen, aber Lieder machen Kosaken, pflegte Hansmart zu sagen, und er griff dabei zu seiner Zither, denn eine Balalaika gab es nicht im Blauen Land.

Fedor war ein Tausendsassa, aber er konnte auch mit angezogenen Knien hinter einem Heuhaufen hocken und vor sich hin wimmern, weil über ihn und sein Volk an fremden Diplomatentischen entschieden worden war und nicht dort, wo es die Kosaken gewohnt waren. Dann wirkte er wie ein Kettenraucher auf einem Pulverfass, und man durfte ihn nicht ansprechen, denn man lief sonst Gefahr, dass er einen anfiel wie ein wildes Tier. Fedor rauchte Pfeife und Virginia. Am Wochenende war er auch dem Schnaps nicht abgeneigt, wusste aber, wann er aufzuhören hatte. Darin folgte er Hansmarts durchdringendem Blick, denn Hansmart war sein neuer, sein strenger, aber auch sein gerechter Vater geworden, so wie Fedor in Hansmarts labyrinthisch verschlungenem Herzen den Platz gefunden hatte, der früher ausschließlich dem einzigen Sohn Martin vorbehalten gewesen war. Aber nach ein paar Gläsern vom Schwarzgebrannten fing Fedor zu singen an und warf seine Kubanka in die Luft.

Wenn er in Laune kam, erzählte er vom General Schkuro, dem kaukasischen Draufgänger und tollkühnen Reiter, der sich und seinen wilden Haufen wie ein Rudel Wölfe kleidete, der einen Dolch am Gürtel trug und ein Schwert über der Schulter, der aussah wie ein Bandit, aber standfest war, mutig und bei den Frauen galant sein konnte.

Galten aber Fedors Geschichten dem betagten Ataman des Terek-Heeres, Oberst Nikolai Lazarowitsch Kulakoff, so straffte sich vor Hochachtung sein Rücken. Und dies nicht nur, weil man diesem legendären Kosakenführer nach einer schweren Verwundung einst beide Beine hatte amputieren müssen, sondern weil es deutsche Ärzte gewesen seien, die ihn mit tauglichen Prothesen versorgt hatten, sodass er sogar wieder reiten konnte. Das Reiten sei für einen Kosaken so wichtig wie die Muttermilch. Fedor erzählte auch von den Kosakenmädchen, die in ihren blauen Kleidern, mit ihren Stiefelettchen und den silbernen Krönchen im Haar wie Prinzessinnen aussahen und tanzen konnten wie das Bolschoi-Ballett, das, wie man wisse, ohnehin überwiegend aus Kosakenmädchen bestand.

Mit besonderer Hitze erzählte Fedor vom Tag der Kapitulation im Mai 45 in Völkermarkt, dem Tag der letzten großen Kosakenparade. Das Trompeterkorps des XV. Kosaken-Kavallerie-Korps sei auf Schimmeln angeritten und vorschriftsmäßig gegenüber dem General von Pannwitz eingeschwenkt. Neben ihm seien weitere Kommandeure, Mitglieder des Stabs sowie britische Offiziere gestanden. Dann seien sie herangebraust, die Reiter vom Don und aus Sibirien von der 1. Kosakendivision. Voll bewaffnet und in musterhafter Ordnung. Drei Reiter-Regimenter. Sechs Pferde nebeneinander. Was für ein prächtiger Anblick, zum Heulen schön, Triumph und Trauer zugleich. Dazu ein allerletztes Mal der Prinz-Eugen-Marsch. Damit sei das Kosaken-Kavallerie-Korps endgültig und für alle Zeiten gestorben.

Doch eines Tages war Fedor so plötzlich verschwunden, wie er aufgetaucht war. Er war von einem Tag auf den anderen nicht mehr da, und niemand hat je erfahren, was aus ihm geworden ist. Fragte man Hansmart, so kaute dieser nur auf seiner Pfeife herum und schwieg verbissen. Einige Wirtshaushocker im Dorf spekulierten, Fedor habe sich nach Tolmezzo in der Carnia abgesetzt, wo man einst den Kosaken wieder einmal ein neues Domizil versprochen habe. Sei nicht in dieser Gegend östlich der Piave die Völkerwanderung ins Stocken geraten? Sei nicht das Städtchen Olesso bereits in *Novotscherkassk* umbenannt worden? Ja, sei nicht in Tolmezzo bereits eine Kosakenzeitung erschienen, die *Kazackaja Ziemlia*, die *Kosakische Erde*? Stehe nicht in Timau ein kleines Kirchlein, erbaut aus Mitteln der Kriegskasse der Kosaken? Vermutlich habe Fedor an der Piave seine Babuschka mitsamt Weib und Kind zurückgelassen, wenigstens jedoch eine unglückliche Braut. Oder war es der den Kosaken angeborene Freiheitsdrang, der ihn verschwinden ließ? War es das unbedingte Streben der Kosaken nach Unabhängigkeit? Ist ihm Hansmarts Stube zu eng geworden? Hat sie ihn gar an das Joch der Leibeigenschaft erinnert? Oder hat Fedor nur den Traum vom eigenen Kosakenstaat weitergeträumt? Hat er vielleicht von der Vergangenheit in den Tag hinein gelebt, in der Hoffnung freilich, dass gerade er die Zukunft anbreche? Hat sich Fedor nach Kanada, nein nach Australien abgesetzt, wo es doch noch zu einem Kosakenstaat kommen solle? Eine Zeit lang schwammen solch dunkle Mutmaßungen und Gerüchte in den heimischen Bierkrügen, bis sie endgültig darin untergingen, denn nach dem sogenannten *Zusammenbruch* galt alle Kraft dem Wiederaufbau.

Wollte man aber von den Kindern wissen, wo ihr Freund, der Zauberer und Geschichtenerzähler, geblieben sei, der geheimnisvolle Mann, bei dem sie gelernt hatten, auf Russisch bis zehn zu zählen, so erklärten sie einem, Fedor sei doch nur einer aus einem Märchen gewesen, der, wer weiß, aus Heimweh oder weil er sich in eine Kosakenprinzessin verliebt hatte, einfach wieder in sein Märchen zurückgekehrt sei.

Gleich nach dem *Zusammenbruch* wurde das Waschhaus der Gemeinde beseitigt und durch einen Bahnhofskiosk ersetzt, in dem es Eis am Stiel gab, Drops, Bärendreck, Stocknägel und Abziehbilder von Schloss Neuschwanstein. Der Kiosk durfte keine zwanzig Jahre alt werden, bis er bayrisch rautig weißblau bemalt und in einen *Info-Point* für die Touristen verwandelt wurde. Als das Häuschen, durch welches die Zeitläufte einen Riss vom First bis in die Grundmauern gezogen haben, noch die Waschküche der Gemeinde war, hat meine Großmutter Walburg darin die Fußlappen des Reichsarbeitsdienstes gewaschen. Mir ist, als trete sie gerade aus der Tür.

Die Walburg ist eine Stille, eine ganz Bescheidene, die nicht viel Aufhebens von sich macht. Und sie ist fleißig, keine Arbeit wird ihr zu viel. Ihr Lebtag habe ich sie nicht klagen gehört. Walburg stammt aus Nesselwang. Sie ist Kaspars Frau und Mutter der Söhne Luis und Baptist und Firmian, welcher zur See fahren wird. Walburgs Lieblingslied ist das Lieblingslied des Prinzregenten Luitpold: *Fein sein, beinander bleib'n.* Fein sein, beinander bleib'n – das wollte Walburg immer. Sie ist meinem Großvater eine brave Frau und ihren Söhnen eine gute Mutter. Walburg kennt die Arbeit, nie hat sie einen Bogen um sie geschlagen, schon als Kind ist sie mit ihren neun Geschwistern ihrem Vater, einem Sattler und Stellmacher, zur Hand gegangen, hat ihm das Zaumzeug gehalten, das Leder eingefettet, als Älteste nach dem frühen Tod der Mutter den Haushalt geführt und die Geschwister großgezogen. Die Walburg ist dünn wie ein Stecken, aber sie kann zupacken. Es macht ihr nichts aus, im Bahnhofshotel in der Küche zu helfen, es macht ihr nichts aus, bei fremden Herrschaften zu putzen oder zur Verstärkung geholt zu werden, wenn ein Fest gefeiert wird, um aufzutragen und abzuspülen. Jeden Pfennig legt sie auf die Seite, jeden Groschen liefert sie bei Kaspar ab, der sich den Bau eines Häuschens in den Kopf gesetzt hat: fein sein, beinander bleib'n.

Walburgs Geschichte beginnt lange vor dem Krieg. Da sucht nämlich der Leiter des Reichsarbeitsdienstlagers drunten im Meilinger Bad an der Vils eines Tages eine zuverlässige Kraft für das, was so anfällt an Wäsche von seinen Männern. Die Walburg rechnet im Kopf schnell nach, macht ein Angebot und erhält sogleich den Zuschlag. Schon wird im Gemeinde-Waschhaus auf dem Hof des Bahnhofrückgebäudes ein großer Kessel mit Ofenrohr aufgestellt, schon schichten die Söhne Luis und Baptist und Firmian das Schürholz auf, schon wächst die Holzbeige, schon wird die Waschküche hergerichtet für die schmutzige Wäsche aus dem Lager.

Ich höre, wie der erste Lastwagen heranrollt, wie die Männer in ihren Knobelbechern von der Ladefläche springen, wie sie Körbe prallvoll mit Unterhosen und Unterhemden, Jacken, Socken, Leibchen und Pullovern, Uniformblusen und Sonntagshemden vom Lkw hieven, indes Walburg ein Seil spannt kreuzquer über die Wiese. Die Frau füllt den großen Kessel Schaff um Schaff, bereitet eine Lauge, heizt und schürt, bis die Lauge kocht, in die sie die Schmutzwäsche wirft, um mit einem schon ausgebleichten breiten Holz langsam umzurühren und die einzelnen Stücke aus dem brodelnden Laugenwasser zu holen. Nie hat es ihr bislang etwas ausgemacht, anderer Leute Dreck aufzuräumen oder fremder Leute Wäsche zu waschen. Aber als sie die stinkenden Fußlappen des Reichsarbeitsdienstes in die Nase bekommt, als diese Beize aufsteigt und sich einfrisst, da spürt sie einen Widerwillen, da muss sie schlucken, dass es ihr nicht hochkommt. Von der ersten Wäsche an widersteht ihr alles, was mit dem Reichsarbeitsdienst zusammenhängt. Aber sie traut sich nicht, es Kaspar, ihrem Mann, zu sagen. Sie glaubt, das sei nur eine Empfindlichkeit, die ihr nicht zustehe, sie denkt an den Wäschepfennig und was sie bekommt pro Kilo und daran, wie der Pfennig in das Häuschen wandert, das Kaspar mithilfe seiner Söhne bauen will: fein sein, beinander bleib'n. Zeitweilig nimmt das Häuschen die Form einer Sparbüchse an, aber das ist der Walburg bloß recht. Sie weiß genau, was ihr Hausvorstand hält von Ordnung, Fleiß und Sparsamkeit und dass man es damit zu etwas bringen kann, wenn man nur will. Deshalb schluckt sie und versucht, nicht länger an die Fußlappen des Reichsarbeitsdienstes zu denken. Sie will sich die Männer auch gar nicht vorstellen: weder bei ihrer Arbeit noch abends, wenn sie die verschwitzten Füße lüften, die Socken ausziehen, Tarock spielen und ab und zu mit den Fingern zwischen den Zehen popeln oder die Fußnägel wegreißen.

Nein, das will sich die Walburg gar nicht erst ausmalen, weil sie sonst sofort wieder schlucken muss, und das will sie nicht, weil sie die Socken wegen des Häuschens waschen muss, weil sie die verseichten Unterhosen in die Brühe tauchen muss, weil sie die Wäsche aufhängen muss auf der Leine hinter dem Haus, Tag für Tag, für das Reichsarbeitsdienstlager, wegen des Häuschens, das da auch an der Leine hängt und im kochenden Kessel schwimmt wie die Hemden und die Fußlappen mit ihrem beizenden Geruch, der nicht mehr aus der Nase will: als wäre sie eine Fischverkäuferin. So stellt sich die Walburg eine Fischverkäuferin vor: die Finger eisblau und ewig stinkend. Ewig. Aber die Walburg will keine Fischfrau sein. Wenn sie die schmutzige Wäsche gewaschen hat, will sie den Gestank der Fußlappen nicht aus der Waschküche in die Wohnung tragen, sie will nicht das Essen damit berühren, das sie ihren vier Männern kocht. Es soll ihr keiner anmerken, wie sehr ihr die Wäscherei widersteht, wie ihr zuwider ist, was sie da auf sich genommen hat, bloß weil es in dem schönen Lied heißt: fein sein, beinander bleib'n. Wie viele Dachziegel kann man vom Waschpfennig kaufen, wie viele Kilo Rafennägel, wie viele Schalbretter? Obgleich die Pläne für das kleine Häuschen immer schmächtiger werden und bescheidener, denkt die Walburg beim Umrühren des großen Kessels gerne daran, wie sie die Küche einrichten wird, wo das Sofa stehen soll, die Gautsche, wie man bei ihr daheim in Nesselwang dazu sagt, welches Bild über dem Ehebett hängen soll, ob es unser Herr am Ölberg ist oder die Darstellung der Muttergottes mit dem Schwert in der Brust.

Ich sehe meine Großmutter auf der Veranda sitzen in einem Korbstuhl, ich sehe, wie sie Wolle aufwickelt, um einem der Buben einen Janker zu stricken, sehe, wie sie mit besonderer Aufmerksamkeit auf Firmian schaut, weil er so unruhig ist, immer ein Treibauf und jäh und gach, denn die Walburg kann nicht wissen, dass Firmian eines Tages Schiffsoffizier und Herr der sieben Meere werden wird.

Auch bei Regenwetter muss für den Reichsarbeitsdienst gewaschen werden. Zweimal die Woche fährt der

Lkw vor und lädt ab, zweimal die Woche wird meiner Großmutter schlecht vor dem Aufheizen des Kessels, der nur im Sommer im Freien steht, im Winter aber zwischen anderen seifenbleichen Schäffchen und Kübeln im Gemeinde-Waschhaus, in dem es nie richtig trocken wird, sosehr die Walburg auch lüftet. Kaspar hackt nach Feierabend das Holz, spaltet die Scheiter für den Waschkessel, während er die Söhne dazu anhält, sauber und ordentlich die Holzbeige zu errichten, denn Ordnung muss sein, wo kämen wir da sonst hin bei der Eisenbahn, bei der Kaspar beschäftigt ist als Reichsbahnassistent, weil er als Stuckateur keine Arbeit mehr gefunden hat.

Immer wieder muss Kaspar auf seine Schweizer Uhr schauen, immer will er, der Eisenbahner, wissen, wie spät es ist, immer muss er auf Zeiger und Zifferblatt starren wie ein Firmling und seine Söhne heimlich stoppen: Welcher braucht am längsten für das Aufschichten des Kleingehackten, welcher macht es am ordentlichsten? Keine Frage: Es ist unser Baptist. Unser Baptist macht immer die schönsten Holzbeigen. Immer braucht er den Vater. Immer muss er gesagt bekommen, was er zu tun hat. Immer tut er, was der Stärkste von ihm verlangt. Walburg sieht mit Stolz und ein wenig Entsetzen, wie ängstlich ihr Baptist ist und wie ordentlich. Warum muss er immer gehorchen und sich nach den anderen richten? Warum sagt er nie, was er denkt? Warum tut er nie, was er denkt? Luis dagegen ist verschlossen. Er rennt einfach los, wenn es ihm zu viel wird. Luis wird Langstreckenläufer. Schon jetzt nennen ihn seine Freunde nicht bei seinem richtigen Namen Luis, sondern Nurmi. In aller

Frühe kann man ihn auf die Berge rennen sehen. Je dünner die Luft wird, desto wohler fühlt er sich. Luis wird Langstreckenläufer und Bergführer. Die Touristinnen können sich auf seinen starken Arm verlassen. Luis weiß das. Firmian dagegen, der Jüngste, ist ein Hitzkopf. Die Feinmechanikerlehre passt ihm überhaupt nicht. Wie oft hat er schon mit der Feile auf das in den Schraubstock gespannte Eisenstück geschlagen? Wie oft hat ihm der Meister deshalb eine saftige Watschen gegeben? Firmian will hinaus. Sein Kopf ist in den Wolken. Von seinem ersten Lohn hat er sich einen Atlas gekauft. Er war schon überall, und überall kommt er hin mit dem Finger auf der Landkarte. Aber das reicht ihm nicht.

Vorerst wird das Häuschen gebaut: Koste es, was es wolle. Kaspar muss sein Häuschen haben. Er schaut auf die Uhr, als könne er ablesen, wie lange es noch dauern wird. Das Häuschen wird gebaut. Kaspar baut es mit der Uhr in der Hand, Walburg baut es beim Waschen der Fußlappen des Reichsarbeitsdienstes, Sohn Luis baut es mit zusammengekniffenen Lippen, Baptist baut es aus Gehorsam, Firmian baut es mit Flüchen inwendig. Wie lange noch? *Stein auf Stein. Das Häuschen wird bald fertig sein.*

Gegen die stinkenden Fußlappen kämpft Walburg mit Zungenbrechern. Während sie den Kessel heizt und die Lauge umrührt mit dem seifenbleichen Holz, sagt sie immer häufiger: *Wir Wiener Weiber wollen weiße Wäsche waschen, wenn wir wüssten, wo warmes Wasser wär. Fein sein, beinander bleib'n.* Das summt sie dazwischen. *Fein sein, wenn wir wüssten, wo warmes Wasser wär. Zeigt her eure Füßchen. Zeigt her eure Schuh. Wir schauen den fleißigen Waschfrauen zu.* Aber der Gestank der Fußlappen widersteht Walburg trotzdem. Da hilft alles fein sein, beinander bleib'n nichts. Da helfen die Wiener Weiber nichts und nichts die fleißigen Waschfrauen. Die Fußlappen stinken. Die Unterhemden stinken nach Schweiß. Die Oberhemden muffeln. Die Unterhosen sind vorne gelb und starr vor Urin. Aber das Häuschen muss gebaut werden. Die Kinder sollen es einmal besser haben. Eine Küche und eine gute Stube, ein Schlafzimmer und ein Zimmer für die Söhne, die sich ihren Anteil erarbeiten müssen. *Wenn wir wüssten, wo warmes Wasser wär.* Das kalte Wasser kommt zuerst in den großen Kessel. Dort wird es zum Kochen gebracht. Die Lauge wird in kleinere Schäffchen umgefüllt: kübelweise. Eines für die Unterhosen, eines für die Fußlappen, eines zum Spülen. Die Lauge für die Fußlappen muss besonders heiß sein, weil die Fußlappen des Reichsarbeitsdienstes besonders stinken. Jedes Schäffchen steht auf einem hölzernen Bock, der aussieht wie ein Kreuz. Jedes hat links und rechts einen über den Rand hinausstehenden hölzernen Griff. Jedes Schäffchen enthält kochend heiße Lauge. *Stein auf Stein, das Häuschen wird bald fertig sein.* Kübelweise gießt Walburg aus dem Kessel die Lauge in die Schäffchen. An manchen Tagen ist der Gestank der schmutzigen Wäsche unerträglich. Schon in der Früh kann die Walburg nichts essen, weil ihr sofort alles widersteht. Als sei sie in anderen Umständen. Ihr ist, als liegen da keine Milchbrocken in der Schüssel, sondern die Fußlappen des Reichsarbeitsdienstes.

Heftig wirbeln die Schneeflocken, und nur ganz zufällig wickelt sich die Wickelschürze nicht um Walburg, um die sie schon gewickelt ist größtenteils, nur ganz beiläufig ist da noch ein Stück Wickelschürze ohne Beschäftigung, nur ganz nebenher entdeckt dieses sich offenbar langweilende Stück Wickelschürze, nur ganz nebenbei und beiläufig und zufällig und ohne Absicht und ohne, ganz und gar ohne an etwas Böses zu denken, wickelt sich ein Stück Wickelschürze um eine Entdeckung. Diese Entdeckung für die Wickelschürze heißt Holzgriff. Der Holzgriff gehört einem Waschschaff. Das Waschschaff steht auf einem Holzbock. Der Holzbock sieht aus wie ein Kreuz. *Der du für uns das schwere Kreuz getragen hast.* Die Wickelschürze wickelt sich. Sie wickelt sich eins, zwei, drei um einen Holzgriff eines Waschschaffs. In dem Waschschaff auf dem Holzbock schwimmt Lauge. Die Lauge ist für die Fußlappen des Reichsarbeitsdienstes. Die Fußlappen stinken. Der Walburg ist schon wieder schlecht. Weil die Fußlappen stinken, muss die Lauge kochen. Ergo: In dem Waschschaff auf dem Holzbock, *der du für uns das schwere Kreuz,* schwimmt siedend heiße, kochend heiße Lauge. Selbstverständlich für die Fußlappen. Selbstverständlich gegen den Gestank der Fußlappen. Die Wickelschürze wickelt sich um den Holzgriff. Sie hält ihn fest, denn ein Griff ist dazu da, um festgehalten zu werden oder um beim Wegtragen des Waschschaffes behilflich zu sein, ganz unabhängig davon, ob das Waschschaff mit heißer Lauge oder mit kaltem Wasser oder überhaupt nicht gefüllt ist. Die Wickelschürze besteht auf dem Wickeln und auf dem Wegtragen, der Holzgriff verhält sich so, wie sich ein Holzgriff verhält.

Da merke ich, dass die Holzpantinen, in denen Walburg barfuß geht, sich etwas zurufen: Hoppla, rufen sie, da ist ja Schmierseife auf dem Waschküchenboden. Die Holzpantinen erkennen, dass da Schmierseifenlauge auf den Boden gespritzt sein muss: womöglich beim Umfüllen der Lauge aus dem großen Kessel in die kleineren Schäffchen, die alle auf einem Holzbock stehen, *der du für uns das schwere Kreuz.* Die Holzpantinen vertragen sich nicht mit der Schmierseife. Die Zehen von Walburg versuchen, sich in die Sohle der Holzpantinen zu graben. Aber das Holz gibt nicht nach. Es hat nur die Schmierseife im Sinn unter sich auf dem Boden der Waschküche, während die Wickelschürze weiter nichts im Kopf hat, als sich um den Holzgriff des Waschschaffes zu wickeln, in dem die heiße Lauge schwimmt für die Fußlappen des Reichsarbeitsdienstes. Während sich das eine wickelt und während das andere sich noch wundert über das, was unter der Sohle glitscht, meldet sich Walburgs Magen. Er sagt zuerst noch: *Fein sein, beinander bleib'n,* singt zuerst noch: *Zeigt her eure Füßchen, zeigt her eure Schuh,* er bricht sich zuerst noch die Zunge: *Wir Wiener Weiber wollen weiße Wäsche waschen, wenn wir wüssten.* Aber dann weiß er nicht mehr weiter. Er weiß nicht mehr weiter, weil er sich umdreht. Aber damit konnte die Wickelschürze natürlich nicht rechnen. Wer denkt auch schon in dem Augenblick, in dem man sich um den Holzgriff eines Waschschäffchens mit heißer Lauge wickelt, daran, dass es einem Magen, also dem Magen der Wäscherin namens Walburg, dem Magen meiner Großmutter, einfallen könnte, sich auch einmal umzudrehen? Wer kann damit rechnen? Weder die Wickelschürze kann damit rechnen noch die Holzpantinen, die sich nie für die Wickelschürze interessiert haben, sondern immer nur für den Waschküchenboden, so wie sich die Wickelschürze nie für die Holzpantinen oder den Waschküchenboden interessiert hat, ganz egal, ob Schmierseifenlauge ausgeschüttet worden ist oder nicht, Holzpantinen und Wickelschürze haben definitiv nichts miteinander zu tun. Sie haben verschiedene Interessen, die erst zusammenkommen, wenn sich ein Magen umdrehen will. Warum will sich der Magen umdrehen? Hält er es auf der einen Seite nicht mehr aus? Hat das etwas zu tun mit den Fußlappen des Reichsarbeitsdienstes?

Da greifen auf einmal Hände ins Leere. Was sind das für Hände und wem gehören sie? Die Hände gehören der Walburg, und plötzlich sehe ich: Das sind Hände, wie geschaffen für eine Geige. Täusche ich mich auch nicht? Machen mir da nicht die Finger bloß etwas vor? Die Hände greifen. Aber es ist keine Geige da. Nicht einmal ein Wäscheseil ist gespannt. Es ist überhaupt nichts in der Luft. Außer einem ganz bestimmten Geruch. Einem Reichsarbeitsdienstgeruch. Einem Lagergeruch. *Stein auf Stein. Das Häuschen wird bald fertig sein. Wir Wiener Weiber. Wenn wir doch bloß wüssten. Zeigt her eure Füßchen, zeigt her eure Schuh.* Aber die Schuh haben den Kopf ganz woanders. Sie haben ihn bei der Schmierseifenlauge auf dem Boden der Waschküche. Die Wickelschürze wickelt und lässt nicht mehr los. Ein Griff ist ein Griff ist ein Griff. Eine Lauge ist eine Lauge ist eine Lauge. Sie ist heiß, siedend heiß. Der Griff gehorcht. Er tut, was die Wickelschürze verlangt. Die Holzpantinen fügen sich. Sie tun, was die Schmierseife auf dem Fußboden der Waschküche verlangt. Der Magen gibt nach. Er tut, was die Walburg von ihm verlangt: Er dreht sich um. Während er sich umdreht, dreht sich auch noch etwas anderes. Das Waschschaff dreht sich, weil der Griff gehorcht. Genauer gesagt: Es neigt sich. Es neigt sich schräg vom Bock, während sich der Magen umdreht. Warmes Wasser fließt. Kochendes Wasser fließt aus. Die Wickelschürze wickelt. Was sie einmal am Wickel hat, entwickelt sich nur so, wie sie es sich in den Kopf gesetzt hat. Der Magen dreht sich. Die Sohlen gleiten. Das Waschschaff neigt sich. Die heiße Brühe tritt über den Rand. Wo fließt sie hin?

Die wirr durcheinandertanzenden Schneeflocken zeigen mir, wohin die Brühe fließt nach dem Gesetz der Schwerkraft und den goldenen Regeln der Mechanik. Während die Wickelschürze vermutet, die Lauge fließe auf die Holzpantinen, während die Holzpantinen mutmaßen, die Lauge fließe über die Wickelschürze, während der Magen wähnt, die Lauge tilge den Gestank der Fußlappen des Reichsarbeitsdienstes, verhält sich die kochend heiße Lauge ganz anders. Sie entdeckt ein Wäscherinnenbein. Sie entdeckt einen Oberschenkel. Schon berechnet sie das Gefälle, schon kennt sie den Winkel, schon weiß sie, wie die Fallhöhe zu nützen ist, schon setzt sie sich in den Kopf, vom Oberschenkel den Weg über das Knie, die Kniescheibe, über die Wade hinunter zum Schienbein zu nehmen, schon hat sie den Ehrgeiz, auch noch den Knöchel zu erreichen, schon erkennt sie, nein: den Knöchel wird sie wahrscheinlich doch nicht mehr schaffen, weil sie vielleicht von einem Schrei aufgehalten wird, das lässt sich wegen des Rauchs des Zigarillos meiner Tante Mirtel nicht genau feststellen, ob die siedend heiße Lauge nur über den Oberschenkel und die Kniescheibe bis zur Wade laufen kann, oder ob sie es wegen eines Schreies nicht mehr bis zum Knöchel schafft.

Aber wer könnte den Schrei hören? Wem kann er gelten? Die Männer vom Reichsarbeitsdienst sind mit ihrem Lkw längst wieder ins Reichsarbeitsdienstlager gefahren. Sonst ist niemand in der Waschküche. Kaspar ist bei der Eisenbahn. Er darf seinen Dienstplatz nicht verlassen. Unter keinen Umständen. Luis ist in den Bergen oder rennt querfeldein oder will unbedingt herausfinden, wie sich bei den KdF-Mädeln die Haken am Mieder anfühlen. Kraft durch Freude, Schmalz durch Gaudi. Baptist ist so sehr mit Gehorchen beschäftigt, dass er keinen Schrei hört. Ein Schrei bedeutete womöglich, dass er handeln müsste. Er kann aber nur etwas tun, wenn ihm vorher einer sagt, was er tun soll. Firmian ist mit dem Finger auf der Landkarte. Vielleicht erreicht der Nagel des rechten Zeigefingers gerade die Mündung des Rio Para. Dort liegt Belém, das auf Deutsch Bethlehem heißt, obwohl es nicht im Gelobten Land liegt.

Wem also könnte der Schrei gelten, der da durch die Waschküche gellt? An wen hätte sich Walburg wenden können? Niemand ist zu Hause, niemand in der

Nachbarschaft kann den Schrei hören. Vielleicht rangiert Kaspar gerade einen Güterzug, während er gewissenhaft auf seine Schweizer Uhr blickt. Wir können es nicht sagen. Weil Walburg weiß, dass sie allein ist mit ihrem Schmerz, weil Walburg weiß, dass ihr niemand beistehen kann, während die kochende Lauge den Weg nimmt von ihrem Oberschenkel über die Kniescheibe, die Wade und das Schienbein womöglich bis zum Knöchel, weil nichts hilft: weder die Wickelschürze noch der Holzgriff, weder die Holzpantinen noch die Schmierseife, weder wir Wiener Weiber noch das *Zeigt her eure Füßchen, zeigt her eure Schuh,* weder *Stein auf Stein* noch das Häuschen, das ganz zweifellos bald fertig sein wird, weder das Feinsein noch das Beinanderbleib'n, weil nichts hilft, deshalb sagt sie still nach dem Schrei – und ich glaub es nicht: Vergelt's Gott für die Armen Seelen.

Im Schneesturm wiederhole ich diese Ungeheuerlichkeit und male mir aus, wie meine Großmutter Mehl auf ihre Brandwunde streut, immer wieder Mehl, *Illergold doppelgriffig*, und wie sie dabei betet. Sie betet für die Armen Seelen, die unerlöst umhertreiben, betet für all die Toten, all die Worte im Wind des Unheils, verkeilt ineinander als Illusion und Enttäuschung. Walburg gedenkt der armen Seele ihrer Mutter, ihrer verstorbenen Geschwister, sie gedenkt des Glockenspiels vom Rathausturm, wenn der weiße Ritter den schwarzen Ritter vom Pferd sticht, wenn die Kinder um den Hollerbusch tanzen, wenn der goldene Hahn kräht und der Sensenmann Stundenglas und Hippe zeigt, ehe die Glock' zwölfe schlägt, sie gedenkt aller Wiener Weiber, die wie sie die Wäsche waschen, sie summt ihr Lieblingslied *Fein sein, beinander bleib'n*, sie gedenkt ihres Herrn und Meisters Kaspar und seines Leitspruches, der da lautet: *Ich trage, wo ich gehe, stets eine Uhr bei mir,* denn meine Großmutter ist musikalisch, sie gedenkt ihres Sohnes Luis, der auf die Berge rennt und querfeldein und bald hinter jedem Mädel her, sie gedenkt ihres Sohnes Baptist, der immer einen Vorgesetzten braucht im Leben, sie gedenkt ihres Sohnes Firmian, welcher Offizier auf einem stolzen weißen Segler und Herr der sieben Meere werden wird. Schließlich aber gedenkt sie des Häuschens, Stein um Stein, und sie gedenkt der ersten und der zweiten Hypothek, und sie hofft, dass auch sie vergolten werden wie die kochend heiße Lauge den Armen Seelen. Und in den Baumkronen hockten die Krähen, die dem Treiben schwarz und stumm zusahen.

Manchmal höre ich statt des *Türkenläuten*s Stimmen aus dem Fluss. Sie steigen auf, wenn Nebel ziehen oder Schnee fällt. Es hat mich immer fasziniert, wie die Schneeflocken auf den Fluss fallen, sich mit dem Wasser vermengen und darin verschwinden, ohne zu ertrinken. Zum ersten Mal hörte ich die Stimmen, als ich neun Jahre alt war. Es war an einem 3. Juni. Ich habe das Datum deshalb nicht vergessen, weil mir die Stimmen eine Art von Angst machten, wie ich sie bisher nicht gekannt hatte. Es war nämlich keine einzelne Stimme, die ich hörte, sondern es war ein Chorgesang. Und das machte die Stimmen besonders unheimlich und furchterregend. Später habe ich erfahren, dass der Chor aus

15 jungen Männern bestand. Der Gesang hatte auch nichts mit dem von Sidrach, Misach und Abdenago zu tun, den Jünglingen aus dem Feuerofen, von dem das dritte Buch Daniel erzählt, das wir gerade erst im Religionsunterricht gelesen hatten. Es war ein gespenstischer Gesang, der da aus dem Fluss kam. Was die Stimmen sagten oder sangen, was sie summten und brummten, bis es schließlich zuletzt zum brausenden Choral anschwoll, konnte ich nicht verstehen. Es kam aber auch gar nicht auf einzelne Worte an, sondern allein auf das Bedrohliche, das von diesen Stimmen und dem Fluss ausging. Um die Angst zu vertreiben, versuchte ich damals, den Colonel-Bogey-Marsch aus dem Film *Die Brücke am Kwai* zu pfeifen oder den *Banana Boat Song* von Harry Belafonte anzustimmen, zwei Melodien, die im Radio rauf und runter gespielt wurden, weil sie die Schlager des Monats waren. Aber es nützte alles nichts: Die Angst blieb. Sie hatte mit 15 jungen Männern zu tun, die damals auf einmal im Fluss verschwanden. Es handelte sich um Rekruten, die soeben erst im Alter von 19 Jahren zur Ableistung ihres zwölfmonatigen Grundwehrdienstes in die neu gegründete Bundeswehr eingezogen worden waren. Später hieß es, sie seien allesamt miserabel ausgerüstet gewesen und hätten noch nicht einmal Erkennungsmarken getragen, mit denen gewöhnlich tote Soldaten identifiziert werden konnten. Frühmorgens hatten sie zur Ausbildung im Gelände die Kaserne verlassen, angeführt von einem Oberjäger namens Julitz, der nur wenige Jahre älter war als sie und der von der Berliner Polizei zur Bundeswehr gewechselt war. Es

regnete an diesem Tag in Strömen. Gegen halb elf Uhr hatte der vierte Zug mit etwa 30 Mann seine Übungen beendet, als Stabsoberjäger Julitz seinen Rekruten aus einer Laune heraus, oder weil er als ganzer Kerl dastehen wollte, den idiotischen Befehl gab, in voller Montur mit Stahlhelm und Karabiner den reißenden und eiskalten Fluss zu durchqueren, der überdies nach tagelangem Regen Hochwasser führte. An der fraglichen Stelle war er etwa 50 Meter breit und gut eineinhalb Meter tief. Die Soldaten folgten ihrem Vorgesetzten in dichten Reihen. Plötzlich verloren sie auf dem glitschigen Untergrund den Halt, die starke Strömung riss die Männer in einer Art Kettenreaktion mit sich, einzelne konnten sich an einen Brückenpfeiler klammern und wurden gerettet. 15 junge Soldaten aber wurden von der heftigen Strömung mitgerissen und ertranken. Von den 28 jungen Rekruten des 4. Zuges der 2. Kompanie des Luftlandejägerbataillons 19 überlebten nur 13. Die Leichen der anderen wurden erst Tage später gefunden, angespült am Ufer oder in den Böschungen verfangen, grässlich entstellt. Der letzte Leichnam wurde erst nach 16 Tagen, am Fronleichnamstag, entdeckt. Tagelanger Regen hatte die Suche erschwert.

Ich erinnere mich, wie damals das ganze Land in heller Aufregung war. Hubschrauber stotterten in der Luft, landeten, stiegen wieder auf, der Minister persönlich kam, prüfte mit frisch geschnittenen Haaren die Unfallstelle, denn es war sein Hochzeitstag, Generäle und Offiziere legten die Stirn in Falten, Totenmessen und Trauerfeiern wurden abgehalten, und in der Zeitung stand anderentags, Soldatsein sei immer mit Gefahren verbunden, gleichviel, ob im Frieden oder im Krieg. Es gab kaum kritische Stimmen, die meisten handelten von Unglück und Schicksal oder bemühten beflissen eine „Verquickung unglücklicher Umstände".

Ich aber wusste es besser, denn ich war oft genug am Fluss gesessen und hatte auf ihn gehört, ich kannte seine Sommerstimme und sein Wintergemurmel unter dem Eis, ich wusste, wann er zornig und wann er gut aufgelegt war und zum Spiel mit den Wellen bereit. Dann duldete er es, dass man flache Steine auf ihm tanzen ließ oder auch als Kind gefahrlos in ihm baden durfte. Und ich wusste es besser, weil mir aus alten Märchen vertraut war, welche Geheimnisse der Fluss noch in sich trug.

Die jungen ertrunkenen Rekruten hatten nämlich, kaum dass sie ihren unsinnigen Befehl erhalten und in den reißenden Strom getreten waren, Stimmen aus der Tiefe gehört, lockende Stimmen, die ihnen befohlen hatten, nicht ihrem angeberischen Stabsoberjäger, sondern vielmehr ihnen zu folgen und mit ihnen hinabzusteigen auf den Grund des Flusses. *Wer wagt es, Rittersmann oder Knapp', hinabzusteigen in den Schlund?* Doch es war nicht die süß lockende Stimme einer blonden Loreley, welche die Rekruten verführt hatte, denn der Fluss, um den es hier geht, war nicht der deutsche Rhein, nein, es waren ganz andere Stimmen, die von weit her kamen. Es waren die Stimmen von mehr als 80 alten Kameraden der 6. Infanteriedivision der Reichswehr, die einst an der Weser *Flussübergang* geübt hatten und dabei jämmerlich ersoffen waren.

Und warum dies alles? Weil, wie ich Jahre später herausfand, der Versailler Friedensvertrag der Reichswehr den Besitz von schwerem Brückengerät verboten hatte. Deshalb hatte das Pionierbataillon aus vier Pontons eine sogenannte „Gierfähre" gebastelt, ein Gerät, das an einem schräg über den Fluss gespannten Seil durch die Strömung von einem zum anderen Ufer gedrückt wird. Die Fähre trug 175 Soldaten. Die Weser hatte eine Stromgeschwindigkeit von 1,50 Metern in der Sekunde – der Fluss im Dorf der 13 Dörfer aber war am 3. Juni 1957 um 50 Zentimeter pro Sekunde schneller. Viermal schon hatte die Weser-Fähre Soldaten übergesetzt. Bei der fünften Fahrt aber passierte es.

So erzählten es die Stimmen aus der Tiefe. 160 Rekruten des Ausbildungsbataillons Detmold, feldmarschmäßig mit Stahlhelm, Gewehr und Tornister ausgerüstet, waren an Bord verteilt. Ein einziger warnender Zuruf versetzte die unerfahrenen Rekruten in Panik. Sie drängten sich auf einer Seite der Fähre zusammen und drückten dadurch zwei Pontons allmählich unter Wasser, worauf sich die Fährenplattform schräg wie eine Rutschbahn stellte. Rund 100 Rekruten glitten in voller Montur mit Stahlhelm, Gewehr und Tornister ins Wasser. *Rira-rutsch, wir fahren mit der Kutsch'. Die Kutsche hat ein Loch, wir fahren aber doch.* Der Kommandant der Fähre, so heißt es in einschlägigen Quellen, habe daraufhin sofort befohlen, die beiden noch intakten Pontons vom Treidelseil zu lösen. Aber diese seien nun zwangsläufig mit 60 völlig verängstigten Rekruten stromabwärts getrieben, denn *eine Seefahrt die ist lustig, eine Seefahrt die ist schön,* denn da kann man … ja, was denn? Ein Leutnant auf der Fähre habe befohlen, sofort Stahlhelme, Tornister und Gewehre ins Wasser zu werfen. Die Rekruten aber hätten nicht gehorcht. Und warum haben sie nicht gehorcht? Nein, sie gehorchten nicht, denn als deutscher Soldat sein Gewehr und wertvolle Ausrüstungsstücke wegzuwerfen, erschien ihnen selbst in dieser Situation als fragwürdiger Befehl mit unausdenklichen Folgen. Als sich endlich ein Rettungsponton dem steuerlos dahintreibenden Fährenrest genähert habe, da hätten die verzweifelten Männer erst recht auf kein Kommando mehr gehört. Sie hätten sich, erzählen die Stimmen aus dem Fluss kreuzquer durcheinander, dem Boot entgegengestürzt und dadurch die Fähre endgültig zum Kentern gebracht.

Drei Tage nach dem Unglück, als man in Detmold das amtliche Totengedenken gehalten hatte, da habe das Musikkorps den Choral angestimmt: *Was Gott tut, das ist wohlgetan.* Da seien von den 80 Ertrunkenen aber erst 25 geborgen gewesen. Von der Reichswehr aber sei daraufhin die neue Dienstvorschrift ergangen, künftig beim *Flussübergang* das Gewehr in der rechten, den Stahlhelm in der linken Hand zu tragen. Die obersten beiden Knöpfe des Waffenrocks seien zu öffnen, Tornister dürften nicht mitgeführt werden. Denn Ordnung muss sein! Wo kämen wir denn sonst hin?

Eine Szene freilich ist mir ganz besonders in Erinnerung geblieben, weil ich als Messdiener dabei war und das Kreuz hielt, als unser Hochwürden im übergestreiften Chorhemd an die Unglücksstelle trat und den noch immer vermissten, zweifellos längst erbärmlich ersoffenen Rekruten unter feierlichem Schwingen des Weihwasserpinsels die Absolution erteilte. *Ego te absolvo* … So sprach er sie von ihren Sünden los. Welche sie begangen hatten, musste offenbleiben, denn *Der Menschen Seele gleicht dem Wasser*, heißt es in Goethes *Gesang der Geister über den Wassern.*

Und in den Baumkronen hockten die Krähen, die dem Treiben schwarz und stumm zusahen.

Die Toten, sagt der Schweizer Bichsel, *nehmen die Sprache, die man mit ihnen gesprochen hat, mit ins Grab.* Friedhofskapellen haben keinen Glockenturm und bekommen deshalb auch kein *Türkenläuten.* Dabei sind Friedhöfe die große Bühne der alten Frauen, die Arena der Witwen, das Dorado der Drama-Queens. Nirgendwo sonst ist ihnen diese Form der Selbstinszenierung möglich, nirgendwo sonst können sie ihr Sinnen und Trachten so ungehemmt ausleben. Sie treten nie ohne ihr Kostüm auf, das aus dem Schwarz des Gemüts geboren wurde und im Schwarz der Dauertrauer seine Vollendung findet. Es sind dies Frauen, wie sie zuletzt in der klassischen antiken Tragödie ihren Bestimmungsort hatten. Aus der scheinen sie wie untote Figurinen übrig geblieben zu sein, hinübergerettet in jedes Zeitalter, das kam und wieder ging. Auf diese Weise sind sie alterslos geworden, und alle haben sie einen Menschen, den sie beklagen können. Sie scheinen unentwegt zu frieren, denn auch in der größten Sommerhitze sind sie schwer gekleidet und bestimmen die Stunde ihres Auftritts meist kurz vor Sonnenuntergang. Am Schleppen der Gießkannen, die sie von einer Hand in die andere wechseln, immer wieder minutenlang verharrend auf ihren verschlungenen Pfaden von Grab zu Grab, erkennt man die Last ihrer Jahre und die existenzielle Tiefe ihrer Schmerzen. In ihren Einkaufstaschen, die mit ihren Besitzerinnen in die Jahre gekommen sind, tragen sie ihr Trauerbesteck mit sich: einen kleinen Besen für die Grabeinfassung, ein Öllicht, Brenndauer drei Tage, eine kleine Harke für das Unkraut zwischen den Begonien, eine stumpf gewordene Schere zum Zurechtstutzen des Efeus und der Bodendecker. Damit bearbeiten sie die Gräber, als seien es die Vorgärten ihrer Villen. Es waltet da keine Gnade gegenüber einem Gräslein, das an unerwünschter Stelle wächst. Manchmal lassen sie sich auf ihre Knie hinab, stöhnend, ächzend, ein Akt der Revolte gegen den Ischiasnerv, und wühlen in der schwarzen Erde, bis das Blut unter ihren Fingernägeln hervorquillt. Es dauert eine Weile, ehe sie sich wieder aufrichten und ihre Knochen sortieren können. Sie haben die Gesellschaft der Lebenden längst hinter sich gelassen und vegetieren in einer Art Zwischenreich, wohl wissend, was eines Tages ihr Ziel sein wird. Insgeheim hoffen sie, dass sich dann andere alte Frauen ihrer erbarmen, sich um sie kümmern und das fortsetzen, was ihnen als Lebens-, nein, als Todeswerk und als einzige Arbeit erscheint, die wirklich einen tieferen Sinn hat. Ihnen ist es gelungen, sich außerhalb der Zeit einzupflanzen und sich voll Inbrunst dem hinzugeben, was andere mit einem schnöden Wort wie *Grabpflege* abtun. Sie wischen sich mit einem karierten Stofftaschentuch aus dem Nachlass des

Dahingegangenen den Schweiß von der Stirn, wienern den Grabstein mit verschiedenen, aus ihren vereinsamten Küchen mitgebrachten Spülmitteln, murmeln vom Verlust und zählen die Jahre auf, die vergangen sind, als beteten sie einen Rosenkranz. Allesamt sind es Witwen, als Hinterbliebene zugleich Zurückgebliebene, Expertinnen des jahrelang hingezogenen Abschieds, Angehörige einer mit den Augen leidenden, von vorneherein geschlagenen und entwaffneten Armee, Soldatinnen, welche das Kreuz auf sich genommen und das Schicksal mit seinen Schlägen angenommen haben: die Elite der Entsagenden, die alle Strophen aller Nekrologe der Welt auswendig kennt, alle Geschichten vom Sterben vor und rückwärts erzählen kann, gewaschen mit allen Leichentüchern, gesalbt mit allen Nachrufen, grau geworden und unscheinbar, abgeschrieben vom großen Getriebe, Frauen, an denen das Leben vollstreckt wurde, nur noch in Diensten der Toten. Den Raum, der ihrem eigenen Tod gegeben sein wird, haben sie längst hundertfach durchmessen. Mit ihrem schwarzen Gewand nehmen sie ja den ewigen Schatten bereits vorweg.

So habe ich mir immer die Moiren vorgestellt, Klotho, Lachesis und Atropos, *The Drunken Sisters.*

Wer auf dem Friedhof des Dorfes der 13 Dörfer begraben wird, der schaut, wenn der Sarg in die Erde gesenkt wird, hinein ins Gebirge. Die Aussicht ist unverbaubar, denn der Friedhof liegt auf einem Hügel wie zum Zeichen dafür, dass der Tod über dem Leben thront wie der Friedhof über dem Tal. Das größte und imposanteste

Grab des Gottesackers ist unübersehbar das Grab der Pfarrherren, die das Dorf einst regiert haben. Es steht gewissermaßen am Ende der kleinen Platanenallee, als zielten alle weltlichen Wege hin zum geistlichen Thron.

Wie konnte es nur geschehen, dass bislang keiner das Hohelied der Pfarrer aus dem Dorf der 13 Dörfer angestimmt hat? Sie repräsentieren diesen Ort auf unverwechselbare Weise, denn in ihnen vereinen sich Gescheitheit und Blödheit, Dummheit und Arroganz, Gerissenheit und Größe. Was sie tun und was sie lassen, kommt von Gott, der aus ihnen spricht, dessen ewig willfähriges Werkzeug sie sind. Keiner von ihnen ist jemals hungers gestorben. Die Pfarrer bilden alle zusammen die Pfaffia, wie sie mein Vater genannt hat, und diese ist nicht weniger mächtig als die ehrenwerte Gesellschaft aus Sizilien. Man residiert in stattlichen Pfarrhöfen mit 20 Zimmern, alle samt und sonders von Festungsbaumeistern ersonnen, uneinnehmbar und bis aufs Blut verteidigt von kampfeslustigen Zölibatessen, deren walkürenhafter Wuchs allein schon jeden mageren Protestanten einschüchtert. Das fürstliche Honorar tröpfelt Monat für Monat zuverlässig vom Himmel und rechtfertigt die saft- und kraftstrotzenden Kanzelworte über Armut, Keuschheit und Gehorsam. Das Repertoire reicht von wohlwollend-jovial bis zu heilig-zornig, die Rhetorik ist zwar nicht mehr die eines Abraham a Sancta Clara, aber sie reicht immer noch aus, um den Kleingläubigen die Leviten zu lesen. Die Kirche hat überall ihre Finger im Spiel: von der Wiege bis zur Bahre, von der Erstkommunion bis zum Stuhlfest, von der Trauung bis zur Beichte.

Es gibt kein Entkommen, und das ist erst das Vorspiel, denn die Fortsetzung folgt in der Ewigkeit. In den Frühmessen werden Greise und alte Weiblein umgarnt, der Duft des Weihrauchs soll den Naphtalingestank der Mottenkugeln übertreffen, der von diesen Scheintoten ausgeht, die in jeder Tasche wenigstens drei Mottenkugeln mit sich herumschleppen. Nach dem sonntäglichen Hochamt verzieht man sich nicht in den Kartoffelkeller der kleinen Leute, sondern auf den Hähnchenfriedhof und mästet den Prälatenbauch, weil er das unübersehbare körperliche Merkmal der geistigen Autorität ist. Die Pfarrersköchin wartet schon mit ihren Knödeln, die im Zweifelsfall dem Busen der drallen Kellnerin vorgezogen werden. Aber die Kellnerin hat *warme Schenkel, die das ganze Dorf ergötzen*. So hat einmal ein Schweizer Schriftsteller geschrieben und nebenbei eine Systematik der Pfaffiosi aufgestellt, die gut und gerne auch im Dorf der 13 Dörfer Gültigkeit beanspruchen darf.

Ich zitiere den Schweizer deshalb, weil die Schweiz bekanntermaßen als neutral gilt und überdies die Leibgarde des Papstes stellt:

Der erste Typus *dreht den Erbtöchtern von mächtigen, prächtigen Höfen schöne Augen, schwänzelt und scharwenzelt um sie, aber entscheidet sich nie. Geschichten, Geschwätz und Gerüchte.*

Der zweite Typus *leidet an manisch-depressiven Anwandlungen. Er hängt sich an die Flasche. Man versetzt ihn. Der herzhafte Seelenhirte zerstreitet sich mit den Bauern, erregt sich, beschimpft den versammelten Gemeinderat, wird wieder versetzt.*

Der dritte Typus: *Der erleuchtete Bibeldeuter, realiter freilich ein furchtsamer Frosch, schwingt sich zum großen Reformer auf, will neue Dogmen einpflanzen, setzt auf Vorträge, Seminare, öffentliche Aussprachen, Debatten, Leitartikel. Er will in den Landtag.*

Der vierte Typus: *Die verkörperte heilige Einfalt, die das Kirchenblatt mit eigenen Gedichten bereichert und zu Lichtbildervorträgen über die Reise nach Lourdes lädt.*

Der fünfte Typus: *Er führt mit blökender Geilheit ein früh entwickeltes Pfarrkind in das Hohelied Salomonis ein. Auf seinen Knien drückte und führte er sie. Siehe, meine Freundin, du bist schön! Sieh, schön bist du. Deine Augen sind wie Taubenaugen zwischen deinen Zöpfen. Dein Haar ist wie eine Herde Ziegen, die gelagert sind am Berge Gilead herab. Ich führe dich hin zu den Hügeln. Diese führte ihn vor Gericht und zu gelehrten Expertisen.*

Der sechste Typus: *Er ist aufbrausend und jähzornig. Seine Zölibatesse häuft Fehler auf Fehler. Eines Tages droht er bei der morgendlichen Rasur, ihr die Kehle durchzuschneiden, sie verteidigt sich mit Fingernägeln und Zähnen, kratzt dem Gesalbten einen veritablen Schmiss in die Wange. Auf Nachfragen gibt Hochwürden an, sich beim Rasieren geschnitten zu haben.*

Der siebte Typus: *Trullalla-Pfarrer mit Rollkragen und elektrischer Gitarre, die Tanzschritte und Plattenaufnahmen ein*üben, singende Pfarrer mit *Schäferliedchen, Filmfan-Pfarrer, die über die dümmlichsten Streifen mit Linksdrall in Verzückung geraten; die Filmkritiker, die ihre dialektischen Lümmel-Dümmeleien in den Kirchenblättern den verblüfften und verdrossenen Familien auftischen*

… die Pfarrer mit Kniestrümpfen und Pfadfinderhüten, die mit ihren Kompagnien disziplinsüchtiger Grünschnäbel Wanderlieder singen und am Lagerfeuer Maggisuppe kochen …

All diese Typen sind Hirten und stehen vorne. Man schaut auf sie, und sie schauen auf ihre Schäflein. Das sind wir. Meistens schauen sie von oben herab. Sie lassen sich zur Hochzeit laden oder zum Leichenschmaus, sie trinken mit bei der Taufe und langen bei den Dorffesten ordentlich zu, sie segnen Osterwasser, Traktoren und, wenn es sein muss, auch Kanonen. Ihre Latinität kommt einem Urinstinkt gleich. Man kann es an ihrem Appetit ablesen. Eingeengt in ihre Soutanen muten sie ihren Mägen zu, was das Zeug hält, Schweinshaxen und Kalbsköpfe, Würste, Rippen, Schwarten und Gezwiebeltes, Geräuchertes und Geselchtes, Entenbrust und Froschschenkel, Nieren und Lüngerln, Haschee und Bries, Kutteln und Presssack, Schenkel und Flügel. Dazu der gregorianische Choral, das Mantra der Pfaffia weltweit: Heiliger Sankt Opferstock, bringt Geld und Speck in' Pfaffenrock. Wie verbiert die Pfaffiosi und ihre Schäflein im Blauen Land auch immer sein mögen, so richtig blüht diese ehrenwerte Gesellschaft doch erst, wenn sich Thron und Altar verbinden, wofür in Bayern schon die richtige Partei sorgt.

Einen schlagenden Gegenbeweis allerdings liefert eine Straße in der Ewigen Stadt: Die *Via Padre Pancrazio Pfeiffer* in Rom zweigt von der Prachtstraße Mussolinis, der *Via della Conciliazione* ab, die schnurstracks zum Petersdom führt. Sie ist benannt nach Markus

(Pankratius) Pfeiffer, dem einzigen Deutschen, dem nach dem Zweiten Weltkrieg in Rom eine Straße gewidmet wurde.

Markus Pfeiffer wurde am 18. Oktober 1872 im benachbarten Brunnen, Gemeinde Schwangau, geboren. Der Vater war bereits 57 Jahre alt und befand sich in zweiter Ehe, als Markus zur Welt kam, seine Mutter war 21 Jahre jünger als ihr Mann. Markus war 10 Jahre alt, als sein Vater mit 67 Jahren starb. Die fromme Mutter Emerentia wurde 94 Jahre alt. Der Vater Johann Baptist wird als eher bescheidener und schweigsamer Mann geschildert, der durch das Holzflößen bis nach Wien gekommen war. Neben der Landwirtschaft baute er eine Ziegelei auf, denn zum Bau der „neuen Burg“ von Hohenschwangau wurden Ziegel benötigt. Obwohl der Vater gegen das Studieren war, ließ er den ältesten Sohn aus zweiter Ehe – Johannes – zum Studieren nach Kempten gehen. Markus arbeitete nach seinem Austritt aus der Schule etwa zwei Jahre in der Ziegelei. Doch die harte Arbeit war für den eher schmächtigen Buben zu schwer.

Er machte darauf eine Lehre als Bäcker, vertrug aber den Mehlstaub nicht, lernte Latein beim Pfarrer von Waltenhofen und folgte seinem Bruder Johannes nach Rom, wo er 1889 in den Salvatorianerorden eintrat und den Ordensnamen Pankratius annahm. Pfeiffer studierte an der Päpstlichen Universität *Gregoriana*, promovierte zum Doktor der Philosophie und der Theologie, wurde in der Laterankirche zum Priester geweiht und lehrte an der Päpstlichen Diplomatenakademie. Im Jahre 1908 wurde ihm als erstem Deutschen angeboten, als

Subsekretär in der päpstlichen Antekamera des Vatikans mitzuarbeiten, und zehn Jahre später wurde er Generalsuperior seines Ordens. In dieser Funktion führten ihn anstrengende Missionsreisen nicht nur durch Europa, sondern auch quer durch die Vereinigten Staaten, über Kuba und Kolumbien bis nach Brasilien und Chile, aber auch nach China.

Während der Besetzung Roms durch die Wehrmacht wurde Pfeiffer zu einer wichtigen Vermittlerfigur zwischen Papst Pius XII. und den Deutschen. Er agierte im Dreieck zwischen Vatikan, deutscher Behörde in der Via Tasso und den Gefängnissen. Der stellvertretende Chef des SD, Erich Priebke, Beteiligter an der Erschießung von mehr als 300 Geiseln in den Ardeatinischen Höhlen, gab 50 Jahre später zu Protokoll, dass Pfeiffer ihm allein bis Mai 1943 siebzig Gnadengesuche vorgelegt habe, und er glaube, für 25–28 Personen habe er Erfolg gehabt. Tatsächlich setzte er sich erfolgreich für Juden und Gefangene ein, versteckte politisch Verfolgte und Widerstandskämpfer auf dem Dachboden im Mutterhaus der Salvatorianer, verhinderte die Deportation von mehr als hundert Menschen in Konzentrationslager und erreichte bei der Besatzungsmacht eine bessere Winterversorgung Roms sowie den Schutz etlicher italienischer Orte. Nicht selten wird Pfeiffer als „römischer Schindler“ bezeichnet. Seinem diplomatischen Geschick im Umgang mit dem römischen Stadtkommandanten Kurt Mälzer verdanken überdies die Städte Chieti, L'Aquila, Orvieto und Ascoli Piceno, dass sie nicht von den Deutschen zerstört wurden. So wurde er zum „Engel von Rom“. Es sollen Tausende gewesen sein, die Pfeiffer als „General ohne Waffen“ retten konnte.

Er starb unmittelbar nach Kriegsende am 12. Mai 1945 in Rom, nachdem ihn zwei Tage zuvor, ausgerechnet am Himmelfahrtstag, ein britischer Militärjeep angefahren hatte.

Früher begann der Hauptfilm nach drei Gongschlägen. Aber aus dem alten Kino, in dem das *Landestheater Schwaben* die Klassiker aufgeführt hat, und wo ich als Bürger von Andorra meinen ersten großen stummen Auftritt hatte, ist ein Garten-Center geworden. Jetzt liegen die aufgeplatzten Säcke voller Blumenerde im Schnee, die Pflanzen haben sich von ihren geborstenen Topfen befreit, die Äste der jungen Bäumchen sind geknickt, der Winter hat vor der Idylle nicht haltgemacht. Die Gartengeräte, Rechen und Besen, Schaufeln und Harken liegen herum wie weggeschossene Gliedmaßen.

Hier haben wir einst geträumt vom Ruhm der Leinwandstars, den Gang von John Wayne in zu engen Schuhen erprobt, den Schauspielerinnen in den Ausschnitt geschmachtet und ihre Namen hergebetet, die heute keiner mehr kennt. Im Schaukasten hingen die Fotos, daneben die Kinoplakate mit den markigen Gesichtern unserer Heroen, den Kapitänsvisagen des Wirtschaftswunders und den schönen edlen Förstern. Sogleich rücken mir die Bilder ins Gedächtnis, sie geraten in Bewegung, und nichts stimmt mehr zusammen. Ein Film rollt vor mir ab, einer mit Überlänge, denn Liesl, das blasse Mädchen aus der Stadt, spaziert mit dem Förster Hubert, der in Wirklichkeit ein Versicherungsvertreter ist, durch den Silberwald, das Liebespaar Anna und Rolf rudert über einen Heidesee, vom Ufer her kommt der Gesang von drei Vagabunden, lustige Gesellen sind das, gute Menschen in einer heilen Natur mit röhrenden Hirschen und blühenden Narzissen, Sonja Ziemann liebt Rudolf Prack, der im Streit liegt mit Paul Hörbiger, doch da gewinnt Sonja Ziemann in der Tombola ein Auto, ein ehemaliger Gutsherr ostpreußischer Provenienz wird zum Wilddieb, ein skrupelloser Tierwärter braucht Fleisch für seine wilden Zirkuslöwen, und die Heidebewohner feiern ununterbrochen ein Schützenfest nach dem anderen, auf dem der jähzornige Bauer Eschmann um die schöne Bauerntochter Dorothee wirbt, aber da kehrt schon deren Jugendliebe Ludwig unverhofft aus der Stadt zurück, Eschmann wird schier wahnsinnig vor Eifersucht und lauert Dorothee auf, sie versucht ihm zu entkommen und verirrt sich dabei im Moor, wo Eschmann brutal über sie herfällt, genau so wie der Schwedenhauptmann in der Rückblende aus dem Dreißigjährigen Krieg, der es auf die unschuldige Jungfrau abgesehen hat, die aber nichts von ihm wissen will, ihn aber ob seiner Geilheit ins Moor lockt, sich ihm dort hingibt, und während er sie schändet, versinken sie beide im Moor, das Dorf ist gerettet vom Zugriff der marodierenden Landsknechte, ein Opfer von alttestamentarischer Größe, und auch für Eschmann kommt jede Hilfe zu spät, während Dorothee in letzter Minute gefunden wird und ihren Ludwig bekommt, woraufhin Rosen blühen auf dem

Heidegrab und keine Schlingpflanzen, denn die gibt es nur im Dschungel, wo beim Stamme der Wo-dos Liane lebt, das Mädchen aus dem Urlaub, das immer ohne BH von Busch zu Busch hüpfen und ihren zarten Busen mit langen, blonden Haaren verdecken muss, sie ist wahrscheinlich die verschollene Enkelin des Hamburger Reeders Amelongen, weswegen sie in dessen Auftrag von Hardy Krüger mit einem Netz wie ein gefährliches Raubtier gefangen genommen und nach Hamburg verfrachtet wird, wo der Geschäftsführer Schönick bereits seine Felle davonschwimmen sieht wegen des Mädchens, was für ein Unglück, wo er es doch war, der die Firma nach dem Krieg wieder aufgebaut hat und die ihm jetzt von dem frechen Dschungelnackedei einfach so weggeschnappt werden soll, doch da ermordet der Geschäftsführer den Reeder Amelongen kurzerhand kaltblütig, und für Liane scheint der Weg frei, aber sie kehrt lieber an der Seite von Hardy Krüger in den Urwald zurück, denn wir wissen ja, dass Hardy Krüger, der Weltenbummler, eine Farm in Afrika hat, indes in Deutschland Professor Sauerbruch Heidemarie Hatheyer, die Geierwally, operiert, obwohl sie kein Geld hat. Aber der Professor und Geheimrat heilt mit der Hilfe seines Teams auch einen kranken Kater, oder war es ein Kaninchen, er weiß nur noch nicht, dass sein Oberarzt Dieter Borsche ein Doppelleben führt, weil schwere Schuld auf ihm lastet, seit er im russischen Kriegsgefangenenlager eine schwierige Operation erfolgreich durchgeführt hat, obgleich er sein Medizinstudium noch gar nicht ordnungsgemäß abgeschlossen, sondern kurz vorher die Einberufung erhalten hatte, doch zurück in Deutschland verschafft ihm jener Mann, dessen Leben er in Russland rettete, einen Posten als Oberarzt, der deshalb so anstrengend ist, weil Borsche unter anderem Namen heimlich noch sein Examen nachholen muss, weswegen gelegentlich seine Nerven blank liegen, was auch die Fabrikantentochter Ruth Leuwerik mitbekommt, mit der er befreundet ist, und er sich aus lauter Verzweiflung, weil er es nicht länger aushält, eines Tages selbst anzeigt, schließlich aber wegen seines Edelmutes freigesprochen wird und die Leuwerik bekommt, die O. W. Fischer als König Ludwig II. von Bayern nicht haben durfte, obwohl er ein Freund der Künste war, schöne Schlösser baute und von Bismarck verraten und ermordet wurde, was die Leuwerik wiederum veranlasste, ins Kloster zu gehen und dort auszuharren, bis sie eines schönen Tages von Baron von Trapp, einem verwitweten ehemaligen U-Boot-Kommandanten, als Kindermädchen engagiert wird für seine bösen Kinder, die schon 25 Gouvernanten das Leben zur Hölle gemacht haben, jetzt aber friedlich werden, weil der Baron die Novizin heiratet, während der Hausgeistliche Josef Meinrad die Kinder samt Mutter in einem Chor versammelt, der das Wettsingen bei den Salzburger Festspielen gewinnt, was sich als sehr günstig erweist, zumal der Baron sein Vermögen verliert und dem Plan der Leuwerik zustimmt, das Schloss in ein Hotel zu verwandeln, in dem gesungen wird, bis eines Tages die Nazis in Österreich einmarschieren und die Trapp-Familie nach Amerika auswandert, wo sie ein großer Erfolg wird im Dirndlkleidchen und in der Lederhose, auf die Ruth Leuwerik als amerikanische Millionärstochter allerdings verzichten muss, wenn sie in das Großherzogtum Grimmburg zurückkehrt, das von Dieter Borsche regiert wird, dem sie behutsam beibringt, was man so allgemein unter Demokratie versteht, während er ihr demonstriert, was man in Grimmburg von Etikette, Herkunft und Tradition hält, mit denen sich durchaus die deutsch-amerikanische Freundschaft symbolisch und für jedermann im Kinosaal begreiflich besiegeln lässt, auch wenn dieser Prinz Klaus Heinrich nur wenig später durchaus zu den Kunden des Mädchens Rosemarie zählen könnte, die von Peter van Eyck zur Wirtschaftsspionage angeregt wird, wofür sie trotz Mercedes, Schampus und Kaviar mit dem Leben bezahlen muss, und man bis heute nicht genau weiß, wer die Nitribitt nun wirklich umgebracht hat, denn Horst Buchholz in den engen Röhrenhosen kann es unmöglich gewesen sein, und auch Marianne Koch wäre zu solch einer grausamen Tat als Landärztin mit Motorroller niemals imstande gewesen, denn der Stern von Afrika verblasste, das indische Grabmal stürzte ein, die Dritte von rechts war der aufstrebenden Jugend, die nach James Dean lechzte, gänzlich gleichgültig, nicht einmal der Arzt von Stalingrad lockte noch einen alten Hund hinter dem Ofen hervor, und Heinz Erhardt konnte uns mit seinen Witzchen ohnehin gestohlen bleiben, da die Traumfrauen nicht mehr Ruth Leuwerik, Marianne Koch oder Margot Hielscher hießen, sondern Karin Baal, Natalie Wood und Brigitte

Bardot. Ein neues Zeitalter war angebrochen: unsere Bärenzeit.

Das Läutwerk beim Niedergehen der Bahnschranke bleibt mir unvergessen. Schotter und Schwellen haben mich schon als Kind magisch angezogen. Oft stand ich in der Nähe des Gleises, um auf die Lokomotive zu warten, ihren Funkenflug und den bitteren Rauch, ihr Stampfen und den klagenden Ruf. Eisenbahner zu werden erschien mir als höchster aller Berufe, und Lokführer war überhaupt die Krönung. Manchmal habe ich dem Streckenwärter nachgeschaut, wie er, von Schwelle zu Schwelle gehend, die Schienen prüfte, die Weichen schmierte oder Signalbirnen auswechselte. Hin und wieder durfte ich den schweigsamen Mann sogar ein Stück seines Weges begleiten. Er ging zwischen den Schienen, ich musste außerhalb des Gleiskörpers bleiben. Dieses Wort habe ich damals gelernt: Gleiskörper. Es ist ein schönes Wort, weil es für etwas Lebendiges steht. Im Winter räumte der Schneepflug das Gleis. Es handelte sich um ein hohes, gespenstisch beeindruckendes Gerät, das einer Lok vorgespannt wurde und den Schnee vor sich herschob, bis er nachgab und seitwärts wegbrach.

Schon früh war der Bahndamm mit seinen eigenartigen Pflanzen ein beliebter Spielplatz. Wertlose Vorkriegsmünzen wurden auf das Gleis gelegt und mit Hochspannung gewartet, was die Dampflokomotive mit ihren drei bis fünf Waggons im Schlepptau daraus machen würde. Nichts war aufregender als die Welt der Eisenbahn, der

Güterzüge, der Schienenbusse, der Rangierfahrten, der Sonderzüge, die aus dem Ruhrgebiet kamen und Sommerfrischler ins Dorf der 13 Dörfer schwemmten.

Einmal wollte ich auswandern, packte meinen Teddybär in den Rucksack, legte einen Apfel dazu, setzte meine Mütze auf und schulterte mein Schäufelchen, das ich immer bei mir hatte, sogar nachts. Dann zog ich los. Natürlich Richtung Bahnhof. Als mich der Bahnhofsvorstand fragte, wohin es mich ziehe, sagte ich tapfer: Amerika! Da müsse ich noch ein wenig warten, nickte er mir zu, denn der Zug nach Amerika habe heute Verspätung. Na gut, sagte ich – und wartete.

Ein paar Jahre später hatte ich Angst vor diesem Mann, denn seine Schneebälle trafen immer. Während andere mit weichen Bällen auf den Körper zielten, knetete er die seinen eisenhart und zielte immer auf Gesicht oder Hinterkopf. Und er warf nie daneben. Seine Treffer schmerzten tagelang, noch tiefer aber ging sein Gelächter, das er dabei ausstieß.

Es hat Jahre gedauert, bis ich sein Geheimnis herausfand. Jetzt weiß ich, warum er nie danebenschoss. Eines Tages stieß ich auf die Anzeige eines Fotos im Internet. Es zeigte einen jungen Offiziersanwärter mit schneidigem Schnauzbärtchen, wie es sonst nur die Schiffschaukelburschen auf dem Jahrmarkt trugen. Der Anbieter wollte für das Foto 85 Euro haben, und beinahe hätte ich es sogar gekauft, denn es konnte kein Zweifel bestehen, dass es den Bahnhofsvorstand meiner Kindertage aus dem Dorf der 13 Dörfer zeigte. So unschuldig sah er also aus als junger Fahnenjunker mit

Infanteriesturmabzeichen Silber, Ostmedaille, EK 1. Klasse, Verwundetenabzeichen Gold, Nahkampfspange Silber, Ritterkreuz. Derlei gibt es nicht umsonst. Seine Schneebälle trafen immer, und sie waren hart wie Stein.

Bisweilen frage ich mich, wer meine Sendungen überhaupt hört. Damals hieß eine Radiosendung, die alljährlich zum Jahresende ausgestrahlt wurde, *Glocken aus aller Welt*. Man hörte die Glocken von St. Peter in Rom, vom Kölner Dom, von St. Paul's Cathedral in London, von Notre-Dame de Paris, das Geläut des Mailänder Doms … und es war einem ganz feierlich zumute. Und jedes Jahr, solange sie lebte, wusch ich an Silvester meine Großmutter. Dabei handelte es sich um eine langwierige Prozedur, die mit dem Lösen des Zopfes und der Entnahme der Zahnprothese begann. Während ich den Zopf langsam und vorsichtig mit einer sanften Bürste auskämmen durfte, legte die Großmutter ihre gelblichen Zähne in eine milchig trübe Brühe, die in einem Wasserglas bereitstand. Dazu gab sie ein paar Tropfen *Odol* Mundwasser.

Jetzt begleite ich die alte Frau in den Keller ins vorgeheizte Waschhaus, wo es nach Apotheke riecht. Ich nehme mit der Großmutter an meiner Hand vorsichtig jede Stufe, achte darauf, dass die Großmutter nicht über ihr knöchellanges, leinenes Nachthemd stolpert und helfe ihr schließlich über ein kleines Holzschemelchen in die Zinkbadewanne mit dem warmen Wasser. Die alten Hände mit ihren langen, dünnen Fingern und den kurzen Nägeln suchen den Rand der Wanne, halten sich fest, um den Körper sehr langsam ins Wasser gleiten zu lassen. Dabei stößt die Großmutter Laute des Wohlbehagens aus, bis sie endlich in einer angenehmen Sitzposition ist. Dann lächelt sie, ihre Augen sagen mir, ich solle mich jetzt umdrehen, weil sie das Nachthemd über den Kopf ziehen wird. Das dauert ein wenig, aber ich darf jetzt nicht helfend eingreifen. Endlich liegt das Kleidungsstück neben der Wanne, ich hebe es auf und lege es über den Stuhl, indes die Großmutter allen Schaum der Wanne vor ihrer Brust versammelt und zu einem Schaumberg aufhäuft, bis gerade noch ihr Kopf herausragt. Langsam verschwindet der abgemagerte Körper im Dampf des Waschhauses. Die Großmutter nebelt sich ein, und ich verlasse auf Zehenspitzen den Raum. Ich warte vor der Tür, atme den durch den Spalt dringenden Duft der Fichtennadeltabletten, welche die Badende jetzt im Wasser zerrieben haben wird, und kehre erst wieder zurück, wenn mich die Großmutter ruft. Meine Aufgabe besteht darin, aus einem Einweckglas getrocknete Kräuter in die Wanne zu streuen und Zitronenmelisse aus einem weiteren Behälter dazuzugeben. Die Großmutter schwört auf die Heilkraft der Kräuter. Sie rührt die Zugaben ein, dann kommen ihre Hände wieder zur Ruhe. Jetzt bin ich an der Reihe, um mit einem Waschlappen vorsichtig den Rücken der Großmutter zu waschen. Ich seife den Lappen ein, um in langsamen Kreisen über den dürren und krummen Rücken der alten Frau zu wandern und ihr erneut Seufzer des Wohlbehagens zu entlocken. Zwar sehe ich es nicht, aber ich weiß, dass sie die Augen geschlossen hat. Sie sagt, wann es genug ist mit der Zärtlichkeit. Dann ziehe ich mich wieder zurück, nicht ohne das große Handtuch zum Abtrocknen bereitzulegen. Die Großmutter legt Wert auf die Feststellung, allein aus der Wanne zu kommen, aber jedes Mal bin ich in Alarmstellung, jederzeit bereit, helfend einzugreifen, obgleich es bislang nie nötig gewesen ist. Wenn ich das Waschhaus wieder betrete, steht die Großmutter stolz vor mir, mit aufgelöstem langem, schlohweißem Haar, rundum eingewickelt in ein riesiges weißes Frottiertuch, und sieht aus wie die Herrscherin aus einem Märchen. Mit beiden Beinen steht sie fest auf einem bunt gewebten Flickenteppich. Rubbeln, sagt sie laut, und ich reibe meine Großmutter trocken, vorsichtig, um die ledrig brüchige Haut nicht zu reizen, kräftig genug, um der Nässe Herr zu werden. Erst wenn ich damit fertig und auch zwischen die Zehen gekommen bin, ziehe ich mich erneut zurück. Jetzt wird sich die Großmutter ihr frisches Nachthemd überziehen, das ich längst bereitgelegt habe. Das geht schnell, und sie beginnt zu frösteln, doch schon warte ich mit dem dicken Morgenmantel, den ich ihr wie einer Hohepriesterin um die Schultern lege. So schwer dieses Prunkstück aus weinrotem Geflausch auch ist, so sehr wärmt es auch. Ich sehe es am zufriedenen Gesichtsausdruck der Gebadeten. Erneut gehen wir behutsam Schritt für Schritt die Kellertreppe hinauf in die gute Stube und achten wiederum sorgfältig darauf, nicht über das knöchellange Nachthemd zu stolpern. Unser Ziel ist der große Ohrensessel mit dem Kissen im Rücken. Ich habe ihn bereits in die richtige Position geschoben, denn jetzt kommt der Höhepunkt des Abends. Es ist zugleich der Höhepunkt des ganzen Jahres und von einigem Einfluss auch auf das neue Jahr: das Bibelstechen.

Meine Großmutter nimmt ihre alte Bibel zur Hand, einen mächtigen, in Schweinsleder gebundenen Band mit tausend Seiten und zahlreichen Lesebändchen in allen Regenbogenfarben, legt ihn geschlossen in die Mitte des Tisches, greift zu einer Stricknadel und sticht langsam mit geschlossenen Augen von der Seite her in das Buch. An der Stelle, an der sich jetzt die Nadel befindet, muss ich das Buch öffnen und den Satz oder Spruch, das Kapitel oder den Vers vorlesen, auf den die Spitze der Stricknadel zeigt. Das nicht von der Stricknadel der Großmutter, sondern von Gott höchstpersönlich ausgewählte Wort gilt als Losung für die kommende Zeit. Bis zur nächsten Wäsche. Es kann freilich auch ein guter Rat, ein Orakel oder eine Prognose sein. Die bis ins Detail gehende Auslegung des Bibelwortes freilich ist allein meiner Großmutter vorbehalten, und rückblickend muss ich unumwunden eingestehen, dass sie sich niemals geirrt hat.

Immer wenn ich daran denke, kann ich nicht anders und muss das Foto meiner verstorbenen Frau aus meinem Rucksack nehmen und es lange betrachten. Ich spreche nicht mehr mit ihr. Ich lasse nur noch die Gedanken fließen wie damals in Lissabon, als der Sommerwind über das Gras ging. Bald darauf bohrt dann in mir wie ein beginnender Zahnschmerz die Frage, ob ich noch etwas anderes habe als das Foto aus guten Tagen und meine Erinnerungen. Diese Frage zwingt mich in eine innere Müdigkeit, bisweilen scheint von ihr eine Art Lähmung auszugehen, und es kostet mich einige Anstrengung, die Frage in den Hintergrund zu schieben, wobei ich mir aller Bemühungen zum Trotz sicher bin, dass sie über kurz oder lang wieder im Vordergrund stehen wird.

Meine Gedanken schweifen ab, als ich vor einem kleinen *Mister-Minit*-Laden stehe, in dem einst große Ideen geboren wurden und viele Illusionen begraben liegen. Der frühere Inhaber hieß Resch und war Schlosser. Er verstand sich auf die Fertigung von Türen, Toren und Geländern, stellte schmiedeeiserne Gitter und Zäune her und konnte dank seines Geschicks auch landwirtschaftliche Geräte und Maschinen reparieren. Er formte, falzte und stanzte Bleche, montierte Druckrohrleitungen und schweißte, was das Zeug hielt. Jedenfalls hatte er sein Lebtag gut zu tun. Als junger Kerl war er aus einem Nest irgendwo in der Oberpfalz zugezogen, hatte die Tochter des Eisenwarenhändlers Linder geheiratet und es mit Fleiß und Anstand zu etwas gebracht. Er war bereits Witwer, als ihn der Schlag traf. Werkstatt und Lager sowie ein bescheidenes Häuschen mit Garten gingen an die einzige Tochter Waltraud, die im Kirchenchor sang, jeden Tag zur Kommunion ging und auch sonst recht fromm tat. Sie balancierte eine dicke Brille auf ihrer krummen Nase, die ihr zusätzlich ein leicht dümmlich wirkendes Aussehen gab.

Wer sie aber näher kannte, der wusste, dass der erste Eindruck täuschte und Traudl, wie sie gerufen wurde, ein durchtriebenes Biest war, obwohl man hätte glauben können, sie könne nicht bis drei zählen. Außerdem war sie hinter dem Geld her wie der Teufel hinter der armen Seele. Kaum war ihr Vater unter der Erde, verkaufte sie die Werkstatt an den Meistbietenden und richtete mit dem vormaligen Gesellen des Meisters einen Schlüsseldienst ein, organisierte die Lieferung und Montage von Schlössern, Schließanlagen aller Art und sogar von Tresoren in Firmen und privaten Haushalten. Im prosperierenden Wirtschaftswunderland gab es dafür einen wachsenden Markt. Es dauerte nicht lange, und der Schlüsselnotdienst begann zu florieren. Der grundsolide ausgebildete Geselle konnte nicht nur zu jeder Tages- und Nachtzeit Türen öffnen, ohne sie zu beschädigen, sondern auch Fahrzeuge und Geldschränke. Bald waren es nicht nur verlorene Schlüssel oder unbeabsichtigt zugefallene Haustüren, die für Umsatz sorgten.

Traudl kassierte fleißig. Nach Feierabend sowie an Sonn- und Feiertagen verlangte sie von den Kunden einen saftigen Sondertarif. Aufgrund ihrer Geschäftstüchtigkeit und des guten Rufes, den ihr Vater erwirtschaftet hatte, fand sie auch rasch Zugang zum *Bundesverband für Sicherungstechnik*, wo sie sich ohne viel Umstände in wichtige Positionen manövrierte, sodass schnell der Eindruck entstand, ohne sie gehe es nicht. Sie eröffnete eine Reihe von Filialen in den benachbarten Städtchen, die sich auf Schuhbesohlung, Gravuren, Herstellung von Schildern und Schlüsselfertigung spezialisierten. Was sich soeben noch bescheiden *Schlüsseldienst* genannt hatte, hieß jetzt großspurig *Sicherheitsfachgeschäft* und war im *VdS*, dem *Verband der Schadenverhütung*, organisiert, wo Traudl Resch in den Vorstand gewählt wurde. Sie schielte bereits hinter ihren dicken Brillengläsern auf die großen Kaufhäuser und erweiterte mit weiteren Mitarbeitern, die sie eingestellt hatte, ihr Spektrum auf Elemente von Schlosser, Tischler, Glaser und Elektroinstallationshandwerk. Mit dem *VdS* forderte sie eine handwerkliche Ausbildung mit Meisterqualifikation in einem dieser Gewerke sowie Gesellenstatus der restlichen Gewerke, denn die Resch hielt auf Qualität, auch wenn sie nicht besonders beliebt war und es mit einem Ehemann trotz mehrerer Versuche nicht klappen wollte. Zuletzt war ihr nämlich keiner gut genug.

Sie hielt sich für etwas Besseres und nörgelte vorzugsweise an jenen herum, die in ihren Augen minderwertige Arbeit verrichteten und sich die Hände schmutzig machten. Dabei war sie zu ihren Angestellten überheblich, gnadenlos und zynisch, sie liebte spitze Bemerkungen, weidete sich an den Gedemütigten und genoss es, wenn sie andere herabwürdigen konnte. Sie entwarf vielerlei Schlüsselanhänger und trug außer einem Kreuz noch einen winzigen Schlüssel mit Brillantenbesatz an einer Kette um den Hals: Symbol ihrer Macht. Zuletzt entwickelte sie eine geradezu krankhafte Leidenschaft für Schlüssel und Schlösser, redete von nichts anderem, dachte an nichts anderes, musste wie unter Zwang alles öffnen, was ihr verschlossen schien. In ihren kühnsten Träumen hatte sie hitzige Liebschaften mit tätowierten Tresorknackern und Hotelportiers, in deren Kragenspiegel mit den gekreuzten Schlüsseln sie sich unsterblich vergaffte. Mehrfach reiste sie nach London, um im Tower an der Schlüsselzeremonie teilzunehmen. Zu Hause setzte sie sich einen Tudorhut auf und spielte vor dem Spiegel nach, was sie nachts im Tower erlebt hatte. Dann nahm sie militärische Haltung an und sprach die Worte: *Halt! Who comes here? – The keys. – Whose keys? – Queen Elizabeth's keys. – Pass Queen Elizabeth's keys. All is well. – Amen.*

Im Dorf der 13 Dörfer hieß es, vor der Resch sei kein Schloss sicher, sie knacke jede noch so raffinierte Konstruktion, denn sie sei zwar hässlich wie die Nacht, aber die Gier treibe sie zu Höchstleistungen. Bis sie eines Tages den Hals nicht voll genug bekommen konnte. Einem Rentner war die Wohnungstür zugefallen und er rief den Schlüsseldienst. Der kam nach ein paar Stunden und verlangte völlig überzogene Fahrtkosten. Daraufhin nahm sich der Rentner einen Rechtsanwalt, und die Sache kam vor Gericht. Der Resch'sche Schlüsseldienst musste einen großen Teil der Kosten zurückzahlen. Das Amtsgericht hielt darüber hinaus die Kosten für die Türöffnung für zu hoch und verurteilte den Schlüsseldienst zur Rückzahlung einer größeren Summe. Darin enthalten war auch die Entschädigung für einen zu Unrecht ausgebauten Schließzylinder. Die Kosten des Verfahrens blieben ebenfalls an der Firma Resch hängen.

Derlei Fälle häuften sich. Der wahre Schaden war nicht der verlorene Prozess nebst Strafe, sondern der Vertrauensverlust bei der Bevölkerung. Von dem Tag an hielt man im Dorf der 13 Dörfer die Resch für eine Betrügerin, die es mit ihrem Schlüsseldienst nur auf das Geld der kleinen Leute abgesehen habe. Man traute ihr nicht mehr über den Weg. Firmen kündigten die

Verträge, Privathaushalte riefen die Konkurrenz. Das ging so weit, dass die Resch immer weniger Aufträge bekam und ihre Posten beim *VdS* sowie beim *Bundesverband für Sicherungstechnik* räumen musste.

Ihr Meisterstück aber lieferte Waltraud Resch, als sie sich aus dem Tresor des Alpenhotels bediente, den sie angeblich persönlich überprüfen musste, weil sie ihren Monteuren nicht traue. Mit diesem scheinheiligen Trick hatte sie sich Zugang zu dem Geldschrank im Keller des Hauses verschafft und ihn um Bargeld und Schmuck der Hotelgäste erleichtert. Sie zu überführen und festzunehmen, war für die Polizei ein Kinderspiel. Vor Gericht zeigte sie wenig Reue und behielt ihre Dünkelhaftigkeit auch nach der Verkündung des Urteils.

Am Ende blieb ihr im Dorf der 13 Dörfer nur ein kleiner Laden, in dem man seine Schuhe besohlen lassen konnte und der nach ein paar Jahren von einem Unternehmen namens *Mister Minit* übernommen wurde. Nach Verbüßen ihrer Strafe ist es Waltraud Resch trotz lauten Singens im Kirchenchor und des täglichen Ganges zur Kommunion in der Frühmesse nie mehr gelungen, jenes Vertrauen und Ansehen im Dorf zurückzugewinnen, das ihr fleißiger und bescheidener Vater einst erworben hatte. Der gute Name war dahin und stand von nun an für Wucher, Beschiss und Betrug.

In jenen Tagen ging ein Gerücht um, das meine kindliche Fantasie auf eine harte Probe stellte. In den Wirtshäusern raunte man von mysteriösen Vorkommnissen auf der Bärenmoosalm, die man auf einem bequemen

Wanderweg vom Parkplatz der Vilstalsäge aus erreicht. Man überquert die Vils und wendet sich hinter der Brücke nach rechts, folgt dem Vilsufer bachaufwärts, geht bei einer markierten Abzweigung durch den sogenannten Klocknerwald steil bergauf auf den Forstweg und weiter auf einen Streifen, der sich „Himmelreich" nennt, quert den Hang rechtwärts, überklettert einen längst stumpf gewordenen Stacheldrahtzaun und hält auf die bereits gut sichtbare Bärenmoosalpe zu. Beeren wachsen hier keine. Die Bärenmoosalm hat ihren Namen von Braunbären, die – angeblich – bis vor wenigen Jahren, also auch noch nach dem Krieg, hier oben abseits von menschlichen Ansiedlungen gehalten und für ausländische Jahrmärkte und Zirkusse dressiert wurden. Möglicherweise, so reimte ich mir zusammen, war die Bärenmoosalm auch für den Namen einer Dosenmilchmarke verantwortlich: *Nichts geht über Bärenmarke ...*

Der Lehrer sagte, solche Vorführungen mit abgerichteten Tanzbären auf öffentlichen Plätzen seien seit dem Mittelalter bekannt. Heute freilich sei die als Tierquälerei verbotene Praxis nur noch in Osteuropa, auf dem Balkan und in Indien geläufig. Ernährt habe man die Tiere auf der Bärenmoosalm von den gesammelten Essensresten aus den Hotel- und Gaststättenbetrieben. Da sei oft mehr zusammengekommen, als die Bären hätten vertilgen können.

Die Abrichtung der gefangenen Kreaturen ist, wenn man dem Lehrer glauben darf, ein grausamer Vorgang. Unter Abspielen von jahrmarktstauglicher Musik wird der Bär auf einer erhitzten Eisenplatte – mit Stichen und anderen Qualen – dazu gezwungen, bestimmte Bewegungen zu vollziehen. Das geht so lange, bis sich das geschundene Tier daran gewöhnt hat, zur Vermeidung von Schmerzen sogleich beim Einsetzen der Trommeln oder anderer Musikinstrumente genau diese Bewegungen vorzuführen. Die Bärenführer nützten überdies die Eigenart der Tiere, in Gefangenschaft sich häufig im Stand um die eigene Achse zu drehen. Überdies trage das Tier einen schmerzhaften Nasenring, werde in der Regel schlecht untergebracht, mangelhaft ernährt, kaum gepflegt und biete allein schon deshalb ein Bild des Erbarmens.

Um ihr grausames Handeln zu rechtfertigen, sagt der Lehrer, berufen sich die als Bärenführer international hoch angesehenen Allgäuer auf die magische Bedeutung von Bären in uralten Jagdmythen, in denen der Bär als Träger der Seele eines unerlösten bösen Menschen gilt, als Waldgeist oder als besonders schlauer Mensch, der sich nur verwandelt habe. Bei Karl May könne man nachlesen, dass auch die Indianer Kanadas und Nordamerikas wilde Bärentänze aufführten. Dabei stülpten sie sich einen ausgehöhlten Bärenkopf über und legten um die Schultern ihr wärmendes Fell. Was den einen der Bär als Symbol des Teufels sei, das sei dem anderen der Tanzbär als Symbol für die allein von der magischen Kraft der Musik gezähmte Bestie. Während im Mittelalter Gaukler und fahrende Schausteller die Bären tanzen ließen, begleitet von dressierten Hunden oder Affen und meistens in Konkurrenz traten zu Polen und Zigeunern mit Trommeln und Sackpfeifen, seien die Bärenführer aus dem Allgäu überwiegend in namhaften Zirkusunternehmen aufgetreten, hätten kostbare, mit Glitzerwerk verzierte Kostüme getragen und seien mit ihren Bären bis nach Nord- und Südamerika gereist, indes aus Beschreibungen von reisenden Gelehrten und Gesandten hervorgehe, dass in den besonders kalten russischen Wintern etliche Bärenführer mit ihren Tieren erfroren am Wegesrand liegen geblieben und Opfer der Wölfe geworden seien.

Das alles weiß unser Oberlehrer Vollgas, denn er ist ein guter Lehrer. Er kann wunderbar erzählen, und wir Schüler lieben ihn. Er gehört zu jenen frühen Lehrern, die man später zu Unrecht vergisst. Er ist einer von denen, die Türen aufstoßen und andere für immer schließen.

Selbstverständlich beriefen sich die Bärenführer aus dem Allgäu auch auf die Gedichte und Parabeln von Lessing, Gellert und Pfeffel, in denen Tanzbären eine herausragende Rolle spielten, ebenso wie in der *Verkauften Braut* von Smetana oder im Tanzbärenmärchen der berühmten Augsburger Puppenkiste. Auch das weiß Vollgas. Und um das junge Publikum anzusprechen, verteilten die Bärenführer an die Kinder Gummibärchen, die schon seit den Zwanzigerjahren im Umlauf seien und nichts weiter darstellten als die kleinen Verwandten der großen Tanzbären.

Irgendwann einmal aber seien die Bären auf der Bärenmoosalm plötzlich verschwunden gewesen. Über Nacht sozusagen! An den Stammtischen wurden hierzu die wildesten Spekulationen angestellt. Während die einen behaupteten, Zigeuner hätten sie entführt und über die Berge nach Albanien verschleppt, wo man mit Tanzbären gutes Geld verdienen könne, behaupteten andere, militante Tierschützer hätten sie in den Tanzbärenpark nach Braşov in Rumänien verbracht, wo ein Vetter des abgedankten Königs einen Gnadenhof für geschundene Tiere betreibe. Allerdings habe man weder Spuren der Bären noch solche der Entführer oder Befreier finden können, zumal der Schneesturm dort oben jenseits des „Himmelreichs" besonders heftig tobe. Fest stehe nur, dass es mit dem Trainingslager für Tanzbären auf der Bärenmoosalm ein für alle Mal vorbei sei. Man überlege in der Gemeindeverwaltung bereits, all die Trommeln, Sackpfeifen, Flöten, Klarinetten, Peitschen, Nasenringe, Eisenzwingen und anderen Folterinstrumente an das Museum der Bärenführer, das *Museo gli Orsanti,* in Vigoleno in Italien zu verkaufen.

Drei magische Gegenstände gab es in meiner Kindheit, und in meiner Vorstellung war derjenige ein König, der alle drei besaß. Ich selbst konnte nur einen davon mein Eigen nennen: mein Schäufelchen, ohne das ich niemals aus dem Haus ging. Die beiden anderen Gegenstände waren unerreichbar: die rote Kelle des Fahrdienstleiters bei der Eisenbahn und die halbrunde Spachtel für Speiseeis. Und weil ich mein Lebtag gerne Eis aß, zog es mich als Jugendlichen ständig in die einzige Eisdiele im Dorf der 13 Dörfer, die den verlockenden Namen *Dolomiti* trug. Später habe ich herausgefunden, dass *Dolomiti* ein Name ist, der gut ist für alle Eisdielen dieser Welt.

Mein *Dolomiti* hatte nur halbjährig geöffnet: von Mai bis September. Dann gingen die Italiener, die sie betrieben und die man im Dorf *Katzelmacher* nannte, zurück nach Sizilien. Es handelte sich um einen Familienbetrieb: Die Mama mit der großen Schürze über dem mächtigen Busen kochte und spülte ab, Papa mit dem weißen Schiffchen auf dem Kopf machte das Eis und buk die Kuchen, die man zum Kaffee bekommen konnte, meistens Obstkuchen oder solche aus Mürbeteig, der Sohn, ein hoch aufgeschossener Kerl mit Hakennase, assistierte dem Vater hinter der Theke, und die Tochter, eine ebenso bildhübsche wie unnahbare Südländerin mit wilder schwarzer Löwenmähne, servierte und bediente die wenigen schmalen Tischchen, die zur Verfügung standen. Alle jungen Männer waren verrückt nach Laura, und ihr Hüftschwung sowie ihre Beine steigerten die Gier und machten alle Hosen enger. Der Umsatz der Eisdiele war zweifellos der enormen Attraktivität von Laura geschuldet.

Von Mai bis September versammelten sich jeden Abend die Halbwüchsigen des Dorfes, die damals Halbstarke hießen, mit ihren Mopeds oder ihren Fahrrädern vor dem *Dolomiti*, schleckten sich durch die Eiskarte, tuschelten, wenn Laura an den Tisch kam, oder machten ihr mit Blicken, die besonders Mutigen aber auch mit Worten eindeutige Angebote, die freilich Papa und Mama verborgen bleiben mussten. Ein besonders waches Auge hatte Bruder Leo auf seine Schwester, deren Gang immer aufreizender wurde, je länger der Sommer dauerte.

Nach und nach schälte sich aus der Dorfjugend ein Favorit heraus, der allein schon wegen seines VW-Cabrios besonders gute Karten hatte. Jedenfalls war deutlich für jeden männlichen Besucher des *Dolomiti* zu bemerken, wie Laura mehr und mehr zurückschmachtete. Das begann Ende Mai und erreichte Mitte August seinen Höhepunkt, als Alfi, der im Winter Skilehrer war und im Sommer seine Talente als Bademeister austobte, sich wie jeden Abend von Laura seinen Erdbeerbecher mit Sahne servieren ließ und ihr, während sie sich herunterbeugte, um die Köstlichkeit auf den Tisch zu stellen und einen tiefen Blick in ihren riskanten Ausschnitt freizugeben, mit der flachen Hand über den drallen Hintern strich.

Laura beantwortete diese Unverfrorenheit mit einem ebenso spitzen wie durchdringenden Schrei, welcher der Mama vor Schreck das Geschirr entgleiten und auf die Steinfliesen segeln ließ, wo es hundertfach zersplitterte, den Papa zu einem an dieser Stelle nicht zitierbaren Fluch animierte und die halbrunde Eiskelle, jenen magischen Gegenstand meiner Kindheit, derart auf die gläserne Ladentheke schmettern ließ, dass diese in Scherben ging, Bruder Leo aber blitzschnell zum Tortenmesser greifen, hinter der Ladenbudel hervorstürzen, zwei, drei Tischchen umwerfen, auf den Übeltäter Alfi zuhechten, die Ehre seiner missbrauchten Schwester retten und dem Bademeister das lange Tortenmesser mit voller Kraft in den Rücken rammen ließ.

Sämtliche Besucher des *Dolomiti* schrien auf, die Mädchen kreischten, man brüllte und tobte wild durcheinander. Alle starrten auf Leo und seine blutige Mörderhand, die noch immer das Messer umklammerte, indes Alfi vom Stuhl rutschte wie ein nasser Sack, jemand die Polizei rief und das Rote Kreuz, im Nu waren die Sanitäter da, bahnten sich einen Weg durch das Chaos, legten den Verletzten auf eine Trage, schoben diese in ihren Sanka, der mit Tatütata ins Krankenhaus brauste, indes die beiden Gendarmen Leo in die Zange nahmen und verhafteten, Verstärkung herbeiriefen, um Zeugen zu vernehmen, sich der Papa um die kreidebleich gewordene Laura kümmerte, welche die dichten schwarzen Haare vors Gesicht geschlagen hatte, und die Mamma immer nur Madonna, Madonna mia rief, die Hände zum Himmel hob, mit dem Geschirrtuch wedelte und in nicht enden wollendes Heulen und Wehklagen verfiel.

Es dauerte Stunden, bis sich die Lage einigermaßen beruhigt hatte. Schon einen Tag später wusste das ganze Dorf der 13 Dörfer von dem ungeheuren Vorfall. Freilich hatte sich auch gleichzeitig wie ein Lauffeuer Volkes Meinung verbreitet, grundsätzlich gesehen und bei Tageslicht betrachtet sei der Übeltäter gar nicht der italienische Leo mit der Hakennase gewesen, der doch nichts anderes getan habe, als die in den Schmutz gezogene Ehre seiner Schwester zu verteidigen, obgleich man zugeben müsse, dass alle Katzelmacher viel zu schnell mit dem Messer bei der Hand seien, sondern der wahre Bösewicht und Hauptschuldige in der ganzen leidigen Angelegenheit sei der Tunichtgut Alfi, dieser not- und dauergeile Saisongockel, vor dem kein Rock sicher sei und der sich an allem seine Pfoten abwische, was nicht bei drei auf den Bäumen sei.

Wie sich herausstellte, war der mörderische Stich in den Rücken halb so wild, im Grunde genommen nichts weiter als eine Ritzerei, gerade mal tief genug, um Alfi ein Denkzettel zu sein. Leo war bald wieder auf freiem Fuß, das Leben im Dorf der 13 Dörfer ging weiter wie gewohnt, die Jugend sammelte sich vor dem *Dolomiti*, und der Familienbetrieb wurde tapfer aufrechterhalten: Die Mama mit der großen Schürze über dem mächtigen Busen kochte und spülte ab, Papa mit dem weißen Schiffchen auf dem Kopf machte das Eis und buk die Kuchen, meistens Obstböden oder solche aus Mürbeteig, der hoch aufgeschossene Leo mit der Hakennase assistierte dem Vater hinter der Theke, und Laura, die Tochter, eine ebenso bildhübsche wie unnahbare Südländerin mit wilder schwarzer Löwenmähne, servierte und bediente die wenigen schmalen Tischchen, die zur Verfügung standen. Ende August machten die Italiener früher als sonst ihren Laden dicht, gingen zurück nach Sizilien, wie es allgemein hieß, kehrten aber im kommenden Jahr nicht mehr in das Dorf der 13 Dörfer zurück, das einen Sommer lang ohne Eisdiele auskommen musste, bis das *Dolomiti* von einem jungen Ehepaar aus Verona übernommen wurde.

In der eisdielenfreien Zeit aber erzählte man sich im Dorf der 13 Dörfer viel über die Mafia und kam nach endlosen Beratungen zu dem zweifelsfreien Resultat, Laura sei mittlerweile eine echte Mafiabraut, um ihretwillen sei ihr Bruder zum Mafiakiller geworden, und der Papa sei sowieso immer schon ein Mafiaboss gewesen, der sich nur mit einer Eisdiele getarnt habe. Man habe das längst geahnt, nur habe sich keiner getraut, es offen auszusprechen.

Unvermittelt stoße ich auf eine große, leicht schräg liegende Betonplatte, als habe diese ein Titanenwind von einer Dachterrasse gefegt, und im selben Augenblick weiß ich auch schon, wohin diese Platte gehört: auf das Garagendach des Friseurs. Seine Frau hatte einst in meinem Leben jene Rolle gespielt, die einer Frau im Leben eines pickelig-pubertierenden Jünglings auf der Schwelle zum Erwachsenen zukommt. Vermutlich hat jeder Mann so eine Gestalt in seiner Laufbahn, die er gerne verschämt verschweigt.

Sie war es, welche der Idylle meiner träumerischen Jugend voll der Flausen von Kunst und Poesie, edler Einfalt und stiller Größe jenen entscheidenden Riss verpasst hatte, der ein Leben lang sichtbar bleibt. Die Frau des Friseurs! Sie hörte auf den Namen Corrie, was wohl so etwas wie eine Abkürzung von Cornelia sein sollte, und sie war semmelblond, hatte lange, stämmige Beine, kräftige Arme und einen voluminösen Oberkörper. Mag sein, dass sie ein wenig grobknochig wirkte. Besonders hervorstechend war ihr Pferdegebiss, das sie oft zeigte, weil sie gerne lachte, ja, sie lachte bei jeder Gelegenheit, prustete einfach drauflos, ihre Heiterkeit hatte etwas Ansteckendes, weswegen sie auf Männer leicht zugänglich wirkte. Ohne gleich in hysterisches Geschrei auszubrechen, ließ sie sich fast überall anfassen. Man merkte sofort, dass sie das Leben von der lockeren Seite nahm und sich nicht allzu viele Gedanken machte. So viel sie lachte, so viel heulte sie allerdings auch. Sie verfügte über einen schier unerschöpflichen Vorrat an Tränen. Ihre Ergriffenheit von irgendetwas schien mit ihren Tränen zu wachsen, und man hatte dann den Eindruck, sie empfinde sehr tief und dunkel. Oft hing sie lyrisch-romantischen Vorstellungen nach, deren Muster sie aus häufigen Kinobesuchen bezog. Jeder, der dann neben ihr saß und sich wie zufällig an sie schmiegte, atmete den Duft von *4711* und durfte sicher sein, dass sie zu Hause Lavendelsäckchen zwischen ihrer Wäsche versteckt hatte.

Es brauchte nicht viel, um Corries Fantasie in Gang zu setzen. Das konnte jeder bestätigen, der sich mit ihr in den Logenplätzen herumdrückte. Es war schon beinahe schamlos, wie gesund sie trotz allem wirkte. Drall wie eine Treibhaustomate. Das Leben hatte es sich in ihrem Körper offenbar schon in jungen Jahren bequem gemacht. Sie, die mehr Zähne im Mund zu haben schien als jedes andere menschliche Wesen, war knapp über dreißig, trug die Röcke kurz, die Hosen eng und die Blusen offen. Sie war Dänin, wenn ich mich recht erinnere, und offenbar einst als Kurgast im Dorf der 13 Dörfer hängen geblieben. Wie es dem Friseur namens Rudi gelungen war, seine kleine Seejungfrau, wie er seine Beute nannte, an Land zu ziehen, entzieht sich meiner Kenntnis. Es wird nicht ganz einfach gewesen sein, denn zu dieser Zeit war das Verhältnis zwischen Dänen und Deutschen alles andere als entspannt. Erst Vivi Bach hat mit ihrem Akzent die Lage einigermaßen entkrampft.

Der Friseur war seinerzeit durchaus eine Institution: links der Damensalon, rechts die Herren, wo unter dem

Ladentisch auch *Fromm's Act* verkauft wurde, von dem ich erst sehr spät erfahren habe, dass er nichts mit Beten zu tun hatte. Ein Besuch beim Haarschneider oder Bader, wie die alten Männer sagten, ersetzte gewöhnlich die Lektüre eines ganzen Stapels von Zeitungen.

Der letzte Gegenkandidat bei der Bürgermeisterwahl scheiterte an der Fronleichnamsprozession. Er hatte nämlich nur einen Arm, war kriegsversehrter Flüchtling und außerdem lutherisch. Unmöglich, so eine Figur unter dem sogenannten Himmel hinter dem Allerheiligsten gehen zu lassen. Mit nur einer Hand! Der Geistliche Rat wetterte von der Kanzel herab gegen den allgemeinen Verfall der Sitten und schalt eine Stallmagd, weil sie bei der Feldarbeit ohne Büstenhalter unter dem weiten Hemd gesehen worden war. Seit gut fünfzig Jahren musste eine vom Leben krumm gewordene Witwe in der Kirche in der Hurenbank stehen, weil sie vor Jahr und Tag von einem Hausierer einen Bankert ausgetragen hatte, den ihr der Geistliche Herr nicht verzeihen konnte. Schließlich der bei einer Bergtour abgestürzte Tourist aus dem Ruhrgebiet, dessen Leiche in einem Heuschober verweste, weil die Bewohner des Blauen Landes nicht für die Beerdigungskosten aufkommen wollten. Angehörige habe man keine ausfindig machen können. Ergo … –

Der Friseur hatte seinen Laden gleich neben der Bäckerei. Man musste zwei, drei Steinstufen hinauf, ehe man direkt unter einem silbernen Teller stand, der über der Eingangstür hing. Ich habe den Friseurladen nie leer erlebt. Immer saßen Männer hinter Zeitungen, rauchten, schwatzten, politisierten. Der Friseur lehnte an einem der drehbaren Frisierstühle mit Nackenstütze, schnappte mit der Schere, als müsse er sie damit unentwegt schärfen, und hielt im Gespräch der Männer mit seinen oftmals verqueren Argumenten und Gedankengängen lautstark mit. Obwohl viele behaupteten, den Friseur wegen seiner Besserwisserei nicht ausstehen zu können, gingen sie doch immer wieder zu ihm.

Vom Frisierstuhl aus hatte man einen guten Blick auf die Hauptstraße, die man mithilfe des großen Spiegels in weitem Winkel überschauen konnte. Der Laden selbst war von einem merkwürdigen Aroma durchdrungen: einer Mischung aus Parfüm, Rasierwasser und Ledergeruch, der wahrscheinlich von der ledernen Sitzbank sowie den ledergepolsterten Frisierstühlen kam. Selbst die Haarschneidemaschine, die an einer in die Decke eingelassenen Schiene befestigt war, um von Stuhl zu Stuhl mitgezogen werden zu können, schien mit ihrem bräunlichen Bakelitgehäuse lederüberzogen. Braun war überhaupt die dominante Farbe: Der Kittel des Friseurs war braun, Stühle, die Bank, das Rauchtischchen, die Kleider- und Zeitungsständer, sogar die Holzleiste mit dem rundlichen Griff, in welche die Tageszeitung eingespannt war, sodass man sie trotz des braunen Frisierumhanges während des Haareschneidens noch bequem umblättern konnte, war braun gestrichen. Von der Zimmerdecke hing die braune klebrige Schlange des Fliegenfängers. Lediglich die Fläschchen mit den diversen Wässerchen hatten unterschiedliche Farben, ebenso die Wella-Reklame neben den braunstichigen Fotografien ausgewanderter Menschen aus dem Blauen Land.

Der Fußboden war mit einem bräunlich gemusterten Stragula bedeckt.

Wollte man Neuigkeiten mit Kommentar hören, brauchte man nur zum Friseur zu gehen. Er hörte das Gras wachsen, wusste alles einen Tag früher. Gelegentlich unterbrach er seine Stellungnahmen zur Tages- oder Gemeindepolitik mit einem eigenartig nach innen gekehrten meckernden Lachen, dessen Grund nur selten verständlich war, weil es unvermutet losbrach und weniger einen ausgesprochenen als einen unterdrückten Satz zu betreffen schien. Die meisten Kunden nahmen dieses seltsame Friseurslachen deshalb gar nicht mehr zur Kenntnis. Sie hatten sich daran gewöhnt.

Der Friseur war Flüchtling und stammte aus dem Sudentenland. Nach etlichen Jahren hatte er es durch zähen Fleiß und mithilfe anderer Flüchtlinge zu einem Häuschen mit Garage gebracht, in dem er und seine dänische Seejungfrau hausten. Das größte aller Rätsel aber blieb: Wie kam dieser Mann zu dieser Frau?

Vielleicht hat sich der Friseur namens Rudi – damals hießen Friseure noch so, während sich die Friseure heute wenigstens Coiffeur nennen oder gar Keraloge, sofern sie das Graecum haben – seiner Angebeteten Corrie aber auch nur so genähert, wie er sich für gewöhnlich seiner weiblichen Kundschaft näherte: unterwürfig, schöntuerisch und flüsternd. Dieses betont leise Einflüstern beim Besprechen der Wünsche, wie denn die Haare der Damen *gemacht* werden sollten, schien von großer Anziehungskraft zu sein, denn die Damen schmolzen dahin, wenn Rudi seine einfühlsamen Hände um die Köpfe schmiegte, ein wenig an den Haaren zupfte, die Pracht gewissermaßen arrangierend, kaum spürbar natürlich, ach, es hätten die Hände eines Priesters sein können, so zart, so schlank, so gesalbt waren sie. Und wenn Rudi dann erst zu flüstern begann: waschen und legen, gewiss, gnädige Frau …

Corrie aber, die von zahllosen Männern begehrt wurde, war *auf der Suche nach ihrer Tragödie.* Ein junger Spund, wie ich es damals war, konnte ihr das natürlich nicht bieten, obgleich ich ihr in glühenden, allerdings nie abgeschickten Liebesbriefen sämtliche unglücklichen Liebespaare der Weltliteratur vorbuchstabierte, was sie jedoch kaum verstanden hätte, denn ihre Welt bestand aus Lockenwicklern und Dauerwellen, aus Waschen und Legen, nicht aber aus Hero und Leander.

Noch heute überkommt mich Gänsehaut, wenn ich nur daran denke, wie sehr Corrie ihr Sonnenbad inszenierte. Sobald sie vom Balkon ihres Schlafzimmers hinaustrat auf das Garagendach, lagen in den Fenstern ringsum die älteren Herren gut getarnt hinter ihren Feldstechern, die sie, damit sie ja nicht wackelten, auf dem Paradekissen justierten. Das Sonnenbad der Frau des Friseurs war stets mit einem ganz bestimmten Zeremoniell verbunden. Das Ritual begann damit, dass sie zuerst eine große Decke auf der Betonplatte des Garagendachs ausbreitete und sich dazu so hinkniete, dass ihr Ausschnitt einen ersten Vorgeschmack auf das zu erwartende Panorama bot. Dabei kniete sie doch in aller Unschuld nur, um die Ecken glatt zu streifen. Dann stand sie wieder auf, dehnte sich, reckte sich, zeigte stolz ihren gut gewachsenen Körper, drehte sich langsam in alle Himmelsrichtungen um ihre eigene Achse, löste mit genussvoller Langsamkeit den nachlässig verknoteten Gürtel ihres weißen Bademantels, um diesen nahezu verrucht von den Schultern gleiten zu lassen. Vermutlich hatte sie diese Geste im Kino gesehen und so oft vor dem Spiegel geübt, bis sie vollendet saß. Darunter kam ein schwarzer Bikini zum Vorschein, der ihre dänenkäseweiße Blondinenhaut noch aufreizender erscheinen ließ. Da schwitzten die älteren Herren bereits und mussten das Okular säubern. Zuerst legte sie sich, angetan mit einer Sonnenbrille, wie sie im Ort sonst keine besaß und offenbar nur in Monte Carlo zu beziehen war, auf den Rücken und verschränkte ihre Arme aufreizend lässig hinter dem Blondschopf. Man musste lange warten, ehe man Zeuge wurde, wie sich Corrie die Träger des Oberteils von den Schultern streifte. Erst dann drehte sich die Frau des Friseurs auf den Bauch. So blieb sie lange und briet in der Sonne, bis sie zum Höhepunkt der Show kam: dem Öffnen des BH-Verschlusses, allerdings ohne dabei die Bauchlage zu verändern oder gar aufzugeben.

Ich habe als Schüler eines Gymnasiums mit ausgerechnet mathematisch-naturwissenschaftlichem Schwerpunkt nie begriffen, wozu diese durchaus anstrengende gymnastische Verrenkung gut sein sollte, wo es doch ganz einfach gewesen wäre, sich schlicht aufzusetzen und die banale Angelegenheit bequem im Sitzen zu erledigen. Erst später habe ich verstanden, worin der Reiz dieses Prozederes vor allem für die älteren Herren hinter ihren Feldstechern lag.

Ja, Corrie verstand sich auf solche Spielchen und andere mehr. Doch wurde ihr eines Tages dabei langweilig, weil sich der gewünschte Effekt nicht einstellen wollte. Auf der hartnäckigen Suche nach ihrer Tragödie begegnete sie schließlich einem Kerl wie Dschingis Khan mit einem Gesicht voller Narben unter einem Dreitagebart, einem, der aussah, als sei er soeben einem Husarenregiment entsprungen und könne ein Päckchen Tarockkarten mit bloßen Händen zerreißen. Er war mit dem Zirkus gekommen, der auf seiner Welttournee, wie auf bunten Plakaten behauptet wurde, jedes Jahr zur Zeit der Sommersonnenwende auch das Dorf der 13 Dörfer streifte. Corrie verliebte sich auf der Stelle, sofort, heftig, leidenschaftlich, sterblich, unsterblich. Und ihr Angebeteter führte beifallumtost seine Kunststückchen unter der Zirkuskuppel am Trapez vor. Er ließ einen übermannsgroßen Bären tanzen wie einen Trottel, arbeitete mit den Tigern, knallte mit der Peitsche, warf sich in die sichtbar vernarbte Brust. Bekleidet nur mit weichen Wildlederstiefeln, einer blutroten Pluderhose, gehalten von einer gelben Schärpe anstelle eines Gürtels, und bloßer, muskulöser, männlich behaarter, nackter Brust, auf dem stolzen, stets hoch erhoben getragenen Haupt einen Turban wie ein Maharadscha, legte er tollkühn seinen linken Arm quer in das aufgesperrte Maul der Wildkatze und zeigte zum Ende der Vorstellung jedes Mal die Krönung aller kavalleristischen Kunst, die Ungarische Post, will sagen, er stand breitbeinig auf dem Rücken von zwei Pferden und hielt auch noch die Zügel eines feurigen pechschwarzen Hengstes in der einen Hand, der vor die beiden Schimmel gespannt war, die er, angetrieben durch kühne Rufe, hoho, durch das Rund der Manege jagte, schneller und immer schneller und schneller, sodass das Sägemehl aufstob und die Menge den Atem anhielt, indes er mit der anderen, der freien, Hand elegante, verführerische Bewegungen in der Luft vollführte, als wolle er der Welt beweisen, dass ihm niemand unter all den Sternen des Himmels gewachsen war.

Den Atem hielt die Menge aber auch stets dann an, wenn dieser Tausendsassa mit spitzen Messern auf eine junge Frau warf, die in ebenso knappem wie bunt schillerndem Kostüm vor einer Drehscheibe stand, ein Knie kokett angewinkelt, und lächelnd den langen Messern entgegensah, die haarscharf an ihr vorbeiflitzten und sich, gelegentlich noch einige rote Haarsträhnen mitnehmend, in das Brett bohrten. Da war es mucksmäuschenstill in der Arena. Corrie muss anfänglich schrecklich eifersüchtig auf die mutige Zirkusschönheit und ihr langes, rot gelocktes Haar gewesen sein. Wie gerne wäre sie vor der bunten Holzscheibe gestanden, wie gerne hätte sie so ein Kostüm getragen und ihre Weiblichkeit der gesamten Arena zur Schau gestellt, wie gerne hätte sie ihrem Dschingis Khan bewiesen, dass sie ihm in ihrer Liebe blind vertraute, wie gerne hätte sie es gehabt, dass er seine Messer nach ihr geworfen hätte, nur nach ihr. Sie beruhigte sich erst wieder, als ihr der Messerwerfer bei allen Heiligen schwor, es handle sich um seine Cousine, die sich ihm in dieser Nummer rein artistisch zur Verfügung stelle. Cousine! Na ja, man kennt das, und ob er damit sämtliche Zweifel bei der Frau des Friseurs ausräumen konnte, bleibe dahingestellt, denn die Art und Weise, mit der er sich in aller Öffentlichkeit vor den Augen des schließlich nach der Schrecksekunde wild Beifall klatschenden Publikums bei der rot gelockten Zirkusprinzessin bedankte, ließ durchaus auch andere Schlüsse zu.

In Zeitschriften steht bisweilen, bei zwei Liebenden liebe der eine, und der andere lasse sich lieben. Dieser Widerspruch verhindere, dass Menschen in der Liebe ihr völliges Glück fänden. Und doch war ich mir in jenen Tagen schon allein aufgrund meiner Eifersucht sicher, dass die Frau des Friseurs so sehr liebte, dass dem Mongolenfürst gar nichts anderes übrig blieb, als sich widerstandslos lieben zu lassen. Gegen diesen Mann kam auch keiner der anderen Galane an. Er übertrumpfte sie alle: mit seinem zirzensisch-artistischen Können, seinem gestählten Körper, seinem verwegenen Aussehen.

Kurz: Mit diesem Teufelskerl verschwand Corrie – sehr zu meinem Leidwesen – jedes Mal nach der Vorstellung in der Wagenburg, die hinter dem großen Zirkuszelt aufgebaut war. Ihm huldigte sie öffentlich und für jedermann sichtbar Abend für Abend, doch damit nicht genug: Ihm huldigte sie vermutlich ebenso Nacht für Nacht auf seinem Lager aus Bärenfell und Leopardenleder, und er schwang sich nur für sie von Trapez zu Trapez, bis, ja bis der Bär eines Abends keine Lust mehr hatte, sich von Dschingis Khan an einem Nasenring durch die Manege führen zu lassen und Männchen zu machen, nur damit so ein stolz auftrumpfender Mongole einen Stich machen konnte bei der Frau des Friseurs. Vor ihren und aller anderer Augen heuchelte der Bär zuerst noch Unterwerfung und gutmütigen Gehorsam, dann brummte er wie zur Warnung, die der Dompteur jedoch lächelnd in den Wind schlug, und schließlich hob das Raubtier seine Tatze just in jener Sekunde, in der die Augen des Bärenführers rettungslos in jenen von Corrie zu versinken schienen wie in einem Meer von Triumph, Hingabe und Begehren.

Ein Aufschrei ging im selben Moment durch die Manege und fing sich in der Zirkuskuppel, wo er sich echohaft tausendfach brach, um zurückzukehren und noch wochenlang durch das Dorf der 13 Dörfer zu hallen. Corrie aber, die es soeben noch genossen hatte, als Geliebte eines mongolischen Tierbändigers und Trapezkünstlers Aufsehen zu erregen, sank in ihrem Stuhl zusammen, und alle, die ihr nahestanden und von ihrer großen Liebe zu dem Zirkusreiter wussten, waren felsenfest davon überzeugt, sie würde sich auf der Stelle etwas antun. Man brachte sie nach Hause, legte sie in ihr weißes Ehebett, deckte sie mit ihrem weißen Bademantel zu, schickte nach dem Doktor, der ihr eine Beruhigungsspritze gab, und man ließ sie schlafen, immer in Sorge, sie könne in einem unbewachten Augenblick das tun, von dem man dachte, sie sei es ihrer großen Liebe schuldig.

Doch nichts dergleichen geschah. Corrie erholte sich rascher als der bös verschrammte Mongole. Sie wurde ruhiger, vergaß das geliebte Sonnenbad, entwickelte einen gesegneten Appetit, nahm zu, zuerst nur ein wenig um das, was die Damenwelt (für gewöhnlich mit einem

Seufzer verbunden) als Problemzonen zu bezeichnen geneigt ist. Schließlich mehr und mehr, hier und da und dort, und – ja – es stand ihr sogar. Schließlich stand sie prachtvoll im Strumpf, wurde eine tüchtige Friseuse mit geschickten Händen, lernte von Rudi leise, einfühlsame Töne, unterstützte ihren angetrauten Dauerwellenflüsterer im Laden, wo sie nur konnte. Keine war frühmorgens vor ihr im Salon, keine verließ ihn abends nach ihr, sie machte sich unentbehrlich auch bei der Buchführung, hielt ihrem aus Veranlagung knauserigen, aus Notwendigkeit aber sparsamen Gatten von nun an die Treue, schickte all ihre Verehrer, darunter auch mich, kurzerhand und gnadenlos in die Wüste ihrer Fantasien und entwickelte sich zu einer allseits geachteten Geschäftsfrau ohne Fehl und Tadel.

Sie lebte ihr Leben, das keiner großen Gesten und Worte mehr bedurfte, denn es bestand aus jenen kleinen Dingen, die im Kino oder im Roman gar nicht erst vorkommen. *Sie wurde glücklich, dick und zufrieden. Sie hatte ihre Tragödie gehabt.*

Auf einer stattlichen Anhöhe hoch über dem Tal meiner Väter steht ein riesiger sanatoriumsähnlicher Gebäudekomplex, von dem aus man einen herrlichen Blick auf das gesamte Alpenpanorama von den Salzburger bis zu den Schweizer Bergen hat. Dem Anschein nach hat diesem wie für die Ewigkeit geschaffenen Bauwerk der Zahn der Zeit nichts anhaben können, und schon von Weitem stieg mir ein leichter Parfümduft in die Nase. Als ich näher kam, sah ich, wie eine Schar auffallend hübscher junger Frauen in modischer Winterkleidung kichernd und singend mit Schneeschaufeln beschäftigt war, als handle es sich dabei nicht um eine schweißtreibende, sondern um eine allseits Heiterkeit auslösende Tätigkeit. Angeleitet wurde die Mannschaft nach Art eines Orchester-Dirigenten von einem älteren Mann, dem es offenbar an jener Körperkraft mangelte, die zur Ausübung solcher Arbeit durchaus notwendig war. Hoch oben auf dem Balkon thronte eine Frau mit herrschaftlicher Haltung, der man auch aus der Ferne ansah, dass sie anders war als die muntere Schar von Mädchen, die ihr zu Füßen mit sichtlichem Vergnügen den Pulverschnee in die Luft wirbelten. Die hohe Dame hatte etwas Unnahbares an sich. Sie war groß, von attraktivem Äußerem, eingehüllt von den Stiefeln bis zum geschlossenen, hochgestellten Kragen in einen Hermelinmantel, und auf dem Haupt saß, einer Krone gleich, leicht schräg eine Mütze aus dem Pelz eines Blaufuchses. Ihre Gesichtszüge zeigten Strenge und Zurückhaltung, entbehrten aber nicht einer geheimnisvollen Sinnlichkeit slawischer Provenienz besonders der Lippen- und Augenpartie. Allein die Gesten der Dame zeigten, dass sie die oberste Herrin des gesamten Anwesens sein musste, das ebenso einsam wie einschüchternd in der Landschaft stand: uneinnehmbar und allem Vulgären unendlich fern. Die Schlossherrin trug den Namen Annla Kaps.

Einst grinste vom Himmel der Sommer, als Annla Kaps mit einem Flüchtlingstreck ins Dorf der 13 Dörfer kam: aufgeschossen, ausgehungert, dürr, Löcher in den Strümpfen und die Knie aufgeschlagen. Sie mag elf oder zwölf Jahre alt gewesen sein und stakste auf Fohlenbeinchen durch eine ihr gänzlich rätselhafte Welt, die eigenartig heil geblieben war, ein Stein lag noch immer auf dem anderen, als habe der Krieg hier gar nicht stattgefunden. Mit der Sprache tat sie sich schwer, denn sie stammte aus dem Osten. Eine hässlich gemusterte Kittelschürze hing ihr am mageren Leib, der so gar nichts Mädchenhaftes hatte, die ungewaschenen Haare strähnten ins Gesicht, und sie schaute immer scheu, fast verdruckst von unten, als gebe es dort oben, wohin sie ihren verstohlenen Blick richtete, etwas Kostbares, von dem sie im Stillen bereits wusste, dass es eines Tages ihr gehören würde. Man hätte sie für ein Zigeunerkind halten können, doch ihre Haut war nicht dunkel, sondern seltsam hell, fast weiß und so durchsichtig, dass man an ihren dünnen Ärmchen die Äderchen bläulich schimmern sah. Es gab Frauen im Blauen Land, die beim Anblick dieses Mädchens das Bedürfnis verspürten, sogleich aus ihren Schuhen zu schlüpfen und diese dem seltsamen Kind anzubieten, das anfänglich in Begleitung einer alten Frau war, von der sie behauptete, sie sei ihre Großmutter. Aber das war, wie man schnell herausgefunden hatte, nicht wahr. Annla hatte keine Eltern mehr, und die alte Frau muss sie wohl auf dem langen Flüchtlingsweg in einem Straßengraben von einem Russen gezerrt und mitgenommen haben, sei es aus Mitleid, sei es, weil man mit einem abgemagerten Kind an seiner Seite unterwegs rascher zu einem Stück Brot kam. Annla war immer hungrig. Viel war es nicht, was man ihr anfänglich zu essen gab, aber es reichte, um sie nicht verhungern zu lassen.

Die Gemeindeverwaltung steckte das eigenartige Wesen, das so gut wie kein Wort Deutsch sprach, zu den Klosterfrauen ins Waisenhaus, wo noch andere Kinder untergebracht waren, deren Herkunft ebenfalls unklar war und die weder Vater noch Mutter noch sonst Verwandte hatten. Kriegswaisen eben. Man kannte das, und es war in jenen Tagen nichts Besonderes für das Blaue Land. Annla musste jetzt zur Schule, aber sie stellte sich derart störrisch an, dass sie zuerst von den anderen Kindern, schließlich vom Lehrer links liegen gelassen wurde. Man konnte zu dem Eindruck kommen, sie habe keinerlei Interesse, die Sprache, das Lesen und Rechnen zu lernen, und sie begnüge sich weiterhin mit ein paar Handzeichen, die ihre Versorgung mit dem Notwendigsten garantierten. Warum also mehr lernen? Hin und wieder steckte ihr eine der Frauen ein Stück Brot oder Käse zu, das sie rasch in ihrer Schürzentasche verschwinden ließ. Die Klosterschwestern gaben sich redlich Mühe mit Annla und schlossen sie in ihre Gebete ein, doch vorerst schien nicht einmal der liebe Gott Interesse an dem ewig hungrigen Mädchen zu haben, das sich oft auf das Weinen als gutes Mittel verließ, um in den Schlaf zu finden. Einzig mit dem alten Bernhardiner der Waisenhausnonnen knüpfte sie eine innige Freundschaft. Jedenfalls trottete das kalbsgroße und über die Jahre unansehnlich gewordene, ständig sabbernde Vieh mit seinen blutunterlaufenen Augen brav neben dem Mädchen her und folgte aufs Wort den meist geflüsterten Anweisungen in einer Sprache, die außer dem Hund keiner verstand. Wenn wieder einmal nach Annla gesucht werden musste, so fand man sie regelmäßig mit Berno auf der Tenne, beide eingerollt und schlafend im Heu. Erst als man dem Mädchen erlaubte, mit dem Hund zur Schule zu gehen und ihn während des Unterrichts vor der Tür neben einer Schüssel mit Wasser anzubinden, wurde Annla aufmerksamer im Unterricht und legte zuletzt sogar einen Lerneifer an den Tag, den ihr zu Beginn des Schuljahres niemand zugetraut hatte. Dennoch musste sie die Klasse wiederholen. Jetzt war sie nicht nur dürr und hässlich, sondern auch noch eine Sitzenbleiberin. Das schien sie nicht weiter zu berühren, denn sobald die Schule aus war und sie im Waisenhaus ihr Mittagessen gierig in sich hineingeschlungen hatte, verschwand sie und streifte mit Berno bis zum Gebetläuten am Abend durch die Wiesen und Felder. In schlichten Träumen dachte sie sich ein schönes Leben aus, und sie wunderte sich, warum sie nicht tot war, wenn sie durch die Scheunen streunte, Spinnennetze zerteilte und Antworten suchte auf die ganz großen Fragen. Sogar singen konnte man sie dabei bisweilen hören, und schließlich stellte eine der Waisenhausnonnen fest, dass Annla musikalisch war und jeden Ton treffsicher nachsingen konnte.

So kam Annla zum Waisenhauschor, der zu zahlreichen kirchlichen Festen seine allseits geschätzten Auftritte hatte: bei den Maiandachten, bei Hochzeiten und Beerdigungen, an Fronleichnam, beim Besuch des Bischofs, bei der Firmung, an Kirchweih, an Allerheiligen und im Advent, zu Weihnachten, Ostern und Pfingsten sowieso. Geleitet wurde der Chor von Schwester Hiltgardis, der Organistin, die, wie es hieß, einmal

Musik studiert hatte, ehe sie in den Orden eingetreten war. Jedenfalls beherrschte sie etliche Instrumente und konnte auf der Quetschkommode ebenso spielen wie auf der Kirchenorgel, der Geige oder dem Alphorn. Hiltgardis nahm von nun an Annla unter ihre Fittiche, und Annla, die zuerst noch misstrauisch war, an den Nägeln kaute und trotzig schweigsam Löcher in den Boden stierte, fasste schließlich doch Zutrauen, seit sie beobachtet hatte, dass Hiltgardis nicht zu jenen Nonnen gehörte, die Berno bei jeder Gelegenheit wegscheuchten oder ihm einen Tritt verpassten. Während der Hund vor seiner Schüssel mit Wasser saß, probte drinnen das Flüchtlingskind mit dem Chor. Zuerst kam fast nichts aus ihrem Hals, und manche ältere Chormitglieder fragten sich, weshalb so eine wie die da denn überhaupt im Chor sei. Die könne ja weder reden noch singen. Schwester Hiltgardis aber gab nicht auf, sondern meinte gegenüber der Oberin, irgendetwas werde schon in Annla verborgen sein, tief drin, sie wisse nur noch nicht, was es sei und wie man es aus ihr herauskitzle. Die gewöhnlichen Kirchenlieder interessierten das Mädchen aus dem Osten nicht und sie bewegte nicht einmal die Lippen zum Tedeum. *Großer Gott, wir loben dich* sagte ihr nichts. Überdies wollte sie nicht etwas loben, was sie nicht kannte.

Doch eines Tages, als sie wieder einmal mit Berno herumstreunte und nicht so recht wusste, wie sie den Tag totschlagen konnte, kam sie an der Kapelle vorbei und hörte Schwester Hiltgardis auf der Orgel eine bestimmte Melodie spielen, die sie unwillkürlich und ganz gegen ihren Willen mitsummte. Einfach so mitsummte, obgleich sie diese Melodie überhaupt nicht kannte und weiß Gott nie zuvor gehört hatte. Es handelte sich um exakt 46 Takte für Chor, Streicher und Orgel, die auf den 17. Juni 1791 datiert waren und die der Kompositeur für das Fronleichnamsfest zu Baden bei Wien zu einem Zeitpunkt aufs Papier geworfen hatte, da sich sein Weib im neunten Ehejahr auf ihre sechste Niederkunft vorbereitete. Schwester Hiltgardis wusste das natürlich alles, aber Annla Kaps hatte davon nicht einmal den Schatten einer Ahnung. Was hätte ihr auch das Wissen genutzt, dass es sich bei der Melodie, die sie unwillkürlich mitsummen musste, um die Vertonung eines lateinischen Reimgebetes handelte, von dem die einen behaupteten, es stamme aus dem Genua des 13. Jahrhunderts, indes andere Papst Innozenz IV. als Urheber reklamierten. Annla war weder des Lateinischen mächtig noch konnte sie wissen, was eine Motette ist und dass diese Mozart aus der Feder geflossen war. Und zwar knapp ein halbes Jahr vor seinem Tod, während er zugleich an der *Zauberflöte* und an seinem *Requiem* gearbeitet hatte.

Annla jedenfalls betrat, wie von einem geheimnisvollen Magneten unwiderstehlich angezogen, die Waisenhauskapelle und hörte, wie Schwester Hiltgardis nicht nur auf der Orgel spielte, sondern auch zu der Melodie sang – Worte in einer Sprache, die sie nicht verstand, die sie aber dennoch auf geheimnisvolle Weise verzauberten wie die Melodie selbst: *Ave verum corpus, natum de Maria virgine …*

Kaum hatte Schwester Hiltgardis ihr Spiel beendet, als Annla lautstark in Tränen ausbrach und sich schluchzend in eine Kirchenbank warf. Die Nonne verließ daraufhin sogleich die Empore, nahm sich der bitterlich und unaufhaltsam Weinenden an und begleitete sie ins Refektorium, während der alte Bernhardiner mit hängendem Kopf neben den beiden hertrottete. Das Kind war nicht zu beruhigen, bis es sich in den Schlaf geweint hatte, und als es am anderen Morgen erwachte, sollte es noch einmal einen Tag und eine Nacht dauern, bis die Tränen endgültig versiegt waren.

Von da an veränderte sich Annla. Sie hörte mit dem Streunen auf und fing an zu lernen. Nach und nach verbesserte sich ihr Deutsch und sie verlor den harten slawischen Akzent. Als sie von Schwester Hiltgardis eines Tages eine Blockflöte geschenkt bekam, war die Freude übergroß, und das Mädchen fiel der Nonne um den Hals: eine Geste, die noch vor einem halben Jahr völlig undenkbar gewesen wäre. Das erste Lied, das Annla nach wenigen Wochen fehlerfrei spielen lernte, wurde vom Gesang der Nonne begleitet: *Jesu bleibet meine Freude, meines Herzens Trost und Saft, Jesu wehret allem Leide, er ist meines Lebens Kraft …* Bald darauf folgte ein zweites Lied, das den Eifer der Schülerin noch steigerte: *Schafe können sicher weiden, wo ein guter Hirte wacht …* Mehr und mehr behauptete sich Annla nun in der Schule und im Waisenhauschor, fand die vorsichtige, zunächst noch verhaltene, aber sich stetig festigende Anerkennung der anderen Kinder, bis sie schließlich so gut geworden war, dass sie von Schwester Hiltgardis zum ersten Sopran ernannt wurde, denn Annla konnte singen. Und wie. Sie traf nicht nur mühelos und sicher jeden Ton auch in den höchsten Lagen, sondern sie konnte ihn halten trotz ihres mageren Körpers, sie modellierte ihn, gestaltete die Kadenzen, und noch den Schatten eines Akkordes konnte sie zum Klingen bringen. Zwar weckte dies hier und dort offen erkennbaren Neid, doch Annla sonderte sich nun nicht mehr ab, sondern lachte und scherzte wie alle anderen Waisen, spielte mit ihnen, kicherte nach der Probe, machte gemeinsam mit ihnen ihre Hausaufgaben und gab die einstige Verschlossenheit auf, sodass ihr auch die zuerst Eifersüchtigen ihren Erfolg gönnen mussten. Nur von Berno wollte sie nicht lassen, doch die anderen Kinder hatten sich längst daran gewöhnt, dass Annla ohne Berno nicht zu haben war. Im Laufe der Zeit schlug schließlich auch an, was das stets hungrige Mädchen mit der ihr eigenen Gier in sich hineingeschlungen hatte. Annla nahm an Gewicht zu und stakste nicht länger auf Fohlenbeinchen durch eine fremde Welt, sondern schoss noch einmal in die Höhe und entwickelte sich so, wie es einem Mädchen ihres Alters angemessen war. Ihr Haar war schon lange nicht mehr struppig und hing auch nicht mehr strähnig ins Gesicht, um den Blick zu verstellen, sondern es war stets gepflegt, glänzte vom vielen Kämmen und Bürsten und rahmte in einer natürlichen Welle ein zunehmend hübscher werdendes Mädchengesicht. Annla wurde weder eine Streberin noch eine Musterschülerin, sondern hatte durchaus ihre schwachen Fächer, doch in Musik überragte sie ihre Mitschüler deutlich. Zur Blockflöte war schließlich eine Violine gekommen, und weil ihr das Spielen der Instrumente so leichtfiel, kam noch der Unterricht an Klavier und Harmonium dazu. Zwar lernte sie das Lesen der Noten, doch in der Regel spielte sie nach Gehör. Das war ihre außergewöhnliche Begabung. Auf diese Art verliebte sie sich schließlich in ein Lied, das aus ihrer masurischen Heimat stammte und von fünf wilden Schwänen erzählte, Schwänen, leuchtend weiß und schön, von denen eines Tages keiner mehr gesehen ward. Besagtes Lied erzählte ebenso von fünf jungen Birken, die grün und frisch am Bachesrand wuchsen, von denen aber keine jemals in Blüte stand, es erzählte von fünf jungen Burschen, die stolz und kühn zum Kampf hinauszogen, und von denen aber keiner mehr nach Hause kam, und schließlich erzählte das traurig schöne Lied aus dem fernen Masuren von den Mädchen. Annla musste immer weinen, wenn die Stelle kam, wo es hieß:

Wuchsen einst fünf junge Mädchen
schlank und schön am Memelstrand.
Sing, sing, was geschah?
Keins den Brautkranz wand.

Alles schien seinen guten Weg zu nehmen, bis der alte Bernhardiner eines Tages krank wurde und eingeschläfert werden musste. Da war Annla schon in der Abschlussklasse, und es war sogar mehrfach die Rede davon gewesen, ob man das begabte Kind nicht auf eine weiterführende Schule schicken sollte, wobei Schwester Hiltgardis in ihrem Überschwang sogar ein musisches Gymnasium vorschlug. Doch Bernos Tod machte all den schönen Zukunftsplänen einen Strich durch die

Rechnung. Ja, wenn das Mädchen einen anderen Hund bekommen hätte ... Aber den wollte ihr niemand geben, trotz der vielen herrenlosen Köter, die durch die Gassen streunten.

Von einem Tag auf den anderen wurde Annla wieder bockig, verstockt und stumm. Es war, als habe jemand einen Schalter umgelegt. Flöte und Violine lagen unbenutzt in der Ecke, Annla schwänzte den Unterricht und die Chorprobe und streifte diesmal nicht mehr durch die Felder, sondern trieb sich im Städtchen in der Bahnhofsgegend herum, wurde am Flussufer mit einer Flasche Bier in der Hand gesehen und interessierte sich nicht länger für Motetten und Kantaten, sondern für Jungs mit Mopeds. Das abendliche Gebetläuten überhörte sie geflissentlich, und sie kam und ging, wann immer es ihr passte. Auf den angedrohten Hausarrest pfiff sie. Statt der Begeisterung für das *Ave verum* gab es für Schwester Hiltgardis jetzt gereizte Widerworte und patzige Antworten. Je rüpelhafter Annla wurde, desto mehr wurde sie sich ihres wachsenden Körpers bewusst. Bald registrierte sie mit Genugtuung die Blicke der Jungs auf Beine, Po und Brust. Dabei entwickelte sie eine erste Ahnung von Macht, wenn sie herausfand, wie sehr sie mit den jungen Männern spielen konnte, wie bereitwillig sie nach ihrer Pfeife tanzten, und wie diese von ihren ständig wechselnden Launen abhingen, denn mal konnte sie zuckersüß sein, dann wieder kratzbürstig und grob.

Die Waisenhausnonnen wussten natürlich, was mit Annla geschah und was in ihr vorging, denn sie hatten derlei immer wieder erlebt. Nachdem das koketter werdende Mädchen erfolgreich die Schule abgeschlossen und sich, sehr zum Bedauern von Schwester Hiltgardis, gegen eine weiterführende Ausbildung entschlossen hatte, gab man sie in der Käserei in die Lehre. Das Ziel hieß jetzt Käsereigehilfin. Annla jedoch fühlte sich von Anfang an nicht wohl bei dieser ewig nassen Arbeit, sie hatte einfach keine Lust, die Bottiche zu reinigen, die schweren Laibe zu heben, mit der Milch herumzuplanschen und außerdem noch die Berufsschule zu besuchen. Ständig spürte sie einen Ekel in sich und mied bald alles, was nur im Entferntesten mit Milch zu tun hatte. Deshalb wollte sie so schnell wie möglich weg aus der Käserei.

Sie wollte zum „Gamswirt“, der ihr angeboten hatte, jederzeit als Kellnerin bei ihm anfangen zu können. Es dauerte nicht lange, bis sie die Lehre abbrach und dem Lockruf der Gastronomie folgte. Zuerst begann sie als Spülerin, dann putzte sie Gemüse und Salat, half in der Küche aus, doch nach und nach arbeitete sie sich in die Gaststube vor und machte sich bald hier und dort unentbehrlich, denn plötzlich konnte Annla wieder zupacken und fleißig sein. Kein Abend dauerte ihr zu lang. Beim „Gamswirt“ gab es immer etwas zu lachen, hier hörte man derbe Sprüche und Musik, und mehr als einmal wurden ihr vielsagende Blicke zugeworfen. Hier war sie in Gesellschaft der Männer, hier fühlte sie sich wohl. Der Wirt war recht zufrieden mit seiner neuen Küchen- und Schankhilfe, an der sich mancher seiner Stammgäste gerne die Hand abgewischt hätte. Annlas Anblick steigerte den Umsatz, und das Mädchen verdiente sein erstes Geld, das weitaus mehr war als das magere Lehrlingsgehalt in der Käserei, von dem sie sich nicht einmal ein bisschen neueste Mode oder ab und zu ein Paar Schuhe mit höherem Absatz leisten konnte. Zwar wohnte sie nach wie vor im Waisenhaus, doch das änderte sich, als der Wirt der Oberin anbot, Annla könne doch die Dachkammer beziehen, die er eigens habe frisch herrichten lassen. Die Oberin aber bestand darauf, dass bis zum achtzehnten Geburtstag gewartet werden musste. Als es endlich so weit war, packte Annla ihr Köfferchen, gab den Nonnen frech grinsend die Hand und meinte beim Verlassen des Waisenhauses wie nebenher zu Schwester Hiltgardis, Blockflöte und Violine habe sie auf dem Bett zurückgelassen, sie könne die Instrumente behalten oder einem anderen dummen Kind geben, denn sie brauche sie nicht mehr, sie sei auch nicht mehr fromm, und ab jetzt werde richtige Musik gespielt.

Das geschah ein paar Wochen vor Christi Himmelfahrt. Als der von den Männern des Blauen Landes alljährlich heiß ersehnte Vatertag endlich da war, stand Annla in aller Herrgottsfrühe auf, um dem Wirt bei den Vorbereitungen zur Hand zu gehen, denn alle Welt weiß, dass es an einem Tag wie diesem nur einen Gewinner geben würde, und das war, das ist und das bleibt wie immer der Gastwirt. An keinem anderen Tag im Jahr wurde so viel Bier ausgeschenkt wie am Vatertag. Das wusste auch Annla, und sie freute sich auf die derben Sprüche, das zweideutige Gelächter und die Hände der jungen und der alten durchaus rechtschaffenen Männer, die sich darauf verstanden, Holz zu spalten, Rösser zu beschlagen, Mauern hochzuziehen, Sensen zu wetzen, und die Liebe nur als etwas Grobes kannten, das sich auf wenige harte Gesten beschränkte. Denen würde sie schon zeigen, was sie konnte, was es mit ihr auf sich hatte und dass sie genau wusste, wie sie ihre Wäschetruhe füllen würde. Deshalb zog sie sich auch ein besonders hübsches Dirndl an, weil sie wusste, dass ein Blick in den Ausschnitt die Bauerntölpel noch durstiger mache, was ihr wiederum ein Tätscheln des Gamswirtes eintragen würde. Das war seine Art, Zufriedenheit auszudrücken.

Und weil der Mai nicht kühl und nass gewesen war, wie es die Bauernregel eigentlich vorschrieb, sondern schon hochsommerlich warm, waren auch die mittlerweile gut gewachsenen Beine des Mädchens ein wenig von der Sonne gebräunt, sodass Annla auf Strümpfe verzichten konnte. Das Mädchen aus dem Osten band sich die Kellnerinnenschürze um, unter der sie die Geldbörse verstaute. Dann wartete sie auf die ersten Gäste, die noch während des Gottesdienstes, wenn der Pfarrer zum Predigen auf die Kanzel stieg, den Weg zum „Gamswirt" fanden. Schon gingen die ersten Krüge über den Tisch, und schon bekam Annla jene Temperatur, die sie empfänglich machte für die Blicke der Mannsbilder mit ihren vierschrötigen, vom Bier und vom frühen Sommer erhitzten Schädeln. Über die Mittagszeit nahm das Geschäft zu, und Maß für Maß und Schweinebraten um Schweinebraten musste aus der Küche in die Gaststube auf die Wirtshaustische gebracht werden. Die Sonne stach vom Himmel, und auch die Honoratioren, die ihr stur standhielten und sich am Stammtisch um den Geistlichen Rat versammelt hatten, wischten sich mit ihren gestärkten weißen Taschentüchern den Schweiß von der Stirn und bestellten sich zur Feier des Tages sicherheitshalber noch eine Maß Bier, denn auf einem Bein kann man bekanntlich nicht stehen. Es wurde politisiert und geschachert, die nächsten Hochzeiten wurden eingefädelt und der Viehhandel ausgeschnapselt, ein Wort gab das andere, und Annla kam mit dem Bedienen kaum nach, so durstig war die Gesellschaft. Trotz der vielen Arbeit entging ihr freilich nicht, dass sogar Hochwürden einen Blick in ihren Ausschnitt riskiert hatte, als sie sich besonders weit vorbeugen musste, um dem geistlichen Herrn seinen Krug vor seinen Prälatenbauch zu schieben.

Das erfüllte sie mit Freude und Genugtuung, denn sie war ein kluges Mädchen, das verstanden hatte, worauf es im Leben ankam. Es kam nämlich nicht darauf an, dass man im Waisenhauschor als erster Sopran bei den Hochzeiten herzzerreißend das *Ave Maria* singen konnte, sondern es kam auf jene Dinge an, die nicht einmal im Kino zu sehen waren und die man eben wusste oder nicht. Auch Annla schwitzte, und der Schweiß ließ die Haut der Achtzehnjährigen glänzen, gab dem Gesicht ein paar feurige Wangen und trieb die Hitze ins Herz. Während sich die Hitze in das Herz des Mädchens aus dem Osten senkte, rutschte sie in den Lederhosen der Mannsbilder beim Anblick der herausfordernd hübschen Kellnerin immer tiefer, besonders dann, wenn sie ihr weißes Schürzchen lüftete und die schwarze Geldtasche hervorholte, in welche sie mit ihren geschickten Händen Münzen und Scheine verschwinden ließ. Dann wären die Burschen gerne jene prall gefüllte Geldkatze auf dem Unterbauch von Annla gewesen, dann stellten sich die jungen Herren dabei nämlich vor, wie Annla nicht nur die Kellnerinnenschürze lüftete, sondern noch etwas ganz anderes. Wenn sie nach der ersten Maß Bier hinaus auf den Abtritt mussten, wo sie ihre Hosenlätze aufknöpften und nebeneinander in der Latrine vor der Rinne standen, um ihr Wasser abzuschlagen, drehten sich ihre fachmännischen Gespräche ausschließlich um ein einziges Thema, das diesmal ausnahmsweise nichts mit der nächsten Fahnenweihe zu tun hatte.

Wie so vieles im Leben schien freilich auch dies nur eine Frage der Zeit zu sein, wer in diesem hitzigen Spiel den ersten Stich tun würde. Jeder im Blauen Land wusste, dass es diesmal um eine ganz besondere Meisterschaft ging, um den schon viel zu lange aus allen möglichen Blickwinkeln beobachteten, ausgiebig diskutierten und allseits begehrten Pokal, ums Ganze, und dass Annla am Vatertag ohne Wenn und Aber in die Gesellschaft des Blauen Landes aufgenommen werden musste, auch wenn sie von irgendwoher aus dem Osten gekommen war. Von nun an sollte sie dazugehören und ein für alle Mal ihren Platz einnehmen, einen Platz, der ihr gebührte, für den sie geboren worden war. Lediglich die Frage war noch offen, wer zum Schuss kommen, den Vogel abschießen, den Volltreffer landen würde, denn der Anwärter waren da viele. *Viele sind berufen, wenige aber auserwählt.* So hatte Hochwürden gepredigt.

Doch was kümmerte die Burschen des Blauen Landes, was so ein Pfarrer an Christi Himmelfahrt von der

Kanzel herab verkündete? Was ging das die jungen, voll in Saft und Kraft verbissenen Kerle des Blauen Landes an? Mochte ja sein, dass viele sich berufen fühlten, Annla in den Keller, in den Heustock oder bei arger sommerlicher Hitze in einen kühlen, verschwiegenen Beichtstuhl zu begleiten, doch wer auserwählt sein würde, das würden sie schon selber herausfinden, dazu würden sie weder einen Pfaffen benötigen noch einen König und dessen Knechte. Selbst ist der Mann, und wer nicht wagt, der nicht gewinnt. Und ob es dabei jemals zu einer Hochzeit kommen würde, das war bei einem Weibsbild wie Annla von vorneherein höchst fraglich, denn so eine ist zum Bedienen da, nicht aber zum Heiraten.

Komm Annla, bring uns noch eine Maß und noch eine, und dann sagst du uns, du Katz', was du haben willst für eine hitzige Viertelstund', denn länger würde es nicht dauern, das wäre doch gelacht. So lange wird dich der Gamswirt wohl entbehren können an einem Tag wie heut', an dem wir ihn ohnehin zum Millionär saufen, heut', bei diesem Kaiserwetter, an dem im Blauen Land die Helden gezeugt werden. Komm her und zier dich nicht, so gut wie der Russe können wir's auch, wir, der Stolz des Blauen Landes, wir im Bierdunst, im gemeinsamen Rausch, der uns einig macht und stark und uns wie aus einem Leib schwitzen lässt, los, stell dich auf den Tisch, dass wir dich anschauen können, wir wollen nämlich sehen, wie deine Storzen gewachsen sind, *koa Hiatamadl mog i net, hot koane dickn Wadln net*, und schmecken wollen wir mit der Zunge, ob du nicht doch noch nach Milch riechst, du Hex', du willst es doch auch, sag, was verlangst du für einen offenen Knopf an deinem Mieder, wir zahlen bar und sofort, los, sag's, mach endlich dein Maul auf, sonst schlagen wir dich grün und blau und zieh'n dich gleich hier auf dem Tisch durch, vor allen Leuten, mitten in der guten Stube vom „Gamswirt", du Mensch, du …

Und unter dem Gegröle der angesoffenen Gemeinde kletterte Annla, jung, schön, kichernd und kokettierend auf den Tisch, stieß bei dem alten Spiel *Zeigt her eure Füßchen, zeigt her eure Schuh* einen Maßkrug um, sodass die uringelbe Brühe eine große Lake mitten auf dem Tisch bildete, in die sie keck einen roten Schuh setzte, um sie in Besitz zu nehmen wie ein Feldherr eine Festung. Dann drehte, drehte und drehte sie sich, schwang ihr Röckchen, schwang es, ließ es fliegen, immer schneller, immer mutiger, übermütiger, immer herausfordernder, bis ihr zuletzt schwindlig wurde und sie noch im Fallen hörte, wie für einen zeitlupenhaft gedehnten Moment lang von ganz weit her eine altvertraute Weise vorbeigeweht wurde, eine Melodie, die seltsame Worte mit sich trug, Worte in einer fremden Sprache, vielleicht irgendetwas Lateinisches, oder war es nicht doch etwas von fünf Mädchen und einem Brautkranz, doch was genau, das wusste sie schon nicht mehr, weil sie in dem Augenblick, in dem sie aufhörte, ein Mädchen mit aufgeschlagenen Knien zu sein, und ihre Kindheit endgültig abgelebt war, längst von starken, behaarten, hemdsärmeligen Armen aufgefangen worden war, die sie schwitzend umklammerten, die sie nicht mehr freigaben und die von da an ihren weiteren Weg wiesen.

Und dazu grinste vom Himmel lotrecht der Sommer und warf keine Schatten.

Eines Tages kamen ein paar kräftige Kerle mit Goldkettchen, Rolex-Uhren und aufgemotzten Autos und nahmen Annla mit. Sie verschwand für dreimal sieben Jahre, verkaufte kein Bier mehr, sondern ihren Körper, meistbietend, fand – kluges Mädchen, das sie war – rasch heraus, was die Männer bei ihr suchten, und schlief sich zwischen München und Monte Carlo durch und im Champagnerklima nach ganz oben.

Nach dreimal sieben und noch einmal sieben Jahren kehrte sie zurück, kaum wiederzuerkennen, teuer gekleidet, in einem weißen Mercedes mit roten Ledersitzen. Jetzt war sie eine sehr vermögende, erfolgreiche, angesehene, knallharte Geschäftsfrau. Sie kaufte den längst heruntergewirtschafteten *Gamswirt* für einen Appel und ein Ei, ließ alles bis auf die Grundmauern abreißen, erwarb und ersteigerte Grund und Boden dazu und errichtete eine komplett neue Anlage mit Wellnessbereich, Solarien, Pool, Spas, Schönheitsfarm und allem Schnickschnack und nannte das Etablissement, dessen Ruhm sich rasch verbreitete: *Schloss Kaps.* Der Einzugsbereich von Annlas potenter Kundschaft (Mitglieder des Landtags inklusive) reichte von Zürich im Westen bis zum Tegernsee im Osten. Sie beschäftigte ein hauseigenes Team für ästhetische Chirurgie in der angegliederten *Kaps-Klinik*. Für das Wohl der Botox-Kolonne war gesorgt. Auch der Psychiater Professor Horn hatte Belegbetten und praktizierte seine berühmte Nasenzangenmethode als Anti-Aggressionstherapie nach Doderer. Die Lindauer Psychotherapeutenwoche fand zuletzt überwiegend in der *Kaps-Klinik* statt. Annla Kaps unterstanden zeitweise bis zu 30 Mädchen aus aller Herren Länder, bevorzugt aus Thailand, Trinidad und dem Senegal. Alle hörten auf ihr Kommando. Als Hausmeister und Faktotum beschäftigte sie trotz seines fortgeschrittenen Alters einen Italiener namens Stefano Fusari, eine Empfehlung ihrer Busenfreundin Maria Magdalena Schaumlöffl, vormals Inhaberin der weithin bekannten Patisserie Schaumlöffl, die später in die Hände eines Konsortiums überging, hinter dem niemand anderer stand als Annla.

Madame Schaumlöffl war das einzige Kind des Zuckerbäckers August Schaumlöffl und seiner Ehefrau Martha, geborene Sterzel. Wer damit angefangen hat, das Fräulein Schaumlöffl mit Madame anzusprechen, ist heute nicht mehr zu eruieren. Möglicherweise hatte meine Tante Mirtel die Hände im Spiel, denn sie liebte solche Spötteleien. Als allseits geachtete Landärztin konnte sie sich derlei erlauben, und jeder wusste, dass Tante Mirtel gerne im Hintergrund mitmischte. Dabei war Tante Mirtel gar keine echte Tante, sondern durch irgendwelche undurchsichtigen Heiratsmachenschaften in unsere Verwandtschaft hineingeraten, wie genau, weiß ich bis heute nicht.

Fest steht nur, dass sich diese Form der Anrede „Madame“ rasch etablierte und, wie übereinstimmend befunden wurde, der Respekt gebietenden Erscheinung der tüchtigen Geschäftsfrau sogar durchaus angemessen war.

Madame Schaumlöffl also, eine glänzend im Strumpf stehende Enddreißigerin, die wie eine resche Mittzwanzigerin aussah, war durch Schleckereien reich geworden. Sie hatte bei ihrem Vater, einem weithin angesehenen Zuckerbäcker, das Handwerk gründlich erlernt und eines Tages, als der Alte begann, die Zutaten zu verwechseln, das elterliche Geschäft übernommen und zu dem gemacht, was es heute in der Welt der Feinschmecker ist: ein Begriff. Wo immer Madame Schaumlöffl aufkreuzte, und es gab eine Zeit, in der sie kein gesellschaftliches Ereignis zwischen Bayreuth und Salzburg ausließ, tuschelte man nicht nur über ihr fabelhaftes Aussehen, denn sie war so gesund und rotbackig wie ein Mädel vom Land, sondern auch über den Umstand, dass Madame Schaumlöffl eigentlich eine Mademoiselle, eine glänzende Partie und noch zu haben war.

Ihre große Liebe nämlich, der Patissier Jacques, erster Geselle ihres Vaters, ein hochbegabter Franzose aus Savoyen, von dem sie nur den Vornamen kannte, hatte sich, obgleich er ihr mit französischen Schöntuereien die Ehe versprochen, kurz vor Bestellung des Aufgebotes mit der Ladenkasse auf Nimmerwiedersehen aus dem Staub gemacht, sodass die auf schnöde Weise Sitzengelassene nie den vollen Namen ihres Angebeteten erfuhr, denn selbstverständlich waren seine nachlässig zurückgelassenen Papiere gefälscht. So blieb sie also lange ledig, konzentrierte sich umso eifriger auf das Geschäft, stellte nur noch italienische Gesellen ein und machte ihrem sprechenden Namen mehr und mehr Ehre.

Bis sie eines Tages auf Stefano Fusari stieß, einen Reisenden in Sachen Damenunterwäsche. Dieser Bonvivant aus Mailand führte nur feinste Modelle in seinem Musterkoffer mit sich, eines sündhafter, ja verruchter als das andere, samt und sonders französische Marken, die nicht nur für Qualität, sondern auch für hohe Preise bürgten und die auszusprechen einem die Schamröte ins Gesicht trieb.

Wie Fusari es angestellt hat, dass ihn Madame Schaumlöffl bei sich zu Hause empfing, ist nicht bekannt geworden. Auffällig war nur, dass er bereits nach dem zweiten Besuch bei ihr übernachtete. Im Gästezimmer, wie sie gegenüber ihren neugierigen Freundinnen ausdrücklich betonte, mit denen sie sich, sooft es ihre Geschäfte zuließen, zum Kaffeekränzchen traf.

Fusari freilich war ein Hallodri. Das sah man ihm auf Anhieb an: großspuriges Auftreten, geschmeidige Bewegungen, glutvolle Augen, Brillantine im Haar, ein gepflegtes Menjoubärtchen, elegantes Äußeres und einen schmachtenden Blick, mit dem er offenbar jede Frau für sich und sein ebenso kostspieliges wie frivoles Angebot einnehmen konnte. Er sprach Deutsch mit italienischem Akzent, was für sein Geschäft zweifellos einträglicher war als lupenreines Hochdeutsch. Wenn er beispielsweise das Wort *Mieder* aussprach, hatte man den Eindruck, er parliere nicht nur von der Verpackung, sondern auch gleich vom Inhalt. Dabei setzte er vor allem seine in der Luft üppige Gestalten formenden Hände ein, gestikulierte herum, fuchtelte, deutete, schmeichelte, streichelte, ließ seine gepflegten Finger wie ein Paganini spielen, wedelte und tätschelte, als gelte es, dem Teufel eine Seele zu gewinnen. Er konnte einem einen Knopf ans Ohr quasseln: ein typischer Vertreter eben.

Was er Madame Schaumlöffl alles aufgeschwatzt und angedreht hat, konnte man nur ahnen, wenn gelegentlich – wie aus purem Zufall – irgendwo eine zarte Spitze hervorlugte, denn die Dame hielt sich strikt an das Eisberg-Prinzip: Der wichtigste Teil blieb unsichtbar. Hin und wieder glaubte man auch, ein geheimnisvolles Rascheln zu vernehmen, wenn Madame sich bückte oder auf eine Staffelei stieg, um aus den oberen Regalen etwas herunterzuholen. Sobald man dieses Geknisters gewahr wurde, dachte man unwillkürlich an Stefano Fusari, und man hatte das Bedürfnis, umgehend die Beichte abzulegen.

Der Milanese war nämlich, nicht wie sonst üblich, nach wenigen Tagen des Aufenthaltes im Blauen Land weitergezogen, sondern geblieben. Und zwar im Hause der Madame Schaumlöffl, und es hatte nicht lange gedauert, bis er bei den Honoratioren am Stammtisch einen festen Platz erobert hatte und naturgemäß das große Wort führte. Dabei ging es – außer in einigen Herrenwitzen zu vorgerückter Stunde – nicht mehr um Damenunterwäsche, sondern um Grundstücke, und es sollte sich herausstellen, dass besagter Fusari auch dafür einen Riecher hatte. Zunächst vermittelte er Wohnungen zu Freundschaftspreisen: unter der Hand, versteht sich. Kein halbes Jahr später hatte er bereits ein kleines Büro, schaffte sich eine energische Sekretärin an und betrieb einen schwunghaften Handel mit einer neuen Mode, die sich *Ferienwohnungen* nannte, zu der auch *Urlaub auf dem Bauernhof* kam. Längst hatte Fusari einen Sitz im Gemeinderat und saß, wie praktisch, dem Bauausschuss vor. Als der Vorsitzende des Skiklubs von einem Herzinfarkt gefällt wurde, rückte der selbstlose Italiener nach und sorgte dafür, dass sich nicht nur neue Skilifte in die Steilhänge fraßen, sondern auch namhafte Wettkämpfe ins Blaue Land kamen, die via Fernsehen in alle Welt übertragen wurden. Da es aber beim Wintersport bedauernswerterweise immer wieder zu Knochenbrüchen kam, verfiel die Gemeinde auf die glorreiche Idee, eine Spezialklinik mit angeschlossenem Reha-Zentrum zu bauen. Dafür infrage kam aber kein kommunaler, sondern ein privater Bauträger. Wie dieser heißen sollte, war kein Geheimnis. Die Bäume des Stefano Fusari schienen in den Himmel zu wachsen, und Madame Schaumlöffl, die auch nach der pompösen Hochzeit mit weißer Kutsche, Schimmeln und kirchturmhoher Torte weiterhin ihre Zuckerbäckerei betrieb, zu der sich mittlerweile zahlreiche Filialen gesellt hatten, wurde immer rotbackiger und stolzer.

Was einzig fehlte, war ein Bambino, ein Stammhalter, obwohl der Italiener hundertfach versprochen hatte, seiner Angebeteten zu zeigen, wie man Tango im Liegen tanzt. Ein Knäblein sollte es werden, das einmal übernehmen sollte, wofür sich seine Erzeuger krummgelegt hatten. Doch ein solches Kronprinzchen wollte und wollte sich, porca miseria, nicht einstellen.

Angesichts dieses einzigen Wermutstropfens im Goldpokal des Schaumlöffl-Fusari Kartells meldete sich, zuerst ganz zart, so etwas wie Trübsal im Gemüt der

Rotwangigen. Die Trübsal nahm, wie Madame, zu, denn Madame begann Pillen zu schlucken, die ihr ob einer beginnenden Schwermut die Frauenärztin verordnet hatte. Doch alles, was beruhigt, macht dick, hatte die Frau Doktor dunkel, aber wahrheitsgetreu geraunt, und so geriet Madame Schaumlöffl allmählich zur Madame Dampfnudel. Die fachärztliche Erkenntnis, dass die Kinderlosigkeit nicht etwa ihrer weiblichen Infertilität geschuldet war, sondern am kalten Samen von Signore Fusari lag, erschütterte die geschäftlich überaus erfolgreiche Zuckerbäckerin zutiefst. Dieser ganz mit seinen diversen Posten, Pöstchen und Geschaftlhubereien, sehr diskret freilich auch mit seiner neuen Sekretärin beschäftigte Tausendsassa hielt das für eine glatte Fehldiagnose meiner Tante Mirtel, unterstellte ihr überdies böse Absichten und Hintergedanken, nannte sie selbst eine vertrocknete Spinatwachtel, und begann, sich – als Gegenbeweis – hormonell auszutoben, sodass ihm bald der Spitzname „Häuptling offene Hose“ vorauseilte. Weibliches Personal wollte nicht länger mit ihm alleine im Treppenhaus sein. Dafür stieg sein Ansehen an den Stammtischen.

Auf dem Höhepunkt seiner wirtschaftlichen und politischen Karriere, als schon der Einzug in den Bayerischen Landtag unmittelbar bevorstand, welcher nur als eine Vorstufe zum Rang eines Staatssekretärs oder gar Ministers angepeilt war, ereilte Stefano Fusari, den gelernten Hausierer in Sachen Damenunterwäsche, ein schwerer Schicksalsschlag in Gestalt einer frühreifen Fünfzehnjährigen, deren geradezu sensationell zu nennende körperliche Entwicklung zahlreiche Herren der Gemeinde aufmerksam beobachtet und naturgemäß wortreich mit einschlägiger Terminologie kommentiert hatten.

Das überwiegend kurz berockte Wesen mit unendlich langem, edel geformtem Fahrgestell und beträchtlich ausgefülltem Pullover war als Lehrmädel in der Zuckerbäckerei von Madame Schaumlöffl angestellt. Dort aber, wohin es den Milanesen zog, ruhte die Hand des Staatsanwaltes, die der Südländer in rauschhafter Wallung flugs beiseiteschob, denn verschlossene Tore gab es für ihn nicht – und seien sie noch so eng.

Wer hier wen wozu verführt haben mag, bleibe dahingestellt. Jedenfalls stellte meine Tante Mirtel als Hausärztin von Madame Schaumlöffl, die sich von Anfang an aus einem angeborenen mütterlichen Instinkt heraus des naiven Vögelchens angenommen hatte, nach einer kurzen Untersuchung routiniert und zweifelsfrei fest, dass ein Braten in der Röhre, Nachwuchs in Sicht und das junge Ding in der Hoffnung war.

Fusari, der unter Heulen und Haareraufen ein melodramatisches häusliches Geständnis ablegte und dabei den Verführten, ja den Hereingelegten mimte, schlug seiner Holden vor, das Lehrmädel zu adoptieren, doch Madame Schaumlöffl lehnte es ab, auf einen Schlag Mutter und Großmutter zugleich zu werden, denn immerhin würde Fusari dann seine – wenn auch adoptierte – Tochter geschwängert haben.

Im Blauen Land bleibt ein Geheimnis nicht lange geheim. Als die Sache ruchbar wurde und staatsanwaltliche Briefe ins Haus flatterten, legte der Gemeinderat dem Vorsitzenden des Bauausschusses nahe, von seinem Amt zurückzutreten. Überhaupt wurde das Wort „Rücktritt" jetzt der wichtigste Begriff in der einstmals so steil bergauf führenden Karriere des Stefano Fusari. Es ging nämlich von jetzt auf gleich bergab. Und zwar rasant. Innerhalb eines Jahres kam es nicht nur zu einer Taufe, sondern auch zu einem Gerichtsverfahren, dem ein spektakulärer Scheidungsprozess folgte.

Madame Schaumlöffl nahm die junge Mutter und deren Leibesfrucht, einen prachtvollen, glutäugigen Jungen mit südländischem Einschlag, unter ihre großmütterlichen Fittiche, fühlte sich endlich am Ziel ihrer fraulichen Wünsche, denn sie hatte nun gewissermaßen Kind und Kindeskind, die Nachfolge der Zuckerbäckerei war gesichert, das vormals naive Vögelchen entwickelte sich zur tüchtigen Geschäftsfrau, blieb solide und schickte seinen Sprössling mit Omas finanzkräftiger Unterstützung bald auf ein teures Internat irgendwo am Genfer See.

Fusari wurde verurteilt, nahm das Urteil unter Heulen und Zähneknirschen an, verzichtete auf Revision, erhielt jedoch nie Besuch im Gefängnis, wo er sich bald die einflussreiche Position eines Kalfaktors erquasselt hatte. Nachdem er seine Strafe abgesessen hatte, verließ er, um etliche Jahre und Erfahrungen reicher, das Blaue Land just mit jenem Musterkoffer in der Hand, mit dem er einst eingezogen war. Man hörte lange nichts mehr von dem Mann mit der flinken Zunge, denn die Zeit der Hausierer in Sachen Damenunterwäsche war definitiv abgelaufen … bis, ja bis er eines Tages sozusagen im Handgepäck von Annla wieder auftauchte.

Wo sie ihn aufgelesen hat, ist nie bekannt geworden. Dass sich die beiden jedoch auf Anhieb verstanden, wird jedem einleuchten, der einigermaßen mit ihrer Lebensgeschichte vertraut ist. Gleich und Gleich gesellt sich gern, heißt es in einem alten Sprichwort. Damit aber Fusari nicht zu „gleich“ mit Annla wurde, gewährte sie ihm ihre Gunst in homöopathischen Dosen, mit anderen Worten, sie ließ ihn zwar nicht verkommen, gestattete ihm jedoch auch keinen Augenblick, den ihm großherzig zugewiesenen Kompetenzbereich eines Kofferträgers auch nur um einen Millimeter zu überschreiten. Derart knapp gehalten erwies sich der Italiener durchaus als handsam. Und wenn Madame Schaumlöffl ihre Busenfreundin besuchte, hatte der Milanese von der Bildfläche zu verschwinden, woran er sich auch geflissentlich hielt, denn wie gesagt: Die Zeit für reisende Vertreter von Damenunterwäsche war abgelaufen, und in den Baumkronen hockten die Krähen, die dem Treiben schwarz und stumm zusahen.

In der Karwoche schwiegen die Glocken. Kaum war die Ministrantenzeit vorbei, da kam eines Tages eine Krankheit über die Jugend des Blauen Landes, die auch das Dorf der 13 Dörfer erfasste. Es war wie eine Epidemie, und niemand wusste, wer sie eingeschleppt hatte. Die befallenen jungen Menschen kleideten sich schwarz: vorzugsweise schwarze Rollkragenpullover und schwarze, enge Röhrenhosen. Die Pullover hatten einen so hohen

Rollkragen, dass die Gesichter bis zur Nase darin verschwinden konnten, und nicht wenige kauten auf dem Rand des Rollkragens herum, als handle es sich um einen Ersatz für Kaugummi. Typisch für die Krankheit war eine bestimmte Ausdrucksweise, die viel mit den Begriffen *Existenz, Sinnlosigkeit* und *Geworfensein* zu tun hatte. Aus diesen drei Begriffen ließen sich spielend andere ableiten, die alle wieder in Sinnlosigkeit, Existenz und Geworfensein mündeten. Einige Lehrer sprachen von einer neuen Franzosenkrankheit: neu deshalb, weil die Syphilis als die alte Franzosenkrankheit galt. Diese Theorie wurde durch die Tatsache gestützt, dass die jungen Menschen ihre Begriffe hauptsächlich aus Büchern von französischen Schriftstellern bezogen, die sich wie Kamühs, Sarrter oder Pfiahn anhörten. Die Mädchen erwähnten öfter eine Frau namens Bofoar und trugen gerne flache Schuhe, Caprihosen und Fransen bis knapp über den Augen, um es ihrem Vorbild namens Grecko gleichzutun. Alle rauchten dieselbe französische Zigarettenmarke in einer blauen Schachtel, verlangten in der Bäckerei auf einmal Stangenbrot, im Café ausschließlich Milchkaffee und im Krämerladen billigen Bohscholä. Meistens standen die Jugendlichen in Gruppen herum, rauchten, nannten alles sinnlos und langweilten sich öffentlich und stundenlang. Bis einer auf die Idee kam, ein Theaterstück einzustudieren, das als Taschenbuch die Runde machte. Da der Rektor in der Schule nicht bereit war, dafür die Aula zur Verfügung zu stellen, folgten die Schüler der Oberstufe seinem Rat und wichen ins benachbarte Tiroler Dorf Pinswang aus, das über eine weithin bekannte Bauernbühne verfügte, auf der im Sommer zum Gaudium der Kurgäste Bauerntheater gespielt wurde. Verwaltet wurde die Bühne vom örtlichen Feuerwehrhauptmann, der auch stets die Hauptrollen in Stücken wie *Der verkaufte Großvater* oder *Die drei Eisheiligen* spielte. Der Kommandant war schnell einverstanden, freute sich über die theaterbegeisterte Jugend und versprach sich einen großen Erfolg. *Die schmutzigen Hände* – das klang gut und war allgemein verständlich. Nichts Abstraktes. Allein die Rollennamen überzeugten den Theaterintendanten: Hugo und Jessica, Hoederer und Olga, Louis, Slick und Georges waren Namen, mit denen er glaubte, etwas anfangen zu können.

Während die Oberstufenschüler noch darüber stritten, wer die Rolle des Raskolnikoff übernehmen sollte, und während die ersten chaotisch verlaufenden Leseproben abgehalten wurden, kam es zu einem weiteren Ereignis, das die Epidemie des Existenzialismus akzentuieren sollte. Dieses Ereignis von der Qualität eines mittleren Erdbebens hieß Helena und war Studienreferendarin. Sie übernahm die Klasse der Sartre-Schauspieler, weil die alte Liesl, die seit Jahren die Oberstufler mit der französischen Grammatik und mit öden Texten von Anatole France malträtiert hatte, die Kellertreppe hinabgestürzt war. Helena, deren Familiennamen ich längst vergessen habe, hätte keinen treffenderen Namen tragen können. Von Stund an war sie bei den Unterprimanern nur die schöne Helena, und jeder starrte von der ersten Sekunde an auf ihre Beine. Wir versuchten es so einzurichten, vor Stundenbeginn oder nach der Pause hinter ihr die

Treppe hochzugehen, und wir lauschten aufmerksam gespannt, ob wir nicht das geheimnisvolle Knistern von Nylonstrümpfen hören konnten. Dass diese von einem Strapsgürtel gehalten wurden, ahnten wir, sprachen es aber nie aus. Nicht einmal der Mutigste unter uns wagte es, diesen heiligen Bezirk durch irgendeine schmutzige kleine Bemerkung zu entweihen. Er wäre sonst glatt gesteinigt worden. Nur im Unaussprechlichen konnten die frivolen Gedanken orchideenhaft blühen. Dabei imaginierten wir alle lebhaft dieses für sich genommen eher lächerlich und hilflos aussehende Stück Unterwäsche, das wir zwar vom Flattern an der Wäscheleine, gewissermaßen in vitro, nicht aber in vivo und seiner eigentlichen Bestimmung zugeführt, kannten. In diese Regionen war, trotz größter Entdeckerfreude und ausgedehnter Exkursionsbereitschaft, noch keiner von uns vorgedrungen. Wenn wir in der Pause die Köpfe zusammensteckten, dann suchten wir in fiebernden Wettbewerben nach geeigneten Adjektiven und Vergleichen für diese Beine – von klassisch antiken Säulen war ebenso die Rede wie von der geschwungenen Kühnheit – und für die Form ihrer Fesseln und ihrer Waden, denn das Knie sahen wir nur selten, und wenn, dann immer nur viel zu kurz. Die Rocklänge ließ nichts anderes zu, sie war gnadenlos wie die Notengebung der Referendarin.

Helena hatte einen Bubikopf, brünettes Haar, einen zierlichen Körper und kaum Busen. So viel war trotz der züchtig hochgeschlossenen Blusen deutlich zu erkennen. Auch die Hüften waren schmal, und der Po nicht weiter der Rede wert. Aber die Beine waren sagenhaft.

Sie waren für die zarte junge Frau ein wenig zu lang und wurden durch die halbhohen Absätze der Pumps, die sie vorzugsweise in braunem Wildleder trug, noch zusätzlich gestreckt. Außerdem trugen die Absätze zur Spannung der Waden bei, sie strafften die Muskulatur und ließen jene begehrenswerten Nüsschen hervortreten, die uns verrückt machten. Manchmal stellten wir uns nach Schulschluss auf dem Nachhauseweg vor, die schöne Helena sei als Studentin gewiss Tänzerin gewesen, wenigstens habe sie eine klassische Ausbildung beim Ballett genossen. Dass uns die Lehrerin, die wir uns durchaus auch im Tutu denken konnten, ziemlich saftige Hausaufgaben aufgab und während des Unterrichts – im Gegensatz zu der alten Liesl, der wir eine lange Schonung in einer weit entfernten Reha-Klinik wünschten – ein strenges Regiment führte, wurde stillschweigend geduldet. Wir, eine reine Knabenklasse, waren ja alle hoch konzentriert, wenn auch unsere Aufmerksamkeit weniger dem Subjonctif als den Beinen der Lehrerin galt. Da waren wir ganz bei der Sache. Am Ende des Schuljahres hatte jeder von uns bessere Noten im Französischen als im Vorjahr. Und plötzlich war sogar, o Wunder, die Grammatik interessant.

Wir hatten es gerne, wenn die schöne Helena hinter uns stand und einen kritischen Blick auf unser Heft warf, denn dann, so meinten wir verschwitzt, würden zugleich ein wenig die Seidenstrümpfe knistern, und wir mochten es, wenn sich die junge Frau in ihrem pädagogischen Eros zu uns herabbeugte und mit ihrem gepflegten Finger mit dem schönen Halbmond des Nagels auf unsere Fehler deutete. Dann verbesserten wir sogleich mit größter Beflissenheit, atmeten den Duft ihres Parfüms, während wir uns zugleich lebhaft ausmalten, wie unsere Lehrerin wohl im Unterrock aussah. Das fachliche Interesse an der französischen Grammatik flachte allerdings schlagartig ab, als durchsickerte, die schöne Helena werde im neuen Schuljahr nicht mehr an unserer Schule sein und außerdem werde sie heiraten. Wen?

Wir widmeten uns wieder dem Rollenstudium, entwarfen in langen Diskussionen ein spartanisches Bühnenbild, hantierten mit den Scheinwerfern, klebten Plakate diesseits und jenseits der Tiroler Grenze, rauchten exzessiv *Gauloises* und verhusteten unsere Proben. Endlich kam der Tag der Premiere. Wir fühlten uns glänzend vorbereitet, zitterten vor Aufregung, die Mädchen schienen nicht mehr vom Klo runterzukommen, beinahe hätten wir vor lauter Lampenfieber zu viel Bier in uns hineingeschüttet. Das Wirtshaus mit der Bauernbühne war rammelvoll, der Feuerwehrkommandant saß mit Gattin in der ersten Reihe, alle waren in froher Erwartung eines derben Bauernschwankes namens *Die schmutzigen Hände*. Doch kaum hatte sich der Vorhang gehoben, kaum hatten wir mit den ersten Sätzen begonnen, kaum war das letzte Gekicher und Geraschel erloschen, trat Stille ein, und wir arbeiteten uns im Stück voran, doch schon nach einer halben Stunde hatten wir, ohne es in unserem Spieleifer zu bemerken, den Wirtshaussaal radikal leer gespielt.

Schließlich waren wir mit dem Feuerwehrkommandanten allein, der vor sich hin fluchte und immer wieder

„so ein Schmarrn, so ein blöder" raunzte. Wir brachen ab, spielten auf keinen Fall zu Ende, schon aus Verachtung für das spießige bourgeoise Publikum, das einfach noch nicht reif genug für politisch-existenzialistisches Theater war, und wir begannen, uns sinnlos zu betrinken. Noch in dieser Nacht beschlossen wir, den Existenzialismus auf dem Friedhof von Pinswang in Tirol zu begraben. Dort liegt er bis heute: bewacht von den Krähen in den Baumkronen, die dem Treiben schwarz und stumm zusahen.

Allem Anschein nach machte sie sich nichts aus mir, aber sie hatte wirklich einen hübschen Mund und grüne Augen. Vermutlich weiß Marianne bis heute nicht, wie verliebt ich einmal in sie war. Das hatte zwei Gründe. Zum einen gefiel sie mir, weil sie größer war als die meisten anderen Mädchen, und ich mochte große Mädchen, zum anderen, weil sie ein wenig schüchtern war und nicht so forsch, obwohl sie eine Klasse über mir war. Schließlich aber war ich in sie verliebt, weil ihre Mutter eine Buchhandlung hatte, in der sie nach der Schule aushalf. Vermutlich hat Mariannes Mutter einmal genauso ausgesehen wie ihre Tochter, denn beide glichen sich sehr: dieselbe Statur, dieselbe Art, eine Haarsträhne hinter ein Ohr zu schieben, dieselbe verhaltene Schüchternheit sowie die ein wenig vorstehenden oberen Zähne. Die Mutter führte die Buchhandlung, der Vater war bald nach Ende des Krieges gestorben. Sie musste sehen, wo sie blieb. Und sie hat es gesehen. Heute führt Marianne die Buchhandlung: noch immer am selben

Ort, noch immer so geheimnisvoll wie ehedem, mit den hinteren Räumen, die ich nie betreten, mir aber immer wie eine Sakristei vorgestellt habe. Sobald die Schule aus war, schlich ich in die Buchhandlung und drückte mich hinter den Drehständern für Rowohlts Rotationsromane herum. Dort standen all die Schätze, von denen ich mir monatlich höchstens einen leisten konnte. Dennoch habe ich sehr viele davon gelesen. Meistens stehend, heimlich, hinter den Drehständern. Besonders gerne las ich Kurzgeschichten. Da musste ich nicht so lange stehen. Als Salinger in Mode kam, habe ich zum Beispiel pro Tag eine Erzählung gelesen: montags *Ein herrlicher Tag für Bananen-Fisch*, dienstags *Onkel Wackelpeter in Connecticut*, mittwochs *Kurz vor dem Krieg gegen die Eskimos*, donnerstags *Der Lachende Mann*, freitags *Unten beim Boot*, samstags *Für Esmé mit Liebe und Unrat*, wieder montags *Hübscher Mund, grün meine Augen*, wieder dienstags *Die blaue Periode des Herrn de Daumier-Smith*. Ich könnte viele solcher Listen aufsagen, denn ich habe nicht nur Salinger gelesen. Nachdem ich eine Geschichte verschlungen hatte, schlich ich mich verschämt aus dem Laden, ohne etwas gekauft zu haben, aber immer spürte ich die Augen von Marianne in meinem Rücken und wagte es nicht, mich noch einmal umzudrehen. Das große Mädchen war zu beneiden, denn es hatte jederzeit Zugang zu dem, was ich so sehr begehrte. Wahrscheinlich schlich sie mitten in der Nacht in den Laden und holte sich vom Drehständer, was immer sie wollte. An den Sonntagen, an denen die Buchhandlung geschlossen hatte, träumte ich davon, mit Marianne in einer Wiese zu liegen und mit ihr zu lesen. Ab und zu, stellte ich mir vor, würden wir uns scheu umarmen und vielleicht sogar zarte Küsse austauschen. Dann würden wir uns wieder auf den Bauch drehen und weiterlesen, bis es dunkel würde und der Boden feucht. Jeder Tag würde ein herrlicher Tag für Bananen-Fisch sein, die Nachmittage würden niemals enden, und Mariannes Mutter würde uns mit den Schätzen ihres Buchladens ernähren. Und trotzdem würden wir hungrig bleiben: auf Bücher und auf uns. Es sollte nicht mehr lange dauern, bis uns das Leben trennte. Doch Marianne blieb fraglos ein besonderes Mädchen, das wie ein Zauber auf mich wirkte. Wie außergewöhnlich sie war, wurde mir erst Jahre später bewusst, als ich in einem anderen Land eine Erzählung las, in der die Tochter einer Buchhändlerin beschrieben wurde als *ein hochgewachsenes, hübsches Mädchen mit schönen, kühl blickenden Augen und einem Lächeln um den Mund, dessen wunderbarer Liebreiz vieles wettmachte; ihr Haar war von einem kastanienbraunen Farbton, den man nicht anders als hinreißend nennen konnte, und sie schien sich mit einer würdevollen Anmut durchs Leben zu bewegen, als tanze sie ein altmodisches Menuett.*

Auf dem First der alten Berufsschule befindet sich ein zwei Meter hoher Glockenturm, in dem eine einzige Glocke hängt, die noch nie geläutet hat und niemals läuten wird, denn sie ist aus Holz. Als ich an diesem Gebäude vorbeikam und zu der Attrappe hochsah, erinnerte ich mich sogleich an eine Brachialgewalt, von der seinerzeit viel die Rede gewesen war. Sie ereignete sich am 3. Oktober, dem Welttag der Klöppelei und Lochstickerei. Zum besseren Verständnis der Geschehnisse hilfreich ist ein Wort eines österreichischen Schriftstellers, demzufolge das bloße *Dasitzen und Dreinschauen* die Hauptgründe dafür sind, *dass einem jemand zuwider ist.* Das traf haargenau auf Frau Oberlehrerin Traudelinde Bäuschel-Kaltenbach zu. Allein das Foto, mit dem sie seinerzeit in der Kirchenzeitung für ihre Spezialdisziplin, das Klöppeln und die Lochstickerei, warb, war geeignet, eine gewisse Affektlabilität beim Betrachter auszulösen. Wer das Foto sah, bekam unweigerlich Lust, die Dame zu ohrfeigen, denn dieses teigige Gesicht musste als *eine obszöne Aussage* betrachtet werden. Begründung: *Manches Gesicht fährt uns wie eine Faust in den Magen.* Das Bäuschel-Kaltenbach'sche troff vor Süße, die klebrige Marmeladensoße schien in einer Art und Weise aus allen Öffnungen dieser Zuckervisage zu tröpfeln, dass sie nur durch eine schallende Watschn aufzuhalten war. Experten wie Doktor Caetanus Döblinger zufolge geht die abstoßende Aufweichung, welche die Gesichter fast aller Kunst- und Kulturschaffenden kennzeichnet, auf die banale Tatsache zurück, *dass der geistige Haushalt solcher Menschen auf dem schon Geformten beruht und nicht das rohe Material des Lebens bewältigen muss.* Demzufolge ist eine schallende Ohrfeige in eine derartige obszöne Aussage nichts weiter als eine *physiognomische Gerechtigkeit* im Sinne des Doktor Döblinger.

Traudelinde Bäuschel-Kaltenbach, die eigentlich Gertraude Gerlinde hieß, geboren als höhere Tochter zu Stadtamhof, woher auch Karolina Gerhardinger stammte, Gründerin der Kongregation der Armen Schulschwestern unserer Lieben Frau, durch die Steinerne Brücke eng an die Altstadt von Regensburg gebunden, unverheiratet und in postmenopausaler Lebensphase befindlich, hielt sich selbst für eine alttestamentarische Schönheit knapp unterhalb des Imperialen, was aber sonst niemand bestätigen wollte. Sie saß in der Berufsschule auf einem Lehrschemelchen für Ha-Ha und bildete aus. Ha-Ha steht für Handarbeit und Hauswirtschaft. Heute heißt das: Ökotrophologie. Wie alle Ha-Ha-Lehrerinnen hatte auch Bäuschel-Kaltenbach einen Doppelnamen, denn als Bäuschel lehrte sie Handarbeit, als Kaltenbach Hauswirtschaft. Vor Jahren hatte sie einmal eine Broschur vorgelegt über *Grundlagen und Auswirkungen der Lochstickerei in Geschichte und Gegenwart.* Viel Aufsehen hatte ihre Schrift in Fachkreisen nicht ausgelöst, obgleich die Verfasserin behauptete, es handle sich um die erste kulturgeschichtliche Aufarbeitung der Lochstickerei überhaupt, wobei es ihr gelungen sei, nicht nur die Geheimnisse der Stickerei, sondern auch der dazugehörigen Löcher zu enträtseln. Und dies in Geschichte und Gegenwart.

Frau Bäuschel-Kaltenbach, seit Jahren im Range einer Oberlehrerin, war nicht mehr ganz fit im Schritt. Sie litt an jener Stufenleiter, welche unter dem Begriff *Klimakterium* die Jahre der hormonellen Umstellung bezeichnet, wozu man früher schlicht *Wechseljahre* sagte. Sie machten Traudelinde schwer zu schaffen. Hitzewallungen, Schweißausbrüche und Schlafstörungen deregulierten den Biorhythmus, Schwindelgefühle verursachten Angst und führten zu rascher Ermüdung sowie Antriebslosigkeit, begleitet von Stimmungsschwankungen, Verminderung des Selbstwertgefühls, Reizbarkeit, Nervosität, Aggressivität, gar von Depressionen, Konzentrationsschwäche, Gedächtnisstörungen. Was hatte sie zur Linderung ihrer vegetativen Beschwerden nicht schon alles ausprobiert: Traubensilberkerze, Mönchspfeffer, Rotklee und Schafgarbe, Soja und Sibirischen Rhabarber. Sie beschaffte sich Literatur zur Hormonersatztherapie, hörte von erhöhtem Brustkrebsrisiko und Herzinfarkt und las alles, was sie in der Apothekenzeitung dazu finden konnte nach dem Motto: *Lesen, was krank macht.* Davon angeregt entwickelte Frau Oberlehrerin eine beachtliche Kreativität in der Vorstellung all jener Krankheiten, die ihr vermeintlich unmittelbar bevorstanden. Sobald sie auf einen neuen, ihr bis dato unbekannten Begriff traf, schlug sie sofort in ihren zur Bibliothek angewachsenen medizinischen Lehrbüchern von der Gynäkologie über die Endokrinologie und Neurologie bis hin zur Ophthalmologie und Schlafmedizin nach, diagnostizierte an sich unzweifelhaft die betreffenden Symptome und rannte zur Apotheke, wo man sie als Vorzugskundin gerne ausgiebig beriet und zuvorkommend bediente.

Dieser von erhöhter Vulnerabilität gekennzeichnete Zustand muss als bekannt vorausgesetzt werden für das Verständnis der heftigen Auseinandersetzung von Frau Oberlehrerin Bäuschel-Kaltenbach mit Herrn Leo Fröschl, 60, seines Zeichens Offiziant der Berufsschule, den sie beschuldigte, ihren Vogel ermordet zu haben. Gemeint war jenes unappetitliche, halb zerrupfte Tier, das sie gerne auf ihre Schulter setzte, damit über den Pausenhof stolzierte, Küsschen gab und am liebsten mit in den Klöppel-Unterricht genommen hätte, wäre dies nicht vom Schulrat untersagt worden.

Frau Oberlehrerin lebte nur und ebenso ausschließlich wie hingebungsvoll für ihre Arbeit und richtete sich an der Berufsschule ihre Idylle ein. Vogel und Käfig hatten sich in ihrem gemütlich möblierten, mit weichen Teppichen und viel Plüsch ausgestatteten Lehrerzimmer befunden und sich jahrelang größter Beliebtheit erfreut, bis der Käfig eines schönen Tages, eben jenes 3. Oktober, des Welttages der Klöppelei und Lochstickerei, leer war. Während sämtliche Kolleginnen und Kollegen, die zahlreichen Schülerinnen und Schüler stets ihre helle Freude an dem niedlichen Tirilieren und Schwätzen von Wolfgang Amadeus, dem Papagei, gefunden hatten und bei der Lobpreisung seines Talentes ins geradezu Dithyrambische geraten waren, erwies sich Offiziant Fröschl als der Einzige, der dem lästigen Dauergekrächze – der Vogel konnte den Schnabel nicht halten – keinerlei Sympathie entgegenbringen konnte, sondern mehr oder weniger unverhohlen maulend, schimpfend, fluchend, ja Unflätiges von sich gebend, dem Tierchen *schon immer*, wie Frau Oberlehrerin mit erhobener Stimme und wild gestikulierend zu Protokoll gegeben hatte, die Pest an den Hals gewünscht und mehr als einmal offen und vor Zeugen damit gedroht hatte, dem Vogel eines Tages den Hals umzudrehen. Er sei es leid, ständig den Käfig säubern zu müssen, das gehöre nun einmal nicht zu den Aufgaben eines Offizianten, aber *die Alte*, womit er Frau

Oberlehrerin Bäuschel-Kaltenbach meinte, zwinge ihn ja dazu, ewig hinter dem Drecksvieh her zu sein, das alles vollscheiße. Und überhaupt: Wer seinen Papagei Wolfgang Amadeus nenne, der habe ohnehin einen an der Klatsche.

Für Fröschl war die Bäuschel-Kaltenbach eine typische Vertreterin der *stultitia*, nicht jedoch der *simplicitas*. Da bestand er auf dem feinen Unterschied. Eigentlich war *SIE* in seinen Augen die Offiziantin, die nach Zwecken und Prinzipien lebte, Ordnung schuf für ihre eigensinnigen Vorstellungen, die ausschließlich geschaffen waren, anderen Menschen Leids anzutun. Offiziant Fröschl hasste Offizianten, von denen er behauptete, sie hätten ihren eigenen Körpergeruch, der bei ihm ob seiner Nähe zu gesottenem Kohlrabi epidermisches Gruseln sowie unkontrollierbare Wutanfälle auslöse. Da reagiere er aggressiv, obgleich er sonst ein betont friedliebender Mensch sei. Den Wunsch, seinen Mitmenschen Schaden zuzufügen, habe er nur bei anderen Offizianten sowie bei der Bäuschel-Kaltenbach, die nach Nähmaschinenöl stinke: wegen ihres Papageis. Der Grimm werde durch Gerüche evoziert: der Offizianten, wie gesagt, der Bäuschel-Kaltenbach, wie noch gesagt werden wird, und der Exkremente ihres Geiers. Dazu komme das Gesicht der Oberlehrerin, das einmal richtig *arbiträr plombiert* werden müsse.

Offiziant Fröschl hatte außerhalb des Tarockspiels noch eine *grande passion*. Sie hieß Heimito von Doderer, den er während seiner Dachauer Zeit Mitte bis Ende der Dreißigerjahre persönlich kennen-, und verehren gelernt hatte. Fröschl las nur Bücher von Doderer. Sonst nichts. Und er hatte eine Lederhosenallergie. Bei Wadenstrümpfen bekam er Ausschlag, Lodenmäntel führten zu Tobsuchtsanfällen, während derer der Offiziant versuchte, dem jeweiligen Träger den Lodenmantel gewaltsam zu entreißen. Gegenüber seinen Kriegskameraden, mit denen er Tarock drosch, behauptete der Offiziant, die Kombination von Gesicht, Geruch und Papagei rechtfertige bei der Bäuschel-Kaltenbach jedwede Form körperlicher Gewalt, beginnend bei Ohrfeigen, sich fortsetzend in Tritten ins Gesäß bis hin zu Knüffen und Püffen ebenfalls ins Gesäß, wahlweise *in die rosaroten Wangen, Kopfnüssen mit freier Faust, und zuletzt zum Plombieren*, wozu man laut Doderer *einen feuchten Boxhandschuh verwende, der bei hohler Hand die Kopf-Kalotte decke,* sodass es bei gelungener Ausführung zum *Plauz* komme, bei welchem der oder die Plombierte nach vorne umfalle. Zur Übung habe er einen Watschenbaum gebastelt, genauso groß wie die Bäuschel-Kaltenbach, auf den er nach Feierabend mit größter Genugtuung eindresche, um seine Anfälle in den Griff zu bekommen und neue hinterfotzige Varianten auszuprobieren. Er träume von einer Prügel-Kanonade, bei welcher er der Frau Oberlehrerin derart Gewalt antun wolle, dass es genügen würde, *einem Elefanten geschwollene Hinterbacken* zu machen. Ein Hochgenuss! Überhaupt müsse eine Watschen, so Doderer, *ein ihr Objekt umfassender Volltreffer sein, der es gleichsam als Negativ mit allen Einzelheiten abbildet. Sie muss sitzen und darf nicht im allermindesten abgleiten. Eine Watschen muss denjenigen, dem sie zugedacht ist, auch zudecken, und zwar ganz und gar. Eine Watschen ist personsumfassend und erledigend*, dozierte Fröschl während des Tarockierens. *Das Maulschellieren* sei eine hohe Kunst, deren Erfolg an den jeweiligen Schwellungen objektiv nachweisbar sei.

Zwischen der Ha-Ha-Oberlehrerin und dem Offizianten herrschte seit Jahren Krieg. Er war nicht erklärt worden, sondern eines Tages ausgebrochen. Begonnen hatte es mit lächerlichen Nichtigkeiten und Nickligkeiten, sich über Rempeleien und Rüpeleien fortgesetzt, sich – da man sich gegenseitig nichts schuldig bleiben konnte noch wollte – zu einzelnen Scharmützeln und hitzigen Gefechten entwickelt, sich zur offen Feldschlacht mit flächendeckendem Bombardement ausgewachsen, schließlich in gnadenlosen Stellungskrieg und Grabenkampf gesteigert, um zuletzt ins Stadium des heimtückischen Guerilla- und Zermürbungskampfes zu münden. Als Vorbild diente der Hundertjährige Krieg.

In den zurückliegenden Nächten vor dem 3. Oktober, dem Welttag der Klöppelei und Lochstickerei, stellte sich Offiziant Fröschl gegen drei Uhr morgens unter das erleuchtete Fenster von Frau Oberlehrerin Bäuschel-Kaltenbachs Lehrerzimmer und blies das Trompetensolo aus dem Film *Verdammt in alle Ewigkeit*, bei dem weiland Montgomery Clift in der Rolle des Soldaten Prewitt die Tränen gekommen waren. Die Bäuschel-Kaltenbach reagierte dagegen mit hysterischem Geschrei, weil Fröschl nicht enden wollte mit seinem Solo. Dieses Geschrei musste sich der Offiziant erneut anhören, als er eine Woche später wiederum unter dem Fenster der

Oberlehrerin von Mitternacht bis zwei Uhr früh mithilfe eigens starker Lautsprecher Ravels *Bolero*, gefolgt vom Krönungsmarsch aus Giacomo Meyerbeers Oper *Der Prophet,* zu Gehör brachte. Bei den letzten Akkorden zeigte die Frau Oberlehrerin, die sich gerade Teebeutel auf die Augen gelegt hatte zwecks Schönheit, bereits Anzeichen von Affektinkontinenz.

Diese kam wieder eine Woche später wie Nesselfieber zum Ausbruch, da Offiziant Fröschl in Oberlehrerin Bäuschel-Kaltenbachs Lehrerzimmer mit drei Dutzend Laborratten einen feierlichen Stapellauf veranstaltete. Endgültig drehte die Oberklöpplerin durch, als zwei Tage später bei ihr nacheinander von drei verschiedenen Lieferanten drei Bösendorfer Konzertflügel angeliefert wurden, die sie angeblich bestellt hatte.

Die Dame ließ sich auf dieses *lymphatische Erlebnis* hin einen Monat lang krankschreiben. Sie nahm sich eine Ausreise aus der eigenen Biografie zum Ziel, wie es sonst laut Doderers *Repertorium* nur Heiligen möglich ist. Nach erfolgter Kur in Chur in der Schweiz kehrte sie rosig und knusperbraun zurück und setzte ihren Klöppel-Unterricht fort.

Da war kein Halten mehr, und Offiziant Fröschl schritt zur Tat, die er allerdings völlig überteuert bezahlte. Am Weltklöppeltag lag Wolfgang Amadeus tot vor seinem Käfig, und unsere Traudelinde fiel bei seinem Anblick kurzfristig in Ohnmacht. Danach startete sie ihre Beschimpfungs- und Beschuldigungsorgie in Richtung Leo Fröschl und hätte ihn am liebsten gleich vor ein Inquisitionsgericht gestellt und eigenhändig um einen

Kopf kürzer gemacht, nicht ohne ihn vorher geteert, gefedert und gevierteilt zu haben. Ein anderer Täter als Leo Fröschl wurde erst gar nicht in Betracht gezogen. Frau Oberlehrerin schrie es hinaus in alle Welt: Der Offiziant war der Mörder von Wolfgang Amadeus – und damit basta. Dieses miserable Subjekt hatte das Liebste gemeuchelt, das ihr unter Gottes Sonne beschieden war, weswegen für ihn nur die Todesstrafe infrage kam.

Frau Oberlehrerin Bäuschel-Kaltenbach erlitt einen Nervenzusammenbruch, griff zu einem Küchenmesser, rannte damit in das Büro des Offizianten und stach diesen mit mehreren kraftvoll ausgeführten Stichen in den Oberkörper nieder, sodass Leo Fröschl noch am Tatort seinen schweren inneren Verletzungen erlag. Die Bäuschel-Kaltenbach hatte zielgenau die Bauchaorta getroffen.

Was folgte, war das übliche Prozedere: Polizei, Verhaftung, Unterbringung in der Psychiatrie. Es kam zum Prozess. Die Verteidigung beantragte zur Feststellung der Schuldunfähigkeit ein psychiatrisches Gutachten.

Dieses stellte bei Frau Oberlehrerin Bäuschel-Kaltenbach eine erhebliche Einschränkung der Einsichts- und Steuerungsfähigkeit fest. Nach § 20 *StGB handelt ohne Schuld, wer bei Begehung der Tat wegen einer krankhaften seelischen Störung, wegen einer tiefgreifenden Bewusstseinsstörung oder wegen Schwachsinns oder einer schweren anderen seelischen Abartigkeit unfähig ist, das Unrecht der Tat einzusehen oder nach dieser Einsicht zu handeln.* Schuldunfähig kann also nur sein, wer im Moment der Tat nicht das Schuldhafte seines Handelns erkennt oder nicht in der Lage ist, sich zu steuern. Litt die Oberlehrerin unter einer krankhaften seelischen Störung, wurde bei Gericht gefragt. Dabei erläuterte der Sachverständige, Herr Doktor Döblinger: Unter einer krankhaften seelischen Störung werden hirnorganisch bedingte Zustände – auch verursacht durch psychotrope Substanzen – oder Psychosen verstanden. Als tiefgreifende Bewusstseinsstörung gelten Erscheinungen, die Bewusstseinsveränderungen oder -einengungen darstellen, die keine Störung von psychopathologischer Relevanz konstituieren. Hierzu zählen Erschöpfung, Ermüdung, Schlaftrunkenheit, speziell Parasomnie und vor allem emotionale Zustände der Verwirrtheit, die dazu führen können, dass eine Tat im Affekt begangen wird. Ein Versuch, derartige Zustände dennoch psychiatrisch diagnostizierbar zu machen, besteht in der Klassifizierung als akute Belastungsreaktion.

War Traudelinde Bäuschel-Kaltenbach am Ende betrunken? Hatte sie zu viel Obstler intus? Ab 2,0 Promille Blutalkoholkonzentration wird im Allgemeinen eine verminderte Schuldfähigkeit angenommen, bei Tötungsdelikten ab 2,2 Promille. Ab 3,0 Promille wird im Allgemeinen eine Schuldunfähigkeit angenommen, bei Tötungsdelikten wegen der höheren Hemmschwelle im Allgemeinen erst ab 3,3 Promille. Schwachsinn im Sinne angeborener Intelligenzschwäche ohne nachweisbare Ursache als Kriterium fiel bei der Frau Oberlehrerin ebenso aus wie Demenz. Für die Feststellung einer geistigen Behinderung wird zwischen leichter geistiger Behinderung (IQ 50 bis 70), einer mäßigen geistigen

Behinderung (IQ von 35 bis 49), einer schweren geistigen Behinderung (IQ 20 bis 34) und einer schwersten geistigen Behinderung (IQ unter 20) unterschieden. Unter das Kriterium *schwere andere seelische Abartigkeit* fallen psychopathologische Diagnosen wie Persönlichkeitsstörungen, Störungen der Impulskontrolle, Alkoholismus *und andere substanzgebundene Abhängigkeiten.*

Der schuldunfähige Täter kann zwar nicht bestraft werden, aber psychisch kranke oder suchtkranke Rechtsbrecher, die im Sinne von § 20 oder § 21 StGB als schuldunfähig oder vermindert schuldfähig gelten und bei denen zugleich unter Gesamtwürdigung des Täters und seiner Tat eine weitere Gefährlichkeit zu erwarten ist, können nach § 63 und § 64 StGB im Maßregelvollzug untergebracht werden. Die Unterbringung im Maßregelvollzug ist jedoch für Bagatellstraftaten ausgeschlossen. Zivilrechtlichen Schadensersatz muss auch ein Schuldunfähiger leisten, wenn er nicht zugleich deliktsunfähig ist.

Nach Ende des Prozesses wurde Frau Oberlehrerin Bäuschel-Kaltenbach als beihilfeberechtigte Privatpatientin in der geschlossenen First-Class-Station der Irrenanstalt der Kreisstadt untergebracht, wo sie ihre Zeit mit Klöppeln und Lochstickereien füllte und regelmäßig an den Therapiesitzungen teilnahm. Ihr war sogar erlaubt, in ihrem Zimmer, dessen Einrichtung der ihres ehemaligen Lehrerzimmers aufs Haar glich, einen Papagei zu halten, den sie Hector getauft hatte, seit sie sich mit ihrer ganzen Leidenschaft auf die Musik von Berlioz geworfen hatte. Die Krankenschwestern und Pfleger fanden das

Tier abscheulich. Es soll deshalb ernste Auseinandersetzungen gegeben haben.

Schon nach wenigen Wochen verlor die Öffentlichkeit aber das Interesse an der grausamen Tat der Ha-Ha-Lehrerin und wandte sich anderen aktuellen Brachialitäten zu. Nur die Krähen in den Baumkronen erinnerten sich noch und sahen dem Treiben schwarz und stumm zu.

Schon Michel de Montaigne ist – wie seiner *Reise nach Italien über die Schweiz und Deutschland* entnommen werden kann – aufgefallen, wie viel Wald es um das Dorf der 13 Dörfer herum gibt. Mir will scheinen, noch heute präge dieser Umstand die Mentalität seiner Bewohner, die hinter ihm leben: Hinterwäldler sozusagen. Was ich vom Wald weiß, verdanke ich meinem Vater. Unvergesslich ist mir die Stille, die eintrat, wenn wir einen Baum gefällt hatten. Sie war gespenstisch und hoheitsvoll zugleich, furchterregend und feierlich. All das hing eng zusammen mit meinem Vater, denn er war ein einfacher Mann mit einem festen Charakter, geduldig, gütig und er las gerne. Aber er hatte auch seine Eigenheiten. Dazu gehörte, dass er sich, obgleich er ein geradezu leidenschaftlicher Leser war, keine Bücher schenken ließ. Dies begründete er damit, dass er es hasse, wenn ihm jemand ein Buch schenke und ihn nach einer gewissen Zeit frage, ob er es auch wirklich gelesen und wie es ihm gefallen habe. Deshalb lieh sich mein Vater seine Lektüre aus der Leihbibliothek oder kaufte sie antiquarisch, denn für neue Exemplare reichte das Geld nicht. Also wartete er, bis die Neuerscheinungen im modernen Antiquariat landeten. Dann feilschte er zu seinem Vergnügen mit dem Antiquar, einem Mann, der viele Jahre in englischen Diensten in Indien gestanden hatte und jetzt im Dorf der 13 Dörfer eine kleine Buchhandlung mit einem noch kleineren Antiquariat betrieb, und er kaufte schließlich das Exemplar, nach dem ihn verlangte. Meistens verschlang er es auf der Stelle. Es konnte aber auch vorkommen, dass ein Buch monatelang auf seinem Nachtkästchen liegen blieb. Und wenn ich ihn nach dem Grund dafür fragte, dann sagte mein Vater in der Regel, momentan sei ihm nicht danach. Das Buch habe beschlossen, noch ein wenig auf seinen Leser zu warten.

In jenen Tagen entschied der Gemeinderat, den Kleinhäuslern, zu denen auch wir zählten, den Zugang zu billigem Brennholz zu ermöglichen. Zuerst musste man im Gemeindeamt ein sogenanntes Holz-Los kaufen. Man griff in eine Glasschüssel und zog ein Los wie bei der Lotterie auf dem Jahrmarkt. Das Los verriet, wo das Holz in welchem Wald lag. Fast immer handelte es sich um schwer zugängliche Stellen, an denen es einen Windbruch gegeben hatte. Auf diese Weise sorgte die Gemeinde zugleich für die Säuberung der Forste. Sobald man sein Los gezogen hatte, machte man sich auf den Weg und suchte im Gemeindewald nach den entsprechenden Markierungen, die an den nunmehr erworbenen Baumstämmen vom Förster mit dem Beil eingeschlagen worden waren: ein Dreieck, ein X, ein L … Da aber der Gemeindewald ziemlich groß war und sich weit in die Seitentäler hinein- und immer steiler werdende

Berghänge hinaufzog, war die Suche mit einem einzigen Waldgang nicht abgetan. Ich kann mich gut erinnern, mit meinem Vater bisweilen an mehreren Wochenenden losgezogen zu sein, bis wir endlich auf jenen Bruch gestoßen waren, den er per Los erworben hatte. Zu Hause wurden dann die Baumsäge sowie Äxte und Beile geschliffen, mit Stoff umwickelt, ans Fahrrad gebunden und der Rucksack mit einem Keil Brot, Tee und Dauerwurst oder einem Stück Geräucherten gepackt.

Dann ging es in aller Herrgottsfrüh los. Am Ende des Fahrweges ganz hinten im Tal angekommen wurden die Räder an einen Heustadel gelehnt, und der Aufstieg in den Hochwald konnte beginnen. Mein Vater trug die lange Baumsäge, die Seile und die Äxte, während die leichteren Beile in meinem Rucksack verstaut wurden. Es ging gleich steil bergauf, bis wir nach etwa einer guten Stunde schweißtreibenden Aufstieges unsere Bruchfichte erreicht hatten. Nach einer ersten kleinen Stärkung, in der wir die Lage des Baumes besprachen und uns überlegten, wie wir vorgehen wollten, war es uns darum zu tun, den Baum so weit freizulegen, dass er sich mit seinen Ästen nicht mehr in anderen Bäumen verfing, sondern flach und nach Möglichkeit schon talwärts zum Liegen kam. Das war nicht ganz ungefährlich, denn hin und wieder musste mein Vater ein Stück an dem schräg liegenden Baum hochklettern, um ein paar Äste abzuschlagen, oder wir mussten den anstrengenden Versuch unternehmen, mithilfe von Seilen das Geäst vom Nachbargeäst zu befreien. Erst wenn der Baum lag, konnte er ausgeastet werden.

Das war meine Arbeit. Mit dem kleineren Beil oder der sogenannten Bubenaxt, die einen kürzeren Stiel hatte als diejenige für die Erwachsenen, war es meine Aufgabe, die Äste abzuschlagen. Dabei galt es, sorgfältig darauf zu achten, dass das Eisen nicht plötzlich wegrutschte und mir in die Beine schlug. Ehe die abgeschlagenen Äste auf einem Haufen gesammelt wurden, musste ich auf dem Boden mit den Seilen ein Netz auslegen, mit dem der Haufen verschnürt werden konnte wie ein großes Paket, um so einen leichteren Abtransport der oftmals sperrigen Zweige zu ermöglichen.

Mein Vater arbeitete wie ein Schweizer Uhrwerk, ruhig, gleichmäßig, konzentriert, sorgfältig und gewissenhaft. Das sah man schon an der Art, wie er die Axt schwang oder die große Baumsäge ansetzte. Ihm zuzuschauen war für mich ebenso lehrreich wie genussvoll. Schließlich wurde der Stamm mit dem Metermaß markiert, in regelmäßigen Abständen eine Kerbe geschlagen, an der dann die große Baumsäge angesetzt wurde, mit der man zu zweit den gesamten Stamm auf Ster-Größe zersägen konnte. Diese Prozedur war ziemlich anstrengend, und nach der Mittagspause wurden die Abstände zwischen den Augenblicken des Verschnaufens immer kürzer. Da es im Wald schneller dunkel wird als im Freien, mussten wir uns beeilen, wenn wir noch vor Sonnenuntergang fertig werden wollten. Zuletzt wurde das Werkzeug wieder sauber verpackt, ehe der Abstieg ins Tal zu unseren Fahrrädern beginnen konnte.

Im Herbst war dieser Weg oft von den Brunftschreien der Hirsche begleitet, und bisweilen konnte man an dem beizenden Gestank sogar die nicht ungefährliche Nähe der brunftigen Zwölf- oder Vierzehnender riechen. Die Nachhausefahrt talauswärts war insofern angenehm, als es bergab ging und man das Rad laufen lassen konnte. Da mein Vater unter der Woche die Post austragen musste, konnten wir erst am nächsten Wochenende wieder ausrücken. Diesmal bestand die mühselige Arbeit darin, den zersägten Baum und die gebündelten Äste ins Tal zu schaffen, wo sie dann wieder an einem späteren Wochenende von einem Fuhrwerk abgeholt werden konnten. Es war nicht immer leicht, einen Bauern zu finden, der bereit war, für einen Kleinhäusler, der naturgemäß nur einen geringen Lohn zahlen konnte, sein Ross vor einen Brückenwagen zu spannen. Die meisten Bauern waren zu stolz dafür. Da aber mein Vater als Postbote ein durchaus angesehener Mann war, ist es ihm immer wieder gelungen, den einen oder anderen Landwirt zu überreden. Die meisten hatten in jenen Tagen noch keinen Traktor, sondern arbeiteten mit Kaltblütern, die gutmütig und leistungsstark waren. Während die beiden Erwachsenen die Stämme auf den Wagen wuchteten, plagte ich mich mit den Zweigen und musste schon während des Aufladens an die Mühen beim Abladen zu Hause denken, wenn es galt, die Stämme in einer sauberen Kreuzlege aufzuschichten und die Äste so zu zerkleinern, dass sie für das Ofenloch tauglich waren. Jedes Mal hatte ich trotz langer Hemdsärmel und eines dicken Pullovers zerkratzte Oberarme, aber mein Vater meinte, das gehöre dazu, wenn man „ins Holz" gehe, wie er sich ausdrückte. Aller Schmerz aber war vergessen, wenn ich dann vorne neben dem Bauern auf dem Bock sitzen durfte und er mir ab und zu sogar die Zügel in die Hand gab und mich behutsam lehrte, dem Pferd den Weg zu weisen, es durch leichtes Schnalzen mit der Zunge zu einer schnelleren Gangart zu bewegen oder es zum Stehen zu bringen.

Heute weiß ich, dass es trotz der Schinderei, die regelmäßig mit den Gängen ins Holz verbunden war, insgesamt gesehen doch eine glückliche Zeit gewesen ist, denn ich war meinem Vater nahe, konnte ihm zuarbeiten und lernte von ihm ganz nebenbei eine Menge über den Wald, seine Tiere und Pflanzen, das Licht zwischen den Bäumen und die Stille. Und nicht zuletzt erfuhr ich viel über den Inhalt jener Bücher, die er leidenschaftlich verschlang. So habe ich schon als Kind aus dem Mund meines Vaters im Wald beim Holzmachen die Geschichten jener Gestalten erfahren, die ich später als die großen Figuren der Weltliteratur kennenlernen durfte. Immer werde ich sie mit der Stille verbinden, die eintrat, wenn wir einen Baum gefällt hatten und dann schwitzend und erschöpft davorstanden, mit dem Hut in der Hand, als ziehe ein Leichenzug vorüber.

Auf den ersten flüchtigen Blick hätte man ihn auch für einen ungarischen Pferdehändler halten können. Er war massig, ein grundsätzlich freundlich blickender Herr. Schon sein Äußeres war aufgrund des mächtigen Schädels und der auffallend großen Nase beeindruckend. Weil er Kinder nicht leiden konnte, die in seinen Augen nichts anderes waren als unberechenbare Lärm- und

Destruktionsmaschinen, trachtete er danach, sein Leben möglichst abseits von Kindern einzurichten, was ihm größtenteils gelang. Kinder machten ihn unsicher, er wusste nicht, wie er mit ihnen umgehen sollte, denn sie waren der Vernunft so wenig zugänglich wie der Logik oder der Philosophie. Sie konnten nur verdauen, schreien und kostbare Dinge zerstören.

Für Edlef Ogher, seines Zeichens Professor emeritus und überzeugter Junggeselle, war das Dorf der 13 Dörfer das ideale Rückzugsgebiet. Hier wollte er zur Ruhe kommen. Dreißig Jahre hatte an der Universität gelehrt, wo er den Lehrstuhl für *Onomastik* innehatte. Sein Fach war von geringem Ansehen und galt bei Kollegen wie in der Öffentlichkeit als eine vom Aussterben bedrohte exotische Nische. Man billigte ihr bestenfalls den Rang einer Hilfswissenschaft zu. Dabei ist die *Onomastik* oder *Onomatologie* (akademische Bezeichnung für Namenkunde) alles andere als exotisch oder lebensfremd, wie Edlef Ogher zu betonen nie müde wurde, beschäftigt sie sich doch mit Bedeutung, Herkunft und Verbreitung von Eigennamen und teilt sich in die Spezialgebiete *Anthroponomastik* (Personennamen) und *Toponomastik* (Ortsnamen). Anfangs litt Ogher unter der allgemeinen Geringschätzung seiner Disziplin, die sich naturgemäß auch auf seine Person ausdehnte, im Laufe der Jahre lernte er jedoch, mit den albernen Witzeleien, hartnäckigen Vorurteilen und mangelnden finanziellen Zuwendungen seitens des Ministeriums umzugehen. Man hatte ihm nur eine Mitarbeiterstelle zugesichert, deren Mittel er auf einige wenige studentische und wissenschaftliche Hilfskräfte verteilte, meist begabte Studierende, von denen es allerdings von Semester zu Semester weniger gab.

Der Professor hielt Vorlesungen über Vor- und Familiennamen, erklärte Ortsnamen, Gewässernamen und Flurbezeichnungen, gab Aufschluss über die Namen von Bergen und Tälern, sogar von Himmelskörpern. Keine sprachliche Besonderheit ließ er aus, er verstand sich darauf, die Herkunft von Namen zu erläutern, tief in deren Geschichte einzudringen, Psychologisches und Soziologisches von Namen aufzudecken. Keine Wissenschaft war ihm ungeeignet, wenn es galt, einen neuen Aspekt eines Namens zu erforschen, denn er verstand sein Fach als interdisziplinär. Ablehnend verhielt er sich nur bei populärwissenschaftlichen Erklärungen, da sprach er abschätzig von Küchenlatein. Seine Lehrveranstaltungen waren lebendig, anschaulich und humorvoll, oft genug untermalt von allerhand Schnurren und Anekdoten, weswegen man hätte meinen können, Professor Ogher kenne nichts außerhalb seiner akademischen Welt. Doch dem war nicht so.

Drei weitere Leidenschaften bestimmten sein Leben. Doch taten sie dies auf diskrete, fast schon heimlich zu nennende Weise, denn niemand in der Fakultät wusste von seiner Mutterliebe noch von seiner Passion für die Pariser Kanalisation. Professor Oghers Mutter war eine hochbetagte Witwe, aber durchaus kregel, und sie lebte in einer anderen Stadt. Jeden Abend telefonierte der einzige Sohn mit ihr, seiner Zuchtmeisterin, seiner Herrscherin, seiner Angebeteten, führte angeregte Gespräche, denn die Dame war gebildet, las viel und nahm, im Gegensatz zum Professor, regen Anteil am politischen Geschehen. Einmal im Jahr fuhren sie gemeinsam in Urlaub, natürlich nach Paris, wo sie diverse Ausstellungen besuchte und ihr Sohn die Kanalisation der Stadt erforschte. Sie wohnten einen Monat lang in getrennten Zimmern im noblen Hotel *George V* und trafen sich nur zum Frühstück und zum Abendessen. Untertags ging jeder seiner Wege: sie in die Kunstgalerien, er in die Kanalisation. Professor Ogher kannte nahezu jeden Meter des Pariser Kanalnetzes, er kannte die Wartungsschächte und die *Regards,* wie die Überwachungsöffnungen genannt wurden. Und er war einer von rund 40.000 Besuchern, die sich jährlich durch eine Besichtigung der Pariser *Égouts* einen Einblick in die geschichtliche Entwicklung der Kanalisation und der Wasserversorgung der französischen Hauptstadt verschafften.

Weil er sich so gut auskannte und fast alles erforscht hatte, was es auf diesem Feld zu erforschen gab, weitete er eines Tages sein Spezialgebiet aus auf die Pariser Katakomben, wie die ehemaligen unterirdischen Steinbrüche unter Paris bezeichnet wurden. Bis zu Beginn des 19. Jahrhunderts waren die Gebeine von etwa sechs Millionen Pariser Einwohnern in die Katakomben überführt worden. Heute ist ein kleiner Teil der Katakomben als Museum ausgebaut und für Besucher zugänglich. Der Hauptteil bleibt jedoch unzugänglich, weil er zur Verlegung von Versorgungsleitungen genutzt wurde und überdies als Lagerraum für den Goldschatz der *Banque de France* dient. Professor Ogher benutzte den Eingang an der *Place Denfert-Rocherau* und stieg über 100 Stufen hinab in jenen Untergrund, der ihm immer wie ein Paradies vorgekommen war. Bei der *Rue Dumancel* kam er wieder ans Tageslicht und durfte sich im wahrsten Sinne des Wortes als *cataphil* bezeichnen, auch wenn er wenig hielt von den schwarzen Messen und bizarren Partys, die von einer bestimmten Schicht der *Cataphiles* dort veranstaltet wurden. Weitaus mehr Verständnis zeigte er für jene illegalen Privatforscher, die dort unten zugange waren und bisweilen interessante Funde vorweisen konnten.

Die dritte Leidenschaft des Professors waren Süßigkeiten. Man sah es ihm an, weswegen er eines Tages beschlossen hatte, keinen Hehl aus seiner Neigung zu machen. Es hätte auch nichts genützt, denn sein Leibesumfang war mittlerweile so mächtig, dass er stets zwei Bahnkarten bestellte, wenn er die Absicht hatte, zu verreisen. Vom Guten könne nie genug vorhanden sein, scherzte der Professor, wenn jemand eine mehr oder minder offene Anspielung auf seinen Körperbau machte. Stets führte Ogher Leckereien mit sich, selbst in den Vorlesungspausen konnte er seinen Heißhunger auf Champagnertrüffel oder feinstes Konfekt nicht unterdrücken, weswegen er die rechten Taschen seiner Jacketts eigens mit einer unauffälligen, aber wirkungsvollen Kühlfolie hatte ausstatten lassen. So blieben seine Köstlichkeiten stets frisch. Es wurde überdies behauptet, Professor Ogher trage in seiner Aktentasche außer seinen wenigen Vorlesungsmanuskripten überwiegend Sahnetörtchen und Petits Fours mit sich herum. Als er eines Tages wegen Kreislaufproblemen ins Krankenhaus musste, bestand er darauf, mit einem Kran der Feuerwehr vom Balkon gehoben zu werden. Die Sanitäter, die ihn hätten tragen müssen, atmeten auf, aber die Krankenkasse bezahlte erst, nachdem der Professor einen Anwalt beauftragt hatte.

Eines Tages erreichte Professor Ogher die Nachricht, seine Mutter sei über Nacht plötzlich und unerwartet verstorben. Am Abend hatten sie noch munter wie gewohnt miteinander telefoniert. Danach war die alte Dame wohl eingeschlafen und nicht mehr erwacht. Ihre Haushälterin fand sie und veranlasste das Notwendige, das bereits bis ins Detail ausgearbeitet war. Die Urnenbeisetzung fand in aller Stille statt, beim Notar wurde das Testament eröffnet, das den Professor zum Alleinerben eingesetzt und ihn zum Besitzer eines stolzen Vermögens gemacht hatte. Zunächst wusste Ogher nicht so recht, was er mit all dem Geld anfangen sollte, denn seine Pension war stattlich, finanzielle Sorgen kannte er nicht. Schließlich entschloss sich Ogher, sämtliche Möbel seiner Mutter restaurieren zu lassen, egal ob sie es wert waren oder nicht. Nachdem dies geschehen war, richtete er die Wohnung, die er ebenfalls geerbt hatte, zu einem Museum ein und beließ alles haargenau so, wie die Mutter es verlassen hatte. Zuletzt, nachdem alles zu seiner Zufriedenheit arrangiert worden war, sperrte er ab und betrat die Räumlichkeiten nie wieder.

In einem nächsten Schritt erwarb er eine weitere große Stadtwohnung, die sich über ein ganzes Stockwerk erstreckte, ließ die Räume komplett renovieren und ausschließlich mit Bücherregalen vom Fußboden bis zur Decke ausstatten. Er beauftragte eine Firma, seine Forschungsarbeiten zur Onomastik, die er im Laufe seines Lebens geschrieben und privat in geringer Auflagenhöhe hatte drucken und binden lassen, in der eigens dafür erworbenen Wohnung unterzubringen. Wieder sperrte er die Tür ab und betrat auch die Bücherwohnung nie wieder. Eine ausgesuchte Handbibliothek ließ er sich in sein Häuschen im Dorf der 13 Dörfer liefern. Von seinen Machenschaften in der Stadt hatte man dort nichts mitbekommen.

Eines Nachmittags kam er in die Konditorei und bestellte eine Marzipantorte. Als ihm die Kellnerin das Tortenstück servierte, protestierte er und verlangte auf der Stelle die gesamte Torte, die er im Handumdrehen vertilgt hatte. Einmal rülpste er dabei sehr laut. Es klang, als habe jemand eine Magnumflasche Champagner entkorkt. Zwar entrüsteten sich einige ältere Damen an den Kaffeetischen der Konditorei, doch da man den Professor als einen beim Trinkgeld großzügigen Stammkunden schätzte, wagte es niemand vom Personal, darüber ein kritisches Wort zu verlieren. Man ging darüber hinweg und hoffte insgeheim, der Vorfall würde sich nicht wiederholen. Das tat er auch nicht, obwohl Edlef Ogher noch eine halbe Schwarzwälderkirschtorte wegputzte. Danach bezahlte er und verließ die Konditorei. Nachdem er ein wenig unentschlossen unter der Tür gestanden und gewartet hatte wie einer, der noch nicht weiß, ob er seinen Regenschirm aufspannen soll oder nicht, wies sein Bauch in Richtung Schwarzer Adler, wo er sich, begleitet von den Katzbuckeleien des Gastwirts, am größten Tisch niederließ. Er bestellte einen ersten Gang: Schweinebraten. Dazu trank er einen Liter dunkles Bier. Die Sache ging schnell über die Bühne. Es kam zum zweiten Gang: ein traditioneller Gänsebraten, begleitet von einer Flasche Spätburgunder. Der dritte Gang bestand aus einem Wildschweinbraten. Dazu schlürfte der Professor eine Flasche Rioja. Schließlich hob Ogher die Tafel auf und torkelte ab. Als er hinaus auf die Straße trat und die herbstlich kalte Oktoberluft einsog, geriet seine Welt in eine leichte Kreisbewegung. Der Professor erinnerte sich blitzartig und mit gewaltigem Schrecken seines Namens, und er hatte den Eindruck, er werde von einer lärmenden Kinderschar umtanzt. Sein Gesicht sah aus, als habe er soeben einen Fremdkörper verschluckt. Während er noch vergeblich versuchte, die imaginären Kinder mit wild fuchtelnden Armen zu verscheuchen, drehte sich das Karussell in seinem Kopf immer schneller, bis er hinschlug. Er fiel um wie ein Baum, einfach so, und später stellte man fest, dass er keinerlei Abstützverletzungen, Abschürfungen oder Schrammen hatte. Der große dicke Mann, von dem jeder, der ihn sah, glauben musste, nichts könne ihn umhauen, war gefällt worden. Jemand muss in die Wirtsstube gerufen haben, denn nach und nach kamen Leute aus dem Lokal, die um den Liegenden standen und staunten. Soeben hatten sie noch seinen Appetit gerühmt und ihn gepriesen dafür, was er alles verdrücken konnte, und jetzt lag er da und keiner konnte ihm mehr helfen. Es dauerte eine Weile, bis der Notarzt kam, der nur noch den Tod feststellen konnte. So kam es, dass drei Tage später eine beachtliche Anzahl von Schwarzgekleideten ein offenes Grab umstand. Keiner von ihnen hatte Professor Ogher richtig gekannt, denn er hatte ein zurückgezogenes Leben geführt, war stets freundlich und heiter gewesen. Auffällig war eigentlich nur sein großer Appetit gewesen, und doch schien sich keiner von denen, die jetzt trauerten, dafür interessiert zu haben, wonach er wirklich gehungert und gedürstet hatte.

Angeblich stammen die meisten Steine, die für den Bau des Glockenturms der Kirche im Dorf der 13 Dörfer benötigt wurden, aus dem nahen Steinbruch.

Angeblich ist hier lange vor dem Krieg ein Kind verschwunden.

Angeblich gibt es hier einen Fuchsbau mit sieben Ausgängen.

Angeblich hat die Waffen-SS hier kurz vor Kriegsende Handgranaten und MG-Munition vergraben.

Angeblich sind hier kurz vor dem „Zusammenbruch“ zwei Deserteure erschossen worden.

Angeblich waren es keine Deserteure, sondern KZler.

Angeblich kann man die Einschusslöcher in den Felsen sehen.

Angeblich haben sich die Umrisse der Erschossenen irgendwie im Gestein erhalten.

Angeblich liegen immer noch die leeren Patronenhülsen herum.

Angeblich ist hier schon so mancher in den Hanf gegangen.

Angeblich hat sich hier auch der noble Herr Sander umgebracht, der den Damen so gerne die Hand geküsst hat.

Angeblich ist er im Krieg Offizier gewesen, Major oder so; jedenfalls hatte er feine Manieren.

Angeblich hat er nur eine kleine Rente gehabt, weswegen er nur selten ins Wirtshaus ging.

Angeblich hat er sich auf seine alten Tage noch einmal heftig verliebt.

Angeblich in eine Telefonistin, in eines dieser leichtlebigen jungen Dinger.

Angeblich war sie so viel jünger, dass sie hätte seine Tochter, wenn nicht gar seine Enkelin sein können.

Angeblich hat er nach Dienstschluss stets mit einem Blumenstrauß auf sie gewartet.

Angeblich hat sie sich dann immer mit einem Kuss auf die Wange bedankt, sich gleich bei ihm eingehängt und ihren Kopf an seine Schulter geschmiegt.

Angeblich hat er sich dadurch zum Gespött gemacht.

Angeblich hat es deswegen viel Gerede gegeben.

Angeblich hat er sie schließlich mit einem anderen erwischt.

Angeblich in flagranti.

Angeblich hat er es dann nicht mehr ausgehalten.

Angeblich hatte er nur einen dunklen Anzug.

Angeblich hat er sich … Jedenfalls im Steinbruch.

Mein Vater war sein Lebtag Postbote im Dorf der 13 Dörfer gewesen, und deshalb gehörte das Postamt zu einem der ersten Gebäude, das ich suchte – und nicht mehr fand. Man hatte es in eine Pizzeria verwandelt. Alles Postalische wurde auf ein Minimum reduziert und zu einer Art Agentur geschrumpft, die wie ein Besenschrank im Eingangsbereich eines Supermarktes untergebracht war. Dabei war das Postamt einst eine stattliche und nicht gerade unbedeutende Institution des Ortes gewesen. Wohin war das alles entschwunden?

Unwillkürlich wanderten meine Gedanken zurück. Ich komme nämlich aus einer Zeit, in der es höchst ungewöhnlich war, dass eine Frau einem Amt vorstand. Weibliche Postboten gab es nicht. Auch in einem der schönsten Romane, die jemals über den Beruf des Briefträgers geschrieben wurden, kommt weibliches Personal nicht vor. Ich spreche nicht von dem amerikanischen Roman *The Postman Always Rings Twice*, sondern von dem Buch *Zu Lasten der Briefträger* von Alois Brandstetter, das 1976 im Salzburger Residenz Verlag erschien, fortgeführt 2011 unter dem Titel *Zur Entlastung der Briefträger.*

Während es heute zum guten Ton gehört, abfällig über die Post zu sprechen, verdanke ich dieser Einrichtung eine der schönsten Zeiten meines Lebens. Das hat zweifellos mit Brandstetters Roman, aber auch mit der Tatsache zu tun, dass mein Vater „Landbriefträger" war – eine Bezeichnung, die es in unseren Tagen gar nicht mehr gibt.

Das Mantra der Postchefin lautete schon damals: Tempo, Tempo! Doch damit bewirkte die Chefin mit dem frommen Namen Afra bestenfalls das Gegenteil. Die Klage über die Langsamkeit der Post scheint so alt zu sein wie die Post selbst. Dabei steckt doch bereits in dem Wort *Post* die systemimmanente Verspätung. Kinderbücher aus der Zeit vor dem Zweiten Weltkrieg zeigen bisweilen eine Schnecke, die den Tieren des Waldes die Post bringt, und der Begriff der Schneckenpost hat sich bis auf den heutigen Tag gehalten, wenn damit Zustellungen bezeichnet werden sollen, die mit erheblicher Verzögerung ihren Bestimmungsort erreichen.

Schon Ludwig Börne spricht in seiner *Monographie der deutschen Postschnecke* von der Bedächtigkeit, mit der Posthalter wie Postillione bei ihrer Arbeit zu Werke gingen. Dabei habe ich selbst noch Zeiten erlebt, in denen zweimal am Tag und sogar am Sonntag zugestellt wurde.

Immer wieder kehren meine Gedanken zurück in jene Tage, als ich im Blauen Land in den Semesterferien unter den wachsamen Augen der Chefin Afra als Hilfsbriefträger die Post austrug. Die Arbeit in dem kleinen Postamt begann am frühen Morgen, als wir – zu zweit, zu dritt – mit dem schweren Handkarren über die leicht abschüssige Hauptstraße zum Bahnhof rollten, um auf den Frühzug zu warten. Kaum angekommen rissen die Bahnpostler die Tür des Packwagens auf und warfen in aller Eile Pakete und Postsäcke auf den bereitstehenden Wagen. War eine Fracht besonders schwer, so ging ihr ein heftig gestöhnter Zuruf „Pfund" voraus. Mein verehrter Kollege Alois Brandstetter hat schon vor vielen Jahren darauf aufmerksam gemacht, dass zahlreiche deutsche Meister im Kugelstoßen und Gewichtheben in Wirklichkeit Bahnpostler waren, denn alle Bahnpostler waren im Grunde genommen Wurfmeister. Nirgendwo auf der Welt wurden derart viele Pakete selbst enormen Gewichts durch die Gegend geworfen wie bei der Bahnpost, und wenn auf den Paketen und Päckchen dann auch noch *Vorsicht, Glas* stand, wurden diese besonders gerne geworfen. Man hätte – so gesehen – mit Brandstetter die Bahnpostler auch als die großen Postzertrümmerer bezeichnen können.

Ich muss hier einflechten, dass ich Alois Brandstetter im mehrfachen Sinne und Unsinne des Wortes als Kollegen bezeichnen darf: Zum einen hatten wir nicht nur den Beruf gemeinsam und sind jetzt beide „Emeriti", zum anderen verbindet uns auch unsere Liebe zu mancherlei Geschichten. Und man hat uns gelegentlich gerne unsere Professoralität vorgeworfen. Dabei habe ich mir Kollegen Brandstetter oft als ermutigendes, wenn auch nie erreichtes Vorbild genommen. Aus diesem Grund ist das Zitieren von Brandstetter ausdrücklich als Verneigung vor den Leistungen dieses Mannes zu verstehen, dem ich einmal sogar begegnen durfte, und zwar in Braunschweig, wo wir sogleich des Postboten Störzer aus Wilhelm Raabes Roman *Stopfkuchen* gedachten.

Ende des Exkurses.

Der Zug hatte den Bahnhof noch nicht verlassen, als wir unseren Wagen zurückzogen zum Postamt, wo Afra uns Postboten schon ungeduldig erwartete und zu größerer Eile mahnte, indem sie mehrfach mit spitzem Finger auf ihre Armbanduhr klopfte. Schneller! Das war nicht immer einfach, denn diesmal ging es mit der schweren Last sanft bergauf. Jetzt wurden die frisch angelieferten Postsäcke auf dem gut gewachsten Verteilertisch entleert, der Inhalt in einzelne Reviere eingeteilt und dann je nach Gang fein sortiert, von Hausnummer zu Hausnummer. Das Verteilen der Post war zugleich die beste Gelegenheit, Kommentare zu Absendern oder Empfängern abzugeben oder eine kleine Lesung von Urlaubspostkarten abzuhalten. Nicht selten trug diese deutlich zur Hebung der Stimmung bei der sonst eher stumpfsinnigen morgendlichen Arbeit bei. Sogar unsere Chefin Afra war zu gelegentlichem Schmunzeln bereit. Mitunter war so eine Lesung freilich auch lehrreich, wenn beispielsweise die Karte aus einem exotischen Land kam und interessante Beschreibungen enthielt, dass der halbe Vormittag darüber hinging und wir Boten viel zu spät das Amt verließen, was Afra wiederum verdrießlich stimmte. Ein anderer Grund dafür konnte eine schwer zu entziffernde Anschrift sein, weswegen bisweilen die Post zuerst zum Apotheker getragen wurde, der im Entziffern unlesbarer Arzthandschriften unschlagbar war. Er revanchierte sich für seine amtliche Wertschätzung als Schriftgelehrter und Zeichendeuter in der Regel mit einem Kräuterschnaps aus der eigenen Giftküche, dessen Zusammensetzung ganz im Gegensatz zu seiner Wirkung streng geheim blieb. In Geheimnissen freilich kannten wir Postboten uns bestens aus, aber das Post- und Briefgeheimnis spielte bei diesen internen Lesungen keinerlei Rolle, denn nichts davon verließ ja den Amtsbereich, und der Apotheker war seinerseits ebenfalls zur Verschwiegenheit verpflichtet. Man blieb unter sich, kein Außenstehender hatte Zugang, und voreinander hatte man prinzipiell keine Geheimnisse. Geheimnisträger waren wir alle, Apotheker wie Postboten, und unsere Geheimnisse wurden kollegial geteilt. Sie glichen der unerwünschten Schwangerschaft jener jungen Dame, die sich einstmals einem schmucken Leutnant von der Garde hingegeben hatte, woraufhin dieser die künftige Mutter mit den Worten tröstete, sie könne um ihren Ruf gänzlich unbesorgt sein, die Sache bleibe selbstverständlich im Regiment.

Eine weitere Gemeinsamkeit bestand darin, dass fast alle Postboten den Krieg überlebt hatten. Aber an keinem ist er spurlos vorübergegangen: Dem Keller-Sepp drang ein Schrapnell durch die Schulter, weswegen sein linker Arm wenig einsatzfähig war, Horsti Dödderl fehlte ab dem Ellbogen der gesamte linke Unterarm mit Hand und seine rechte war leicht verkrüppelt. Außerdem stotterte er gottserbärmlich, genoss aber deswegen den besonderen Schutz aller Kollegen. Der alte Linder war fast taub. Er verdankte dies den Verhörmethoden der Gestapo, als er sich anlässlich des 20. Juli zu einigen Bemerkungen hatte hinreißen lassen, die er gescheiter für sich behalten hätte. Und der Florer-Hans musste jeden Tag beim Verteilen wie unter Zwang von den Menschen im italienischen Bari erzählen, die ihn nach seiner Gefangennahme steinigen wollten. Nur für den in Nürnberg ausgebombten Emil Glubberer, einem einstmals strammen Nazi, hatte sich der Krieg etwas Besonderes ausgedacht: Er begann nämlich für ihn erst, als seine Kollegen zurückgekehrt waren und Emil fragten, ob es ihm mittlerweile gelungen sei, den Hitler zu heilen, weil er doch immer so eifrig „Heil Hitler" geschrien habe.

Im vorderen Teil des Postamtes versahen zwei „Fräuleins" den Schalterdienst: die gutmütige, aber leicht nervös werdende Joschi Schalefsky und die verbissen ehrgeizige Greiterin, deren Bruder Ritterkreuzträger gewesen war, weswegen sie die Nase auch noch in den Fünfzigerjahren besonders hoch trug. Man hätte meinen können, nicht ihr Bruder, sondern sie sei mit diesem fragwürdigen Orden ausgezeichnet worden.

Im ersten Stock des Hauses befand sich die Wohnung des Amtsvorstands, eben jener hantigen Witwe namens Afra, die einen Messerschmidt-Kabinenroller fuhr, mit dem sie einmal sogar die Großglockner Hochalpenstraße bezwungen hatte. Neben ihrer Dienstwohnung gab es noch zwei Räume, in denen die „Fräuleins vom Amt" mit ihren Kopfhörern und Sprechmuscheln saßen und Ferngespräche stöpselten.

Sie mochte ich am liebsten von allen, denn sie waren jung, pfiffen dieselben Schlager wie ich, kannten dieselben Filme und trugen keine Uniform, sondern Petticoat und Pferdeschwanz. Leider wurde eines Tages die sogenannte „Vermittlung" geschlossen und die „Fräuleins vom Amt" wurden abgezogen. Ich habe nie mehr etwas von ihnen gehört. Afra, die wir gelegentlich mit „Schatzi" ansprachen, um sie in Verlegenheit zu bringen, frönte hemmungslos ihrem grenzenlosen Kontrollzwang, überwachte uns alle und führte ein strenges Regiment. Sobald die Post in der richtigen Reihenfolge „gesteckt" war, wurden die Briefe gebündelt, mit einer Paketschnur umwickelt und in die große, lederne Posttasche gepackt. War diese übervoll, so hing sie nicht am Postler, sondern er hing an ihr, und man fragte sich unwillkürlich: Wo will denn die Posttasche mit dem Postler hin? Die Briefträger holten ihre kanariengelben Diensträder aus dem Schuppen, schwergängige Schlachtrösser mit ausladenden Gittern vor dem Gesundheitslenker und auf dem Gepäckträger: Räder, die aussahen, als seien wir keine Postler, sondern Vogelhändler. Mopeds bekamen wir erst viel später. Dann ging es hinaus in die einzelnen Reviere.

Von diesem Augenblick an war man als Postler gänzlich auf sich alleine gestellt und konnte die Segnungen dieses herrlichen Berufes genießen. Endlich war man fern von Afra, die einem unentwegt auf die Finger schaute und jeden Handgriff kontrollierte. Im Winter zog man einen Hörnerschlitten. Das war weitaus ungemütlicher als das Radeln in der übrigen Jahreszeit. Einzelne Einsätze zu den abgelegenen Bauernhöfen erforderten Ski, weswegen sie für die Versehrten nicht infrage kamen. Meistens trafen diese Aufgaben den Jüngsten, also mich, und ich muss gestehen, dass ich sie gerne erledigt habe. Zwar war der Aufstieg mit untergeschnallten Steigfellen meist mühsam, doch auf den einzelnen Höfen wurde man, während man seine Post ablieferte, Kriegs- und Versehrtenrenten ausbezahlte oder neue Post einpackte, bestens verköstigt. Es gab für den „Briefer" einen Teller heiße Suppe, etwas Geselchtes oder Schmalzgebackenes, auf jeden Fall aber vor der Abfahrt ins Tal einen Schnaps, selbst, will sagen: schwarz, gebrannt, weswegen die Schussfahrt nicht selten kurvenreich wie ein Slalom und von mehreren Stürzen oder Kotzpausen unterbrochen verlief. Unterwegs erfroren ist aber noch nie ein Postbote, der den sogenannten Skigang hatte, denn sobald er abgängig gewesen wäre, hätte man Bergwacht, freiwillige Feuerwehr und Veteranenverein alarmiert.

Zu beklagen gab es bestenfalls Verletzungen durch Hundebisse, denn das Verhältnis zwischen Hund und Postbote ist ein gestörtes. Weltweit. Jeder Postbote kann wenigstens eine Hundegeschichte erzählen. Mein Kollege Brandstetter zitierte in diesem Zusammenhang

Kollegen Ürdinger, von dem die denkwürdigen Worte stammen: *Ich bin Briefträger und nicht Tierbändiger, ich habe mir das Postzustellen zu meinem Beruf gewählt und nicht das Bändigen und Zähmen von Hunden. Ich kann nicht wie ein Dompteur vor jedem Haus zuvor eine Bestie niederzwingen, um dann vielleicht eine lächerliche Drucksache abzuliefern.* Kollege Brandstetter sagte: *Für den Ürdinger ist jeder Hundehalter von vorneherein ein Mensch, der keine Post will.* Und er fügte hinzu: *Wir lieben Tiere. Wir haben auch nichts gegen den Tierschutzverein. Aber deshalb müssen wir uns natürlich nicht gleich zerfleischen lassen. Wir sind für den Tierschutzverein, aber zugleich auch für den Briefträgerschutzverein.*

Apropos Drucksachen. Drucksachen und sogenannte Postwurfsendungen waren eine „Pest für die Post". Das galt aber auch für den Empfänger, denn ich kannte keinen, der die Drucksachen oder die Postwurfsendungen, die ihm den Briefkasten verstopften, aufbewahrte oder gar so pfleglich behandelte wie zum Beispiel seine Geschäftspost oder die Liebesbriefe. Er warf sie nämlich kurzerhand weg. Nicht viel anders verhielt es sich mit den großen und schweren Katalogen der Versandhäuser. Ich brauchte im Amt nur die Namen *Josef Neckermann, Quelle* oder *Otto-Versand* zu sagen, und schon bekamen meine sämtlichen Kollegen Schreikrämpfe oder Schaum vor den Mund.

Unsere Chefin Afra war mehrmals nahe daran, den Amtsarzt kommen zu lassen, um die verheerenden gesundheitlichen Folgen des Austragens der Versandhauskataloge oder des Kassierens der Radiogebühren protokollieren zu lassen.

Manchmal trafen wir Postboten auch auf gebildetes Publikum. So einem alten Professor gefiel es beispielsweise besonders gut, mich mit dem Götterboten Hermes zu vergleichen. Ich widersprach ihm regelmäßig und zitierte: *Einen Briefträger kann man nicht mit Hermes, dem Götterboten, vergleichen, er gleicht dem Sisyphos und sonst keinem.*

Neben den Narben von Hundebissen waren Operationsnarben von Hoden- und Leistenbrüchen die am häufigsten verbreiteten sogenannten unveränderlichen Kennzeichen von Briefträgern. Die Hoden- und Leistenbrüche, die im Gegensatz zu den Bissnarben nicht im Personalausweis oder Reisepass, wohl aber in den bei Afra liegenden Personalakten vermerkt wurden, verdankten sich den schweren Lasten, die Postboten oft hoben, stemmten, wuchteten.

Obwohl Afra es nie zugeben wollte, herrschte unter uns Postboten doch absolute Einigkeit darüber, dass die größte Herausforderung außer den Hunden für einen Briefträger eindeutig die Frauen waren. Der Postbote kam ja immer dann, wenn die Männer aus dem Haus waren und die Frauen gerade ihre Morgentoilette beendet hatten, also frisch gewaschen, gesalbt, gepudert und parfümiert waren. In der Regel waren sie, wenn man an der Haustür läutete, rein zufällig noch nicht vollständig angekleidet. Dann musste man Dienst an der Kundin leisten und Strapse einhängen, Mieder zuknöpfen, Reißverschlüsse hochziehen. Natürlich ging alles auch umgekehrt, und dies war meistens sogar einfacher und schneller zu bewerkstelligen. Da ging bisweilen so richtig die

Post ab. Mancher postalische Fachausdruck hat hier erst sein erweitertes Bedeutungsfeld bewiesen, man denke nur an Termini technici wie postlagernd, Expressgut oder an freimachen …

Ich will das hier nicht vertiefen, denn wozu wäre das Postgeheimnis sonst da? Während der Sommer die schönste Jahreszeit für uns Briefträger war, litten wir im Winter: vor allem in der Weihnachtszeit. Allein schon das Lesen der Lügen auf den sinnlosen Weihnachtskarten und der Heucheleien in der gesamten Weihnachtspost hätte zu Nervenzusammenbrüchen führen können, ganz zu schweigen von den schweren Paketen, auf denen meistens auch noch der gänzlich überflüssige Vermerk *Zerbrechlich* zu lesen war. Ürdinger beispielsweise erzählte, *in München sei einmal ein Postmensch auf dem Paketauto unter den Paketen verschüttet worden, und die Rettungsmannschaften hätten ihn nur noch tot bergen können. Die Post erstickt zu Weihnachten an der Post, wir bekommen kaum noch Luft.* Das sagte der Ürdinger, und Brandstetter fügte hinzu: *Viele Postboten sind am Heiligen Abend unter dem Christbaum schon zusammengebrochen. Der Briefträger kann sich am Heiligen Abend kaum noch auf den Beinen halten, und jetzt soll er mit seinen Kindern spielen und zu seiner Frau lieb sein und das Fest der Freude mit ihr feiern. Wenn ich nur den Baum sehe,* sagt Ürdinger, berichtet Brandstetter, *könnte ich schon Feuer schreien. Und wenn ich erst die Pakete unter dem Christbaum sehe, da könnte ich mich gleich übergeben, schon wieder Pakete.*

Ein Bericht über mein Leben als Postbote aber wäre nicht vollständig, würde ich nicht an meinen Kollegen

Bonifaz erinnern. Im strengen Sinne des Wortes war er freilich gar kein Kollege, sondern er war gewissermaßen der Privat-Postbote des Nonnenklosters, welches nicht nur das Kranken-, sondern auch das örtliche Waisenhaus unter sich hatte. Allerdings war auch Bonifaz mit einer weiblichen Chefin geschlagen. Das hatte er mit uns richtigen Postlern gemeinsam. Und auch die Chefin von Bonifaz, die auf den Namen Canisia hörte, war unbemannt. Sie und Afra hätten Zwillinge sein können: herrschsüchtig, nachtragend, kontrollversessen, zwanghaft und gänzlich humorlos. Kurz: Es war, als hätten die Tauben die beiden alten Jungfern zusammengetragen und in ihre Ämter berufen.

Bonifaz war das Faktotum des Nonnenklosters und hatte sogar Zugang zum Büro der Oberin, der er treu und ergeben bis an sein ebenso tragisches wie seliges Ende als Mann für alle Fälle diente. Na ja, nicht für alle Fälle. Für den einen eben nicht, aber das ergibt sich naturgemäß aus dem zölibatären Dasein der Schwester Oberin, die ja, wie ihre Mitschwestern, eine Braut Christi war und nicht die heimliche Geliebte eines gewissen Bonifaz, mit dessen Manneskraft es übrigens nicht weit her gewesen sein soll, wie der Apotheker anlässlich einer internen Post-und-Briefgeheimnis-Konferenz einmal durchblicken ließ. Bonifaz war ein Findelkind und soll in den Zwanzigerjahren dem Waisenhaus auf die Türschwelle gelegt worden sein. Jedenfalls war er von Anbeginn an verwachsen. Er hatte einen Buckel und einen Klumpfuß, den er ein wenig nachzog, ohne freilich gleich diabolisch zu sein. Außerdem hatte dieser arme Teufel einen überdimensional großen Schädel, der jedem Frankenstein-Labor Ehre gemacht hätte. Aber Bonifaz war nicht schwachsinnig, sondern konnte sprechen, rechnen und lesen, wenngleich sein Gemüt das eines Kindes blieb. Seine Haupteigenschaft aber war der bedingungslose Gehorsam, weswegen er von unserer Chefin Afra häufig als Vorbild hingestellt wurde. Immer wieder forderte die Afra uns auf, uns an Bonifaz ein Beispiel zu nehmen.

Wenn ihm seine gottgleich verehrte Oberin einen Auftrag erteilte, so führte Bonifaz diesen mit einer Sorgfalt und – wenn nötig – auch Verbissenheit aus, die ihresgleichen nicht hatte. Zweifellos hätte dieser Mann für seine Herrin auch die Wüste Gobi durchquert. So aber beschränkte sich sein Tätigkeitsfeld auf Besorgungen kleinerer und größerer Art innerhalb des Wirkungskreises Apotheke, Sparkasse und Postamt. Bonifaz war so vertrauenswürdig, dass man ihm bedenkenlos höhere Geldbeträge geben konnte. Er schnallte sich seinen Rucksack auf seinen verwachsenen Buckel und trottete los, unterhielt sich unterwegs mit allen, die ihn grüßten und ansprachen, denn jeder kannte ihn, jeder mochte ihn und erfreute sich an seinem harmlos geselligen Wesen. Jedermann wusste aber auch, dass er im Auftrag der Schwester Oberin unterwegs war. Uns Postboten ersparte er den Gang ins Nonnenkloster, denn Bonifaz brachte und holte die Post, sei es für das Kloster, das Kranken- oder das Waisenhaus. Die Nonnen achteten peinlich darauf, dass Bonifaz nicht schlampig gekleidet war, sie statteten ihn mit kaum getragenen Jacken und Hosen aus, die sie eigens für ihn aus den

Kleiderspenden der Caritas aussortiert hatten. Nur der Rucksack zeigte deutliche Spuren seines Alters, denn im strengen Sinne war es gar kein Rucksack, sondern ein Armeetornister aus dem Ersten Weltkrieg mit einer Überschlagklappe aus gescheckten Kuhfell: ein sogenannter *Affe*. Dergestalt gerüstet sah man Bonifaz, dessen genaues Alter keiner kannte, weil er auch nicht zu altern schien, mit der ihm eigenen Emsigkeit geschäftig die Straßen durcheilen.

Sosehr wir Postboten diesen Mann schätzten, von dem man immer wieder einmal munkelte, er könne am Ende ein seitab gezeugter Sohn eines Adeligen sein, was aber die Oberin regelmäßig heftig dementierte, so wenig weihten wir ihn freilich in unsere internen Besprechungen, Stammtische, Lesungen und Betriebsgeheimnisse ein, denn wenn wir auch nur Postboten waren, so achteten wir doch sorgfältig auf unseren guten Ruf ebenso wie auf unsere Exklusivität.

Als jedoch unser Privatkollege zu Grabe getragen wurde, schickte unser Amt eine eigene Abordnung, die so groß war, dass an diesem Tag der Schalter geschlossen blieb und auch keine Post zugestellt wurde, obwohl es kurz vor Weihnachten war.

Wieder einmal hatte die Oberin Canisia ihren Hermes mit diversen Aufträgen losgeschickt, wieder einmal hatte Bonifaz seinen Tornister geschnürt, als gelte es, mit Napoleon gen Moskau zu ziehen. Als der Bote am frühen Abend immer noch nicht zurück war, wurden die Nonnen unruhig, bis schließlich allgemeiner Alarm ausgelöst wurde. Im Sinne der Amtshilfe zogen Afra und Oberin

Canisia gemeinsam los, um den vermissten Bonifaz zu finden. Es hatte nämlich bereits am frühen Nachmittag Schneetreiben eingesetzt, das, unterstützt von einem eisigen Ostwind, immer heftiger geworden war, bis man die Hand nicht mehr vor den Augen gesehen hatte. Und es schneite und schneite und es wollte kein Ende nehmen damit. Man fand Bonifaz, trotz stundenlanger Suche während der ganzen Nacht, erst am nächsten Morgen. Offenbar war er mit seinem Klumpfuß irgendwo ausgerutscht und in eine Schneewechte gefallen, die sich über einem Straßengraben gebildet hatte, aus welcher er sich aufgrund eines gebrochenen Oberschenkelhalses nicht mehr befreien konnte und in der er schließlich erbärmlich erfror. Die Fundstelle lag weitab von den üblichen Wegen. Hatte er sich trotz seiner Ortskenntnis im Schneesturm verirrt?

Niemand erfuhr je das Geheimnis, was dieser Mann bei diesem Wetter so weit weg von zu Hause gesucht haben mag. Vielleicht ging es ihm ähnlich wie jenem Leoparden, der sich im Schneesturm unterhalb des Gipfels des Kilimandscharos verlief und dort erfror.

Bonifazens Beisetzung fand unter großer Anteilnahme der Bevölkerung statt. Etliche Vereine schickten Fahnenabordnungen. Nicht müde wurde man, den Verstorbenen als einen braven Mann zu rühmen, der zwar sein Lebtag keine großen Nägel eingeschlagen, dafür aber auch keiner Fliege etwas zuleide getan habe. Alle waren sich einig, Bonifaz sei der beste Bote aller Zeiten gewesen, ein Loblied, in das auch unsere Chefin Afra mit feuchten Augen einstimmte.

Doch von diesem Tag an wurden auf ausdrückliche Anordnung der beiden Amtsvorsteherinnen – ein Beschluss, der beim Leichenschmaus ausgeheckt und bekräftigt worden war – das Nonnenkloster sowie das Kranken- und das Waisenhaus wieder von uns gewöhnlichen Postboten bedient. Erst jetzt stellten wir vom Amt aufgrund der zunehmenden Schlepperei fest, welche Arbeit uns Bonifaz all die Jahre mit seinen Gängen abgenommen hatte. Möge ihm die Erde leicht werden, in die er feierlich wie ein Fürstensohn gesenkt worden war. Die Krähen in den Bäumen werden über ihn wachen.

Es gibt diese kurzen Augenblicke des Glücks, in denen man nichts verstehen muss, weil man in der Situation ist und zugleich über ihr. Solche Momente habe ich mit meinem Vater erlebt. Er hat Spuren hinterlassen, nicht nur im Schnee, und zu meinen schönsten Erinnerungen gehören die Skiwanderungen mit ihm. Bei fast jedem Wetter schnallten wir uns die Bretter unter und stapften selbst bei dichtem Schneetreiben los. Wenn ich jetzt so gedankenverloren vor mich hin spure und mir nicht einmal sicher bin, ob ich wirklich in die beabsichtigte Himmelsrichtung gehe, kommt es mir vor, als sei auf einmal die Zeit stehen geblieben, und die leicht im Wind daherfliegenden Schneeflocken spielten mir Erinnerungen an meinen Vater zu, mit dem ich oft auf Skiern unterwegs war. Ich habe an die Winter meiner Kindheit gedacht, als die Telegrafendrähte noch nicht unter der Erde verschwunden waren, sondern von Mast zu Mast summten, und wir glaubten hören zu können, was da telefoniert wurde im Blauen Land.

Damals nahm mich mein Vater mit zum Skiwandern, denn er war ein geübter und temperamentvoller Tourengeher. Wir trugen dicke Wollpullover, auf denen Rentiere von links nach rechts quer über die Brust marschierten, Norwegerpullover, wie man dazu sagte, mit den passenden Handschuhen, auf deren Rücken übergroße Schneekristalle gestrickt waren, Fäustlinge, die nur den einen Nachteil hatten, sofort zu Eisklumpen zu werden, sobald sie mit Feuchtigkeit auch nur in Berührung kamen. Und dazu die entsprechende Mütze mit einem Bommel, eine Bollenkappe, die sich tief über die Ohren ziehen ließ. Die Füße steckten in schweren Winterstiefeln, die das restliche Jahr über eingefettet im Keller standen, damit das Leder weich blieb. Es waren Salamander-Schuhe, die deshalb so begehrt waren, weil ihr Kauf mit einem kleinen grünen Heftchen verbunden war, in dem die neuesten Abenteuer von Lurchi Salamander erzählt wurden, einem der führenden Helden meiner Kindheit. Jede Episode endete mit dem unsterblichen Vers: *Lange schallt's im Walde noch: Salamander lebe hoch!* Die Galoschen wurden mit nahezu reißfesten Schnürsenkeln geschnürt, die nach einem ausgetüftelten System durch Ösen und Haken geführt werden mussten, und es war überdies peinlich genau darauf zu achten, dass die lange Zunge auch gerade lag und nicht irgendwie verschoben, weil sie sonst unweigerlich gedrückt hätte und man den Schuh wieder umständlich hätte aufschnüren müssen. Waren die Stiefel endlich verdrahtet und zweifach verknotet, so galt es, eine quer über den Rist führende Lederspange zu befestigen. Erst dann war man gerüstet.

Ende der Fünfzigerjahre wurden Keilhosen modern, die unterhalb der Ferse von einem Gummisteg gehalten wurden, mit dem man in die Schuhe schlüpfte. Meistens hat dieser Steg die Socken zum Verrutschen gebracht. Lange vor dieser zumeist nur städtischen Winterfrischlern vorbehaltenen Mode trugen die Einheimischen Knickerbockerhosen aus Trenkercord oder aus Tweed, dazu dicke karierte Wadenstrümpfe aus Schafwolle, die sogar durch die knöchellange Unterhose kratzten. Mein Vater pflegte zusätzlich noch kniehohe, seitlich knöpfbare lederne Gamaschen anzulegen. Zuletzt schnallte man sich den Rucksack auf den Rücken, der die Thermosflasche mit heißem Tee enthielt, einen Keil Brot, einen Zipfel Hartwurst und die Steigfelle, die seinerzeit den Skilift ersetzten. Erfahrene Skiläufer hatten ein zweites Paar Handschuhe dabei sowie zur Sicherheit Ersatzschnürsenkel, mit denen man notfalls auch die Bindung flicken konnte. Diese Skibindung bestand aus einer sogenannten Kandahar-Bindung mit ledernem Zehenriemen und Liftstrammer, der es einem in der Langlaufstellung ermöglichte, mit der Ferse vom Ski wegzukommen, was besonders beim Gehen und beim Aufstieg mit den Fellen eine große Erleichterung darstellte. Natürlich waren die Skier aus Holz, wenn möglich aus einheimischer Esche oder amerikanischem Hickory. Sie waren wenigstens handbreit und hatten ein spürbares Gewicht. Während des Sommers waren sie gespannt, damit die Krümmung der Spitze erhalten blieb. Die Stöcke waren aus Haselnuss oder aus Bambus, versehen mit einer primitiven ledernen Halteschlaufe und Tellern, die durchaus mit dem Durchmesser eines Suppentellers mithalten konnten. Metallstöcke mit ergonomisch geformtem Haltegriff kamen erst sehr viel später auf, als Toni Sailer nach seinen drei Goldmedaillen in Cortina d'Ampezzo die Langriemenbindung ebenso populär machte wie die weiße Zipfelmütze mit dem Zottel an einem Schnürchen: Markenzeichen des schwarzen Blitz aus Kitz.

Derart ausgerüstet ziehen wir los, durchqueren die Hochmoore, spuren durch Birkenwäldchen und über Viehweiden, folgen den Fußabdrücken von Hasen, Füchsen und Rotwild, die auseinanderzuhalten mich mein Vater ebenso lehrt wie den Respekt vor der Kirchenstille. Die unterschiedlichen Handschriften der Tiere lassen sich am besten im Schnee lesen: die getupften und die weit gestreckten, die Wischer einer Fuchsrute, die winzigen Tanzchoreografien der Mäuse, die sich in einem von der Sonne entblößten Wiesenstück verlieren, dort, wo der Schnee an den Rändern schon glasig wird. Die Luft ist klar und kalt, der Atem bildet kleine Wölkchen vor dem Mund, die Wangen röten sich rasch, in der Hosentasche klackt das Skiwachs, bei Pappschnee wird dick „Silber" aufgetragen. In den Tälern hängen Kältenebel, dünne Schlieren und Schwaden, die Sonne steht niedrig über den Wäldern, der Schnee knirscht unter den Brettern. Mein Vater zieht voraus und legt umsichtig die Spur, in der ich ihm leicht folgen kann. Er kennt das Gelände seit seiner Kindheit. Auch das Leder beginnt zu knirschen, Schuhe und Schlaufen an den Skistöcken stimmen ein in diesen gleichmäßigen Singsang. Mitunter führt der Weg durch einen Harschbruch, dann sinken wir ein wenig mit unseren Skiern ein, und zwischendurch geht es sogar leicht bergab und wir lassen die Bretter laufen. Noch ist kein Stemmbogen nötig, denn noch geht es nicht zu schnell. Die eisernen Spitzen der Skistöcke graben sich ein, die breiten Teller verhindern das Versinken der Stöcke, so kann ich mich gut abstützen und das Gleichgewicht halten, wenn eine Spitzkehre beim Aufstieg notwendig wird. Nach einer kurzen Verschnaufpause, einem Schluck heißen Tee und einem Stück Blockschokolade, das mein Vater nebst seinen Malzbonbons im Rucksack versteckt hat, geht es weiter. Jetzt beginnt der Wald, von dem ich nicht weiß, ob und wo er aufhört, aber ich habe ja den Vater, der zuverlässig wie ein Schweizer Uhrwerk vorausmarschiert. Ich muss mir keine Sorgen machen, mich am Ende in der weißen Landschaft zu verirren, denn mein Vater ist bei mir, und solange er da ist, kann mir nichts geschehen. Er kennt die Stimmen der Vögel auseinander und nachts erklärt er mir die Namen der Sterne. Mit diesem kindlich stolzen Gefühl der Unverletzbarkeit und Unbesiegbarkeit tappe ich hinter dem Vater her, und ich wundere mich, wie elastisch er geht, wie gleichmäßig sein Stockeinsatz kommt, wie gemessen die Züge sind, mit denen er die Skier führt. Tagelang könnte ich so gehen, auch wenn mir immer wieder das Nasentröpfchen läuft und ich mit den längst zu Klumpen gewordenen Wollfäustlingen an meiner Oberlippe herumwische. Hier auf der Skitour mit dem Vater spüre ich so etwas wie Urvertrauen, und ich weiß in solchen Augenblick zugleich, dass es nie wieder so sein wird, was mir einen jähen heißen Stich verursacht, denn auch ein Kind kann die Vergänglichkeit spüren und den Schmerz des Unwiederbringlichen. Die dunklen Bäume flößen mir Respekt ein, ihre finster schweigende Armee lässt mich nicht lange an meine Trauer denken, sondern mahnt mich, den Anschluss an den Vater nicht zu verlieren und wieder dichter aufzuschließen. So geht es in stetig gleichem Rhythmus dahin, bis am frühen Nachmittag behutsam, schier unmerklich zuerst, eine blaue Dämmerung zwischen die Baumstämme tritt und von den Tannen herunterrieselt, leichter noch als Schnee. Wir legen eine Rast an einem Heustadel mit einem dick verschneiten Giebel ein, schnallen die Bretter ab und lehnen die Skier an die Wand, eine Holzbank ist schnell vom Schnee befreit, mein Vater öffnet schon den Rucksack, um die Köstlichkeiten auf einem großen karierten Taschentuch auszubreiten. Mit dem Taschenmesser schneidet er einen Keil vom Brot und säbelt ein Stück Wurst ab, und ich bin regelrecht vernarrt in das Geräusch, das beim Abschrauben des Trinkbechers von der Thermoskanne entsteht. Der heiße Tee lässt dicken weißen Dampf aufsteigen, es gluckst verlockend im Becher, der sogleich meine Hände wärmt, und das Getränk dringt mit dem ersten Schluck in mich ein wie Feuer. Wir sitzen eine gute Weile, schmausen und schweigen. Hier scheint sogar die Ewigkeit innezuhalten. Zwischen uns herrscht ein vollkommenes Einverständnis, und eine schier heilige Hochachtung lässt mich voller Liebe und Zuversicht zum Vater aufschauen. Einmal sagt er: *Man muss die wichtigen Gedanken am Tage denken, sonst lassen sie einen in der Nacht nicht schlafen.*

Zuerst merken wir es gar nicht, doch dann sehen wir, wie langsam und unaufhaltsam graue Nebelschwaden aufsteigen und sich zwischen die gespensterhaft aufragenden Tannen schlängeln, traumhaft, unwirklich, wie das ferne Echo von Holz schlagenden Waldarbeitern, die irgendwo in der Tiefe des Gehölzes die gewaltigen runden Blöcke mit dem Haken heranrollen, miteinander verketten und schließlich von dampfenden Rössern aus dem Wald ziehen lassen. Mein Vater erklärt mir, was Kaltblüter sind, schwärmt von deren Kraft und preist ihre Gutmütigkeit, weiß aber auch von Hufschmieden zu berichten, die beim Austauschen der Eisen mächtige Schläge mit den Hinterhufen abbekommen haben, die für so manchen tödlich ausgegangen seien. Andere wiederum hätten ihr Lebtag wulstige Narben davongetragen, auffälliger noch als die Schmisse von Apotheker und Lehrer, die sie daran erinnerten, dass selbst Kaltblüter schreckhaft sind wie alle Rösser, weil sie eben viel eher zur Flucht neigen als zum Kampf. Mein Vater weiß aber auch von schweren Unfällen mit den Hörnerschlitten zu berichten, mit denen Holz und Heu aus den Bergen zu Tal gefahren wird: Schlitten, die ob der Last schwer zu steuern seien und in der Regel eine Geschwindigkeit erzielten, von der sich ein Laie gar keine Vorstellung mache. Die Hörnerschlittenrennen, die man jetzt als Faschingsgaudi für die Kurgäste veranstalte, verharmlosten die ursprüngliche Funktion solcher Schlittenfahrten und täuschten eine heile Welt vor, wie es sie nie gegeben habe. Ein falscher Griff, ein Versagen der Bremse, und schon hing man am nächsten Baum oder stürzte unaufhaltsam einen Abgrund hinunter, erdrückt von der Ladung im Rücken, erschlagen von einem Baumstamm, der einem plötzlich in die Quere gekommen sei. Das sei nicht das faschingstrunkene Narrenschiff, das da, bespannt mit einem alten rot karierten Federbett und beladen mit besoffenen Einheimischen, von einem harmlosen Hügel herunterschaukle. Früher seien Kummer und Sorgen die Wegweiser gewesen.

Doch damit bloß kein Trübsinn aufkommt an so einem schönen Tag, brummt mein Vater das Lied von den zwei Spuren im Schnee, die herabführen aus steiler Höh': *Und die eine Spur ist deine, und die andre Spur ist meine, und sie führen beide ins Reich der Seligkeit ...*

Schon wird es Zeit, an die Umkehr zu denken, denn im Wald nachtet es schnell zu. Die hohen Baumsäulen weisen dem Vater den sicheren Weg, und je dämmriger es wird, desto lebendiger scheint mir das Gehölz zu werden. Ich höre immer mehr Stimmen, Vögel flattern auf oder zwitschern im Schlaf, irgendwo bricht ein Rudel Rotwild aus, doch mir werden Fabeltiere daraus, Greifvögel und Wunderechsen, angetrieben von Riesen, aufgescheucht von Hexen, die ich ächzen und hämisch kichern höre, indes ich eifrig bemüht bin, den Abstand zum vor mir spurenden Vater nur ja nicht zu groß werden zu lassen. Auf der verharschten, tagsüber stärker von der Sonne beschienenen Seite treten wir endlich aus dem Wald heraus, und an einigen hohen Schneewechten vorbei schwingen wir nun talwärts, wir lassen die Skier laufen, und mein Vater, der immer noch die alte Lilienfelder Technik nach Ingenieur Zdarsky beherrscht, jubelt und jauchzt vor Vergnügen. Elegant zieht er seine Schwünge und Bögen und schwenkt schließlich mit einem kühnen Sprung auf einen Holzziehweg ein, in dem es in immer schneller werdender Fahrt abwärtsgeht und wir die Hockstellung einnehmen, um nicht aus den Kurven getragen zu werden. Die von den Rössern gezogenen Baumstämme haben die Bahn glatt gebügelt, und es geht rasanter dahin als mit der Eisenbahn, der Wind pfeift mir um die Ohren, und ich muss aufmerksam darauf achten, in den Kurven den Talski richtig zu belasten, denn ich will dem Vater nicht die Schande eines Sturzes antun, sondern standfest und sturzfrei ankommen – wenn auch mit zittrigen Beinen. Gemächlich lassen wir es auf einer flach abfallenden Lichtung langsam auslaufen, schwingen ab und erkennen, dass wir dem Abendnebel ein Stück weit vorausgefahren sind. „Du bist ja schneller als der Nebel." Dieses unverhohlene Lob vom Vater habe ich mein Lebtag nicht vergessen, und aus dieser Lichtung wird die ganze Welt: tief verschneit und grenzenlos. Behäbig schiebt sich der Abend aus dem Wald heran, und von der Höhe kommt noch ein letztes Sausen, und ein leises Stöhnen staubt von den Ästen, die unter der Last des Schnees schier zusammenbrechen. Ein gutes Stück weiter unten gehen im Tal die ersten Lichter an, auf die wir jetzt zielstrebig zu halten. Mir kommt vor, als wollten sie mir an diesem andächtig einsetzenden Abend besonders viel Zuversicht spenden und zeigen, wie Glück und Zufriedenheit entstehen und wie sie ursprünglich gemeint sind.

Für meinen Vater gilt: *Er hat Spuren hinterlassen – keinen Staub.*

Was mir noch fehlt für mein *Türkenläuten*, ist die Genehmigung des Pfarrers für das Läuten der Glocken außerhalb der geregelten Zeit sowie einige Auskünfte über die Geschichte der Pfarrkirche St. Nikolaus, die ich dem Geistlichen Rat in einem kleinen Interview entlocken will. In der Regel sind die Kleriker eitel genug, Auskunft zu geben, sobald sie ein Mikrofon in ihrer Nähe sehen. Jeder von ihnen fühlt sich dann sogleich wichtig und redet meist mehr, als ich in meiner eng bemessenen Sendezeit verwenden kann. Beim Betreten der Pfarrkirche sehe ich einen Mann in einem Büromantel, wie er sich am Hochaltar zu schaffen macht. Ich spreche den Mann an, er sagt, er sei hier der Mesner und wisse vor lauter Arbeit nicht, wo er anfangen solle. Erst letztes Jahr habe man die Kirche restauriert – und jetzt überall dieser Schmutz. Seine Arme deuten in die Luft, an die Mauern, zur Decke. Dann kommt der Mann näher, mustert mich ungläubig, schaut mich von oben bis unten an und sagt: Ich glaub's nicht. Es ist mir ein Rätsel, was er vorhat in seinem blauen Kittel, in dem er eher einem Baumarktverkäufer gleicht als einem Mesner. Lange nicht gesehen, sagt der Mann, während ich mich frage, ob ich ihn überhaupt kenne, und wenn ja, woher. Ein wenig schäme ich mich wegen meines schlechten Gedächtnisses, bis der Mesner fragt, ob ich ein 45er sei, womit er mein Geburtsjahr meint, es aber ausspricht, als sei's die Nummer unseres gemeinsamen Regiments. Ja, antworte ich verblüfft. Na, dann könne er doch gleich Du sagen, meint der Kerl, tritt auf mich zu, streckt mir seine Hand entgegen und versichert, wir seien eines Jahrgangs, Schulkameraden, und es klingt, als seien wir gemeinsam im Schützengraben gelegen. Du hast vorne links gesessen und du hast den Winter gespielt in *Ein Lied hinter dem Ofen zu singen*. Und schon zitiert er lauthals:

Der Winter ist ein rechter Mann,
kernfest und auf die Dauer;
sein Fleisch fühlt sich wie Eisen an
und scheut nicht süß noch sauer …

Ich versuche mich zu erinnern, mir fällt aber nur der Lehrer Steiger ein, der uns Regimentstrottel genannt hat, und dann spielt mir die Erinnerung einen Streich und zaubert mir Oberlehrer Ellgaß auf die innere Leinwand, dessen Geschichtsunterricht wir Schüler geliebt haben, weil er so lebendig erzählen konnte, so anschaulich und plastisch und bei der Schlacht im Teutoburger Wald derart in Eifer geriet, dass wir ihn Oberlehrer Vollgas nannten. Aus dem Mesner quillt ein Strom von Sätzen, Beschwörungen alter Zeiten, angeblicher Gemeinsamkeiten und Abenteuer, von denen mir nicht eines präsent ist, und immer tiefer fühle ich mich schuldig, je vertraulicher der Ton wird, der vom kameradschaftlichen Singsang längst zum vertraulichen Geraune übergegangen ist. Ich sei ja, und ich glaube, jetzt doch auch einen Vorwurf herauszuhören, bald weggegangen, habe studieren dürfen, was ihm, dem Mesner, nicht vergönnt gewesen sei, man habe viele Jahre nichts mehr von mir gehört, aber er werde es jedem sagen, den er treffe, dass ich jetzt, da die heimatliche Erde gebebt habe, zurückgekehrt sei, um zu helfen, mein Wissen meiner

Heimat zur Verfügung zu stellen. Dann folgen noch einige Sätze von diesem sentimentalen Salbader, bis ich ihn unterbreche und ihm sage, es sei blanker Zufall, dass ich hier sei. Aber jetzt ist er ganz dicht an mich herangetreten und zeigt mir mit einer kleinen Handbewegung, was er eigentlich von mir will, indes er versichert, er habe es nicht weit gebracht, ganz im Gegensatz zu mir, ihn habe man auf keine Schule geschickt, sein Einkommen sei schmal, während ich doch hinaus in die Welt und als gemachter Mann und so weiter. Endlich hat er mich dort, wo er mich von Anfang an haben wollte, als ich den Geldbeutel zücke, mit einem Blick das Fach für Scheine prüfe und ihm einen Fünfziger in die Hand drücke, verschämt, als wolle ich mich mit diesem Almosen freikaufen von etwas, dessen ich gar nicht schuldig bin. Dann lasse ich noch zu, dass er mir mehrfach auf die Schulter klopft, mach's gut, alter Schulkamerad, ich werd's allen sagen, dass du jetzt wieder daheim bist und das Dorf der 13 Dörfer nicht vergessen hast. Aber da bin ich schon bei der Kirchentür hinaus und höre nur noch, wie er drinnen weiter laut vor sich hin redet und Schutt zur Seite räumt. Draußen im Schneegestöber wird mir klar, dass ich diesen Menschen mein Lebtag nie gesehen habe, dass er auch niemals mit mir in einer Klasse gewesen sein kann, denn jetzt habe ich alle dafür infrage kommenden Gesichter deutlich vor mir, sondern dass ich vermutlich nur dem ältesten Schnorrertrick der Welt auf den Leim gegangen bin, und ich gehe weiter.

Wie merkwürdig, dass der Pfarrhof dasteht, als sei nichts geschehen, als throne er seit Jahrhunderten über dem Dorf und sei nur das Stein gewordene Abbild jener geistlichen Herren, die ebenfalls seit Jahrhunderten über dem Dorf thronten.

Wie ich ihn im Schneetreiben so betrachte, wird mir auf einmal klar, wie sehr meine Kindheit vom kirchlichen Jahreslauf dominiert war. Das fing mit dem abendlichen Gebetläuten an, zu dem ich im Sommer wie im Winter zu Hause sein musste, und es endete mit jener Todsünde, die ich gemeinsam mit einem Mädchen an einem heißen Nachmittag im muffig engen Beichtstuhl beging. Der Blasiussegen an Mariä Lichtmess gegen das Verschlucken von Fischgräten, der Josephi-Tag, die Karwoche mit den Rätschen statt der Glocken, das Entzünden des Osterfeuers, der Weiße Sonntag für die Kommunionkinder, die Maiandachten und das inbrünstige Absingen der Marienlieder wie *Maria, breit den Mantel aus, mach Schirm und Schutz für uns daraus* … am Maialtar, Christi Himmelfahrt mit dem an einer Winde ins Kirchendach gezogenen Christus, Fronleichnamsprozession mit Kreuz und Fahne, Kirchweih und Patrozinium, Allerheiligen und Allerseelen, die Adventszeit, Sankt Martin und der Nikolaustag, die Christmette, Silvester und Drei Könige und so weiter und so fort …

Der Pfarrhof im Dorf der 13 Dörfer war die hochherrschaftliche Residenz vom Geistlichen Rat Monsignore Häberle. Ein Mann wie ein Baum, mit einer Stimme wie Sarastro. Er starb in einer lauen Sommernacht einen ihm durchaus angemessenen Tod, ganz im Gegenteil zu dem Bergführer Rindfleisch, der zwar die steilsten und gefährlichsten Gipfel der Heimat erklommen hatte, den in einer Winternacht aber, als er gut abgefüllt aus dem *Gasthof Adler* gewankt und ihn inmitten der prächtigen weißen Winterlandschaft mit ihrer meterhohen Schneedecke ein Bedürfnis angekommen war, dem er auf der Stelle nachgegeben hatte. Zu seinem Unglück freilich war ihm die Natur mitten auf dem verschneiten Bahngleis gekommen, und da der Schnee bekanntlich nicht nur alles zudeckt, sondern auch jedes noch so kleine Geräusch schluckt, hatte der in archaischer Hocke befindliche Rindfleisch, der Gipfelstürmer mit herabgelassener Hose, vermutlich aus wetterfestem Trenkercord, den letzten Schienenbus aus Tirol nicht kommen gehört, und auch der Lokführer hatte, seiner späteren Aussage zufolge, bei dichtem Schneefall die zusammengekauerte, geradezu yetihaft schneeumwehte Gestalt zu spät erkannt und nicht mehr rechtzeitig bremsen können.

Meine eilends herbeigerufene Tante Mirtel, die Landärztin, konnte nur noch beim Zusammensuchen der weithin verstreuten Rindfleischreste helfen, wohingegen sie beim Geistlichen Rat Häberle, zu dem sie von dessen Zölibatesse gerufen worden war, durchaus noch ihre ärztliche Kunst anwenden musste, denn der geweihte Herr war, nachdem er mit eben jenem letzten Zug aus Tirol gekommen war, der schon dem Bergführer Rindfleisch zum Verhängnis geworden war, und unter Absingen seines Dreigesangs von *Die Wacht am Rhein*, *Meerstern, ich dich grüße* und *Völker, hört die Signale* glücklich schwankend seinen Pfarrhof erreicht hatte, schließlich im Vollrausch bei der letzten Inspektion seines stolzen Viehbestandes vom Heustock gefallen.

Seinerzeit gehörte zu einem ländlichen Pfarrhof von einigem Format noch eine eigene bescheidene Landwirtschaft mit zwei, drei Kühen, einer Handvoll Hühner, ein paar Streuobstwiesen und moorigen Heuschlägen. Besorgt wurde diese Ökonomie von der Pfarrhaushälterin, zumeist einer leiblichen Schwester oder näheren Verwandten des hohen Herrn. Der Geistliche Rat Häberle pflegte täglich am Nachmittag, mit dem Zug nach Tirol zu fahren, bis zur ersten Station nach der Grenze mit dem einladenden Namen *Schönbichl*. Die Station bestand aus einem Wirtshaus, in dem jener Südtiroler Rote ausgeschenkt wurde, der Häberle immer mehr und mehr und noch mehr mundete. Wenn es im Himmel keinen Südtiroler Roten gebe, soll er gerne gesagt haben, dann pfeife er auf die ganze Seligkeit. Mit dem letzten Zug ging's dann nach bester geistiger Abfüllung zurück. Und da der Geistliche Rat Häberle ein gewissenhafter Mann war, wollte er in der Nacht noch nach dem Vieh sehen, hat aber wohl unter dem teuflischen Einfluss des Alkohols das Stockwerk verwechselt und hat, vom Gottseibeiuns ge- und verführt, die falsche Tür geöffnet und ist mit seinen gut zwei Zentnern Fastenprediger-Kampfgewicht, den Gesetzen der Schwerkraft folgend und möglicherweise begleitet von einer letzten, mit Stentorstimme geschmetterten Anrufung aller Heiligen, auf dem Steinboden der Tenne gelandet und hat sich das Genick gebrochen, wie meine Tante medizinisch fachkundig diagnostiziert hat. Da lag nun unser Monsignore in seinem Blute, das farblich vorzüglich zu der Farbe der rot paspelierten Knopflöcher seiner Soutane passte: ein

Phänomen, das unter uns Messdienern ohne spezielle medizinische Vorkenntnisse schlicht als Knopflochentzündung bekannt war.

Bei der Beerdigung war das gesamte Blaue Land auf den Beinen. Meine Tante, die den Totenschein ausgestellt hatte, durfte nicht fehlen. Sie führte als Fahnenjunker, flankiert von zwei weißbärtigen Adjutanten, die Ehrenformation des Veteranenvereins an, denn auch sie hatte am Krieg teilgenommen. Gleich nach der leiblichen Schwester des Toten und den geistlichen Würdenträgern der näheren und weiteren Umgebung kamen die Nonnen, von denen jede für sich schon physiognomisch ein eigener Trauerzug war. Dann folgte die Abordnung des Katholischen Frauenbundes. Sie wurde von niemand anderem angeführt als von den zur Kur weilenden Damen Vogelsang, die nicht nur quer über ihren wallenden schwarzen Gewändern eine gestärkte schwarze Schärpe trugen, sondern auch noch am linken Oberarm einen seidenen Trauerflor im Winde wehen ließen, der mit einer ebenso opulenten wie kunstvoll geknüpften Schleife versehen war.

So sehr waren diese drei Damen, die man auf der Stelle für die Vorsitzenden der Zölibatessinnengewerkschaft hätte halten können, in die Geschehnisse des Blauen Landes verstrickt, dass es nahezu unvorstellbar gewesen wäre, die Leiche des Geistlichen Rates Häberle ohne deren vom Weihrauch großer Tragödien und pompöser Schicksale getränkte Anteilnahme mit sechs Böllerschüssen in die Ewigkeit zu schießen: sechs Schüsse deshalb, weil der Geistliche Rat, ein Thulserner von altem Schrot und Korn, beide Weltkriege aktiv erlebt hatte – also drei Schuss pro Weltkrieg. Das war das Optimum. Mehr gab es nicht. Nicht einmal für Träger des EK I. Möge er in Frieden ruhen.

Und in den Baumkronen hockten die Krähen, die dem Treiben schwarz und stumm zusahen.

Es wird wohl nichts aus dem *Türkenläuten* aus meinem Dorf der 13 Dörfer werden. Den Pfarrer habe ich nicht erreicht, man ließ mir ausrichten, er sei auf Pilgerfahrt in Rom, und der Kaplan traute sich nicht, eine Entscheidung zu treffen oder mir ein Interview zu geben. Er wolle seinen Namen weder in der Zeitung lesen noch im Radio hören. Wie gerne hätte ich ihn gefragt, was er in der heutigen Zeit von einem Wort wie *Türkenläuten* hält und ob es ihm noch erlaubt sei, mit den Glocken an den Sieg über die Moslems zu erinnern. Oder ob er eine solche Tradition für unstatthaft hält.

Aber so muss ich unverrichteter Dinge wohl oder übel die wenigen Informationen zur Kirche St. Nikolaus aus dem Internet zusammenkratzen und mich damit auf das Niveau derer begeben, die mich ersetzen wollen. Meine Mission ist damit gescheitert und meine Reise ist zu Ende.

Manchmal enden die Dinge dort, wo sie begonnen haben. Es ist Zeit für den Rückweg. Ich bin bereits im Zug und achte darauf, nicht mit dem Rücken zur Fahrtrichtung zu sitzen, weil ich einmal in einem Roman gelesen habe, so reisten nur diejenigen, die hingerichtet werden sollten: um den Galgen nicht im Blick zu haben.

Jetzt schließe ich die Augen, halte das Foto meiner Frau in Lissabon in Händen und rufe mir noch einmal die Dinge zurück, die sich so sehr in mein Gedächtnis eingebrannt haben. Ich stelle mir die Frage, ob ich den Sack voller Erinnerungen, den ich so lange mit mir herumtrug, endlich geleert habe oder ob ich ihn niemals loswerden kann. Versunken im Polster des Eisenbahnabteils sehe ich mich als jungen Mann und lasse mich von meinen Träumen wegtragen.

So bleibe ich eine Weile.

Als sich dieser junge Mann, der ich einmal war, wieder aufrichtet und aus dem Fenster schaut, ist sein Dorf verschwunden. *Sein Leben dort war zu jenem Hintergrund geworden, auf den sich die Träume seiner Mannesjahre malen ließen.*

Dieser letzte Satz ist nicht von mir. Er wurde vor knapp hundert Jahren von einem Mann namens Sherwood Anderson geschrieben. Damals war er dreiundvierzig Jahre alt. Gut zwanzig Jahre später begab sich der Schriftsteller, der seither viel umhergezogen war, etliche Bücher veröffentlicht und ein drittes Mal geheiratet hatte, auf eine Kreuzfahrt nach Südamerika. Beim Abschied in New York verschluckte er ein Stück des Hölzchens, auf das die Olive in seinem Martini gespießt war. Es perforierte ihm die Magenwand, und er starb am 8. März 1941 in Colón am Panamakanal zwischen Atlantik und Pazifik an einer Bauchfellentzündung.

Vielleicht gilt ihm mein nächstes Kalenderblatt.

Noch während ich den Namen und erste Stichworte dazu in mein Notizbuch schreibe, muss ich an die alten

Menschen denken, von denen ein Freund aus dem hohen Norden erzählte. Wenn sie merken, wie sich langsam die Krankheit des Vergessens in ihr Gehirn schleicht, regeln sie in aller Ruhe ihre Angelegenheiten und beginnen, den Sommer über Schlaftabletten zu sammeln, die sie sich ordnungsgemäß verschreiben lassen. Sobald es Herbst wird und die kühlen Nächte kommen, sprechen sie von einer Wanderung, die sie gerne machen möchten, solange sie noch bei Kräften sind und ehe der erste Schnee fällt. Manche sagen auch, sie wollten ihr Sommerhaus winterfest machen. Dann packen sie ihren Rucksack, besorgen sich ein paar Flaschen Wodka und stecken die Tablettenröhrchen in die Außentasche. So gehen sie in den Wald, immer tiefer hinein. Sie begegnen niemandem, denn hierher verirren sich nicht einmal die Leute, die Orientierungsläufe für Sport halten. Sobald die Alten müde werden, suchen sie sich eine weiche Stelle, vielleicht unter einer Fichte, machen sich ein Bett aus Moos, schlucken die Schlaftabletten und spülen sie mit dem Schnaps hinunter. Endlich schlafen sie ein. Es heißt, sie verspürten eine große Wärme. Von den meisten ist bald nichts mehr übrig, weil sie sich auf ihre Weise wieder in den Kreislauf der Natur eingeordnet haben. Von anderen bleiben ein paar Knochen. Oft findet man sie erst nach der Schneeschmelze im nächsten Frühjahr. Die meisten aber verschwinden spurlos und hinterlassen vielleicht irgendwo einen Namen, an den sich bald keiner mehr erinnert. Kein Kalenderblatt …

Das wollte ich dir noch erzählt haben, sage ich zu meiner Frau und lege ihr Foto wieder obenauf in meinen Rucksack. Von weit weg lächelt sie mir zu.

Anregungen, Quellen und Zitate:

Anderson, Sherwood: Winesburg, Ohio. With an Introduction by Malcolm Cowley. New York: Penguin Books 1976

Anonym: Der Tod von Kempten. In: Der Spiegel 24/1957

Bernanos, Georges: Tagebuch eines Landpfarrers. Roman. Aus dem Französischen von Jakob Hegner. Frankfurt/M.: Fischer Taschenbuch Verlag 1986

Bichsel, Peter: Über das Wetter reden. Kolumnen 2012–2015. Frankfurt/M.: Suhrkamp 2016

Blasius, Rainer: Ende einer Übung. Der Tod von fünfzehn Rekruten in der Iller erschütterte die Bundeswehr in ihrer Aufbauphase. In: FAZ vom 2. Juni 2007

Brandstetter, Alois: Zu Lasten der Briefträger. Salzburg: Residenz Verlag 1976

Brecht, Bertolt: Die Gedichte. Hrsg. von Jan Knopf. Frankfurt/M.: Suhrkamp 2007

Bronnen, Barbara: Friedhöfe. Warum ich für mein Leben gerne auf Friedhöfe gehe. Kleine Passion der Passionen. München: dtv 1997

Chessex, Jacques: Leben und Sterben im Waadtland. Zürich: Benziger 1974

Doderer, Heimito von: Die Posaunen von Jericho. Zürich: Verlag der Arche 1958; Die Merowinger oder Die totale Familie. München: Biederstein 1962; Repertorium. Ein Begreifbuch von höheren und niederen Lebens-Sachen. Herausgegeben von Dietrich Weber. München: Biederstein 1969; Der Grenzwald. Roman. München: C. H. Beck 1995

Dussler, Hildebrand OSB (Hrsg.): Reisen und Reisende in Bayerisch-Schwaben. Reiseberichte aus elf Jahrhunderten. Band 1. Weißenhorn: Anton H. Konrad Verlag, 2. Aufl. 1980

Enquist, Per Olov: Die Kartenzeichner. Fragile Utopien. München, Wien: Hanser 1997

Faulkner, William: Eine Rose für Emily. In: Eine Rose für Emily. Die besten unheimlichen Geschichten der Welt. Hrsg. von Richard Hoffmann und W. A. Oerley. München: Wilhelm Goldmann o. J., S. 164–174

Gustafsson, Lars: Der Tod eines Bienenzüchters. München, Wien: Hanser 1978

James, Henry: Das Tagebuch eines Mannes von fünfzig Jahren. Erzählungen. Aus dem Englischen übersetzt von Friedhelm Rathjen. Nachwort von Maike Albath. Zürich: Manesse 2013/2015

James, Henry: Wie alles kam. Erzählungen. Aus dem Englischen übersetzt von Ingrid Rein. Nachwort von Angela Schader. Zürich: Manesse 2012, S. 5–147

Knott, Ursula: Erinnerungen an das Kriegsende in Pfronten. In: „Rund um den Falkenstein" (Mitteilungsblatt des Heimatvereins Pfronten), Bd. 2 (Juli 1995), Nr. 35, S. 858

Krause, Werner H.: Kosaken und Wehrmacht. Der Freiheitskampf eines Volkes. Graz: Leopold Stocker Verlag 2003

Leopardi, Giacomo: Das Gedankenbuch. Aufzeichnungen eines Skeptikers. Auswahl, Übersetzung und Nachwort von Hanno Helbling. München: Winkler 1992

Lernet-Holenia, Alexander: Beide Sizilien. Roman. Frankfurt/M.: S. Fischer 1952

Malerba, Luigi: Die nachdenklichen Hühner. 131 kurze Geschichten. Berlin: Wagenbach 1984

Maugham, William Somerset: Über Skepsis und humorvolle Resignation, die Natur des Menschen und den Beruf des Schriftstellers. Herausgegeben und mit Essays von Thomas und Simone Stölzel. Zürich: Diogenes 2009

Mayer, Andreas: Todesanzeige. In: SZ Nr. 198, 2016

Montaigne, Michel de: Tagebuch der Reise nach Italien über die Schweiz und Deutschland von 1580 bis 1581. Berlin: Die andere Bibliothek 2014

Monte, Axel: Trespass City. Stadtlichter Presse 2016

Nizon, Paul: Parisiana. Herausgegeben und mit einem Gespräch mit Martin Simons. Berlin: Matthes & Seitz 2015

Nooteboom, Cees: Rituale. Frankfurt/M.: Suhrkamp 1995

Ders.: Nootebooms Hotel. Frankfurt/M.: Suhrkamp 2000

Ders.: Gesammelte Werke, Band 8. Essays und Feuilletons. Frankfurt/M.: Suhrkamp 2006

Rettig, Daniel: Die guten alten Zeiten. Warum Nostalgie uns glücklich macht. München: dtv 2013

Sahl, Hans: Die Gedichte. Hrsg. von Nils Kern und Klaus Siblewski. München: Luchterhand Literaturverlag 2009

Samerski, Stefan: Pancratius Pfeiffer, der verlängerte Arm von Pius XII.: Der Salvatorianergeneral und die deutsche Besetzung Roms 1943/44. Paderborn/München u. a.: Schöningh 2012

Sperber, Manès: Die vergebliche Warnung, Band 2. Frankfurt/M.: Fischer Taschenbuch Verlag 1993

Willer, Philomena: P. Pankratius Pfeiffer SDS: (1872–1945): Vom Bäckergesellen zum Vatikandiplomat. Lindenberg: Kunstverlag Fink 2005

In Einzelfällen habe ich mich auch des Onlinelexikons Wikipedia bedient.